The Affair of the Circus Queen

Clifford Knight

〈サーカス・クイーン号〉事件

クリフォード・ナイト

藤盛千夏 ◎ 訳

論創社

The Affair of the Circus Queen
1940
by CLIFFORD KNIGHT

目次

主要登場人物

カービー・マーティン……サーカスの団長
コートニー・ラスク……サーカスの広報係。語り手
ドリス・マーティン……カービー・マーティンの姪
スーザン・ポーター……ドリス・マーティンのいとこ
ハントン・ロジャーズ……大学教授
ヘイル・キングスリー……ドリスの幼馴染み
ヴァンス・サーストン……サーカスの統括マネジャー
ウッズ……〈サーカス・クイーン号〉の船長
ポール・ストラットン……道化師
エドウィーナ・ナイルズ……曲芸師
ジャック・フォーリー……曲芸師
ジョン・トーベット……ゴリラの飼育係
イン・ユエン・シン……〈サーカス・クイーン号〉のオーナー。中国人

〈サーカス・クイーン号〉事件

叔母（おば）のレティシアへ

本書の登場人物はすべてフィクションであり、
実在の人物とは一切関係のないことを付記する。

第一章

日が暮れる頃、船長が大きな手の上に黒表紙の本を開き、厳かな澄み切った声で死者への祈りを捧げ、その後、我らが団長の亡骸が海の中へと葬られた。帆布で覆われた塊が水面（みなも）を打ち、熟練のダイバーが飛びこんだみたいに小さな飛沫（しぶき）があがり、手品か何かのトリックを使って死者が人間としての最後の機能を果たそうとしているような奇妙な余韻がそこに残った。やがて深海の水が亡骸を覆い、さざ波がゆっくりと滑らかに広がっていった。船長は騒々しい咳払いをして、まるで幽霊でも見たように不可解な表情で甲板を見つめ、船室へ歩み去っていった。

この簡潔かつ神々しい儀式が終わると、漠然としたやましさを抱えながら我々は甲板から三々五々と散ってゆき、〈サーカス・クイーン号〉は沈んだ太陽が残した火花のような余波に錆びついた鼻先を向け、再び針路を目指した。老婆が謎に満ちた一日の活動を終えてヨタヨタと家路に向かうかのように、穏やかな黒い水面を一定の速度で動きだした。故人にとってはこれでよかったのだと、誰もが心の中で呟いていた。いずれにせよ、我々は今、熱帯地方にいるわけで、五日後に上陸するマニラまで遺体を保管するのは不可能だった。

甲板の下手では、数頭の象が船の動きに合わせてゆっくりと揺れていた。絶えず落ち着きなく動いている鼻は奇妙な指のごとく、決して見つけられない何かを永遠に探し求め、それに触れようとして伸びているかのようだ。オールド・ベッシーは埋葬の祈りのあいだ甲高い鳴き声をあげ、それによって船長は言葉をさえぎられ、落ち着かなげに甲板の方へ目を向けた。年老いた象は、深い海に沈んでいく自分の飼い主の亡骸に別れの言葉を述べているようだった。しかし、柵のところで何が行われているか、檻の中からは見えず、象は飼い主の埋葬を知る由もなかったはずで、この行動は説明のつかないことだった。その鳴き声は、まるで冷たい指が背骨に這いあがるような感触をもたらした。それに答えるように甲板の下のライオンの檻から唸り声が聞こえるのではないかと耳を澄ましたが、何も起こらなかった。

　象は足に鎖を巻きつけられ、静かにゆっくり体を揺すっている。くすんだ灰色の体に埋まっている小さな瞳は飼育係の動きを追いながらも、群れの中で密かに警戒の色を発していた。象と団長のあいだには二十五年以上にも及ぶ友情の絆があった。カービー・マーティンがまだ若く、ウィスコンシン州にいたとき、立ちいかなくなったサーカスから象を買い取り、生涯に渡る冒険へと乗りだしたのだった。甲板の自分の住み処（か）から、オールド・ベッシーがその日に起こった悲劇や日没時の陰鬱な別れなどを決して目にすることはなかったのに、なぜかすべてわかっているかのようだった。永遠の墓場となる海に沈む長年の友に向かって高らかな声をあげた。

「何が起こっているか、あいつは知ってるみたいですね、ミスター・ラスク?」わたしの考えを横にいた男がそのまま口にした。

「ああ、ジャック」

　あっと言う間に深まる黄昏の中、我々は静かに象を見つめていた。サーカスの団員たちがやって来て甲板の下手に目をやり、そして再び去っていった。その中に三人の曲芸師がいた。道化師の一人であるポール・ストラットンと空中曲芸師の女性エドウィーナ・ナイルズも。オールド・ベッシーの所有者は飼育していた長い年月、毎夜、象に声をかけるのを欠かしたことがなかった。ザラザラとした体を軽く叩き、大きくはためく耳に向かって言葉をかけていたのだと。オールド・ベッシーはカービー・マーティンの運命の礎（いしずえ）だった。ベッシーを中心にサーカスを築いていったのだ。

「象はこれからどうなるのでしょう？　我々は？　――僕は？　マニラに停泊するのでしょうか、ミスター・ラスク？」

「そう先を急がない方がいいだろう、ジャック」わたしは若者に忠告した。太陽が沈み、深まりゆく黄昏の中に若者は立ちすくみ、真剣な顔でこちらを見つめている。彼のラスト・ネームはフォーリーと言い、華麗なる綱渡りを披露する曲芸師だ。カービー・マーティンは彼がアジア諸国の巡業で成功をおさめると信じていた。「君はこの仕事についてまだ日が浅い」

「カービー・マーティン・サーカスに参加する初めての機会だったのに。でも、これから――」

「ああ、わかってる」

「マニラでショーはおこなわれるのでしょうか？」

「そう思うよ。興行の予定は入っている。でも、まだ何一つ決まってはいない。この状況について話し合いすら行われていない。サーカスをどこに設営するのかさえ誰も知らないんだ――巡業を続けるかどうかも――マニラの後も。とにかく、マニラへは予定通りに行くさ、ジャック。それは確かだと思う」

実際のところ、わたしにはわからなかった。単に若者に意見を述べていただけで、その意見は当然、この奇妙な状況の中での可能性を根拠としただけだった。サーカス業はかなり危険なビジネスの一つだ。歴史上、途方もない野望や望みを抱いていた落伍者がいったいどれほどいたことか。大サーカスを率いたカービー・マーティンのこれまでの長い歴史は究極の博打であるとともに際立った偉業だった。他の誰にできたであろう。ホノルルからカルカッタへと海をまわり、試行錯誤しながら出し物を決め、興奮と娯楽を生み出し、東洋の様々な国々の様々な人種の中で生き残っていくという事が？ カービー・マーティンは生き残っただけではなく、サーカスは繁栄し評判となり、莫大な富をもたらした。

しかし今、熱帯夜の闇が覆いはじめる頃、古びた〈サーカス・クイーン号〉は着実に穏やかな水面を進み、わたしは日没時にカービー・マーティンの亡骸を海に投じたという受け入れがたい事実についてひたすら考えていた。

マニラに着いたら、そして、マニラのあとにどうなるのか。今の時点では誰にもわからぬことだ。夜が更けた頃、団員の何人かが船長のキャビンに集まり、今後どうすべきかを検討した。やがて我々の見通しはまったく見当違いであることがわかった。所詮、人間の頭では翌日に何が起こるかなど知る由もないという事実を突きつけられた。もしもこの先、恐るべき出来事が待ち受けていると知ったなら、それは脅威となる。霧が立ち込める暗い岬のように、今はまだ嵐の海に脅かされることはないが、自分の直感など信じられるはずもない。

「最悪の場合、マニラでサーカスが解散ってこともある」机に向かって裁判官のようにウッズ船長が言った。「みんなが帰途につくだけの資金はあるはずだ。例えサーカスが解散して、売却されることになっても」

「そんなことにはならないと思いますよ、船長」わたしは言った。「マニラで成功さえすれば。もちろん、カービー・マーティンが亡くなってもショーは開かれます。ベン・カーソンがすべて手配していますから。昨夜、彼がジャワに発つ前にマニラからカービー宛てに無線電話がきました。宣伝、広告看板、報道関係――すべて手配済みです。ある程度の売り上げがあれば――マニラの興行ではいつも儲けが出ています――例えサーカスを解散することになっても帰途につく充分な資金はあるでしょう。曲芸師の契約書にも謳われていることです――家路までの運賃を最優先させると。カービーがそのように約束していたはずです。もちろん」とわたしは続けて言った。「カービー・マーティンの私生活についてはほとんど知りませんが。彼はわたしに親密な話など、ほとんどしませんでした。自分が死んだあと、サーカスがどうなるかについて考えていたかどうかもわかりません――」

「若い女性がいるはずです。それから中国人も」ポール・ストラットンが厳かに言った。濃い眉の下の黒い瞳が船長を見つめ、それからこちらの方を見た。

「若い女性？」わたしは繰り返した。

「はい、それから中国人も」

ポール・ストラットンは道化師の一人だった。彼は今、我々と一緒に船長のキャビンに座っていた。なぜならカービー・マーティンはポールを気に入っていて誰よりも強い信頼を寄せていたと思われるからだ。彼は昔から道化師をしているわけではなかった。大学の法科を卒業してシカゴで事務所を開き、禁酒法時代に急成長を遂げた。なんらかの要因で好むと好まざるとにかかわらず、ある騒動の代弁者となり、不運にも勝つべき裁判に負けてしまったのだった。その裁判には、とあるギャングの命がかかっていたが、勝つべき裁判に負けてしまったために二度と事務所には戻らず、聞いた話では、すぐに弁護士の仕事を捨てて一夜のうちに片田舎に身を隠し、やがてサーカスに加わったそうだ。彼は当時の事について決して話そうとしない。

ストラットンは体が大きく、おどおどとした感じの男で、椅子にだらしなく座り、足を引き摺るように歩くが、道化師の衣装を纏って顔に色を塗ると、まったく違った人間になる。滑稽さだけではなく、極めて陽気な雰囲気を作りだし、見る限り不器用さは消え、足を引き摺ることもない。円形の舞台で箱のまわりをぶらぶらと歩くと蓋が開き、張り子の骸骨が飛び出してくる。骸骨が彼を追いかけ、彼は声を張り上げながら天幕から出てくる。その後、道化師のオーケストラに加わり、他の者によって前に押し出され、バス・バイオリンでソロのパートを演奏するのだ。楽器に挑むようにまさしく名人芸で渾身の演奏を行い、激しいクライマックスの一節でゴムの材質で巧妙に設計されたバイオリンが膨らむと、大きな音を立てて破裂し、彼はピアノの方へ投げ出される。ピアノは完全に破壊される。そして、その残骸の中から起き上がると埃をはらい、観客に向かって深くお辞儀をし、威厳をもって去ってゆくのだ。

「若い女性ってどういうことだ、ストラットン？」今まで議論に参加していなかったヴァンス・サーストンが訊いた。

「もちろん、あの娘だよ、彼の姪の」

「へえ――知らなかった」サーストンは言った。その声はこの情報に対する我々の驚きを代弁していた。

「彼女がカービーのたった一人の親戚さ」

船長は椅子に座って身じろぎし、足を組んだ。膝が机の縁のところからのぞいている。舌で唇を湿らせ、ウィスキー・ソーダのグラスに手を伸ばしてそばに引き寄せた。

「ああ、思い出した」考え込みながら彼は言った。「女の子がいた。以前、サンボアンガで夜を過ごしたとき、カービー・マーティンから聞いたよ」

「その娘はサンボアンガに住んでるんですか？」ヴァンス・サーストンが尋ねた。さりげなく、あまり関心のなさそうな話しぶりだった。乗船している大勢の人間の中で、彼が一番わかりにくい人間だった。噂によると、カービー・マーティンが数年前、上海の海辺で彼を見つけたらしい。浮浪者のようなボロを纏っていたにもかかわらず、紳士的な雰囲気があり、さらにカービーは、なんらかの才能をそこに見出したのだという。生まれはオーストラリアだと聞いていたが、それ以上のことは知らなかった。やがてカービー・マーティンはサーカスの経営において彼を右腕とし、今や現行通り興行が継続されるなら、ヴァンス・サーストンがおおむねすべてを取り仕切ることになると思われた。

　サーストンは三十代後半で、背がスラリと高くほっそりしている。太り過ぎでもなく、やせ過ぎでもなく、若いままの体型を維持していた。どんな彫刻家だって、この完璧な額をかたどることはできないだろう。鼻と口は形も良く均衡がとれている。しかし目は冷たく、海辺で悲惨な年月を送ったあとで、いくらか人間味が残っているとしても、それは仮面ですっぽりと覆われていた。昔よくいた役者のような上品な服を纏い、首のまわりの黒く細いリボンの先には片眼鏡を吊り下げている。

「いや、サンボアンガじゃないな」道化師が甲高い声で、ためらいながら答えた。「カリフォルニアのどこか小さな町だと思う。ロスアンゼルス郊外の。ちょっと待てよ。どこかの田舎町。林檎の花とか緑の芝生とか乳しぼりの女とか牝牛とかを連想するような――アルカディア（ロサンゼルス北東部の町）だ！　そうだ、そこだよ。アルカディアさ」

「それじゃあ、その姪ってのがカービーの後継者ってことかい？」わたしは尋ねた。

「そうだよ、彼女が後を継ぐ」

「それ、本当かい、ストラットン？」サーストンも訊いた。

「ホノルルでの興行の最終日、遺言を作成したんだよ。カービーと一緒に郵便局へ行った。遺言書が間違いなく郵便袋に入って、翌日、東洋に向かう快速帆船に積み込まれるのを確認するために。マニラにいる弁護士に郵送したんだ」

「彼はすべてをその姪に残したのかね？」ウィスキー・ソーダをちびちびとやりながらウッズ船長が尋ねた。

「すべてですよ、船長。彼女を女性遺言執行者にしたんです、債務契約はなしで。あらゆる権利を保有することになります。誰をどの職務に据えるか、などの権利も」

「それじゃあ、カービー・マーティンのサーカスが今後どうなるか、彼女に決める権利があるってことだな」ヴァンス・サーストンが軽くため息をついた。

「そういうことだろう」船長が念を押した。

「僕、カービーに訊いたんです」ストラットンがおずおずと話を続けた。「遺言を書いてくれと言われて。『突然、引退とか考えてるわけじゃないですよね、カービー？』って。そうしたら驚いたような顔して、『いや、そんなことは考えちゃいない。ただ今まで遺言を作成したことがないから、そろそろ用意しておきたいんだ』って。カービーが言っていたのはそれだけです」

「つまり、我々の未来はそのアルカディアの娘の意向にかかっている、というわけだな」わたしは強調した。

「さっき言いましたけど、中国人がいるんです」道化師が念を押した。

「中国人がどうしたって？」ヴァンス・サーストンが問いただした。

「詳しくは知らないけど――どう関わってくるのか。もし、本当に関わりがあるのなら、今こういった状況となると、彼も何らかの資格を有するはずです」

「彼は今どこにいるのかね？　名前は？」わたしは尋ねた。

「今、マニラにいます。ロザリオ・ストリートで何らかの事業を営んでいるようですね。けっこうな金持ちだと思います。イン・ユエン・シンとか、そんな名前です。ほら、カービーはマニラに着くと、いつもサーカスの音やにおいから離れてホテルで休むでしょう。中国人は彼に会うため、ホテルによく来ていたんです。いつも何か話し合ってたみたいで、仕事の付き合いがあるようです。その中国人について僕が知ってるのはこれくらいです。相続人の娘と中国人とで、先行きは幾分暗いけれど、まあ、未来は神のみぞ知るってことですね。僕は今までどおりサーカスの舞台で自分の些細な役割を演じ続けますよ。何事もなかったみたいに。他のことを命じられるまではね。言いたいことはこれで全部です。あとはどなたか言いたいことがあるならどうぞ」

「その娘の名前は？」船長が訊いた。

「ドリス・マーティン」

「すぐ、彼女に連絡すべきでは？　そう思わんかね、ミスター・サーストン？」

「そうですね、その通り。彼女の住所を知ってるかい、ストラットン？」

「カリフォルニアのアルカディアってことしか。でも、それで連絡はとれると思います」

「今夜、無線で電報を送ってみるよ」サーストンが言った。その口調から、もはや無関心ではないことが窺えた。しばらくためらったあとで、こう告げた。「こういう事情なら、宣伝通りマニラでショーを行うべきだと思う。ミス・マーティンから指示が出るまでは一日二回公演で。それから」――彼は言葉を止め、一人一人の顔を眺めた――「みんなの意見を聞きたい。ジョーをどうするかについて。個人的には銃で撃って船から降ろすべきだと思うが。あいつは危険だ」

「危険かもしれんが」わたしは意見を述べた。「ジョーのことは、もうマニラで宣伝済みだ。カービー・マーティンの方針は知ってるだろ？　宣伝どおりにやるってことだ。ゴリラは公演に出さなくてはならない」

「そんなに危険だと思いますか？」ポール・ストラットンが尋ねた。

「そうだな」ゆっくりとウッズ船長が答えた。「あれがカービー・マーティンを殺したってことはみんな知ってるだろう」

第二章

船長のキャビンでの会合が終わり、わたしは寝る前の最後の一服のために一人でデッキに出た。空に月は見えず、デッキには動く人影もなかった。一日中ずっとカービー・マーティンの不可解な死について考えを巡らせていた。サーカスの広報係として三十五年間勤めあげ、わたしの髪はすっかり白くなり、その長い年月の中でもっとも大きな事件がすぐ目の前で起こったのだ。それを宣伝に利用するつもりはまったくなかった。カービー・マーティンの名前はサーカス業界で有名なだけではなく、巡業している東洋の国々でも、よく知られていた。ゴリラのジョーに襲われて突然暴力的な死を遂げたとなると、記事の見出しになることは明らかだった。その宣伝によって、どこでサーカスを行おうと、たくさんの観衆が押し寄せるのは明らかだ。噂が広がると、殺人ゴリラを一目見ようと群衆がテントに流れ込むだろう。しかし、カービー・マーティンの精神とも言えるような何かが、降りかかった悲劇を売り込むことに異を唱えているように感じられた。とても奇妙なことだが、確かな主張とも思われた。

デッキをぶらつきながら、わたしの思いは夜の温かな闇のように暗く陰鬱だった。埋葬式でのウッズ船長の祈りや、その中でのオールド・ベッシーの鳴き声や、帆布の塊があっというまに波間に呑まれていった光景などを自分の頭から振り払うことができなかった。しかし、何よりも心に焼きついているのは夜が明けてすぐゴリラの檻の中で倒れていたカービー・マーティンの姿だった。運び出したときはまだ息があった。しかし、口を開くことも目を開けることもなく、やがて朝の当直のベルが鳴り終わるとともに息絶えていった。

わたしの陰鬱な考えではサーカス自体が致命的な打撃を受けていた。旅を続けてマニラでテントを張り、それからサンボアンガに入る。おそらくサマランまでは行けるだろう。でもきっとどこかで、スル海の青い水域を出る前に災厄が我々を呑み込み、カービー・マーティン・サーカスは終わりを迎えるような気がしてならなかった。持ち主がその舞台から姿を消したように。

ポール・ストラットンがイン・ユエン・シンという中国人について話していたが、わたしの胸中は疑惑でいっぱいだった。カリフォルニアにいる娘にいったい何ができるというのだ。ましてや海を渡るサーカスだ。誰かに命じて解体するしか道はないのでは？　ヴァンス・サーストン一人でどうやっていくと言うのだ。指示を下すカービー・マーティンはもういないのに。

葉巻を吸い終え、吸いさしを手摺りの向こうへ放った。すっかり夜も更け、デッキに残っているのは自分だけのようだった。デッキの端の方へ歩いていった。温かく湿った空気に足音が響き渡った。歩いていくとき、左舷の一番奥の個室を通り過ぎた。そこはゴリラを入れるために改装された部屋だった。外側の壁が一度取り外され、部屋のサイズと同じくらいの鋼鉄の檻が押し込まれた。それから悪天候に備えて壁が取り替えられた。それは簡単に設置できる檻で、平らに伸ばして波止場のトラックに積み、サーカスの設営地に運ぶこともできる。中にちょっとした通路があり、そこからドアを開けてゴリラの部屋へ入るようになっている。ドアの前に狭いスペースがあり、そこに立ってジョーを眺めることができ、飼育係はそこのドアから鉄の檻の中へ入り世話をすることになっている。

すっかり遅い時刻だったが、そこをぶらぶら歩いていると、不意にジョーのところに行ってみたい衝動に駆られた。廊下に入り、ドアを開けた。驚いたことに中の電気が点いており、その狭い場所に女性が立って檻の隙間から中を眺めていた。わたしがドアを閉めると、彼女は振り返ってこちらを見た。

「あら、どうも、ミスター・ラスク」彼女が言った。

「やあ、エドウィーナ。君がここにいたなんて思いもしなかった」

「そうでしょうね」彼女は答えた。どこか挑戦的な口調だった。「でも、いけないかしら？　あたしはジョーが好き。かわいそうだと思ってるの」

「わたしもだよ」

エドウィーナ・ナイルズは再び檻の方へ向いた。ベッド替わりの鉄の寝台に体を横たえている黒っぽいゴリラの体をじっと見つめている。エドウィーナとの付き合いはもう何年にもなる。彼女はサーカス以外の生活を経験したことがない。もう若くはなく、重ねた年月が顔にあらわれはじめている。美人ではない。ブロンドの髪は乱れて扱いにくそうで肌はきめが粗く、顔の作りは不均衡だった。しかし、白いサテンのタイツを纏い、テントの屋根に届きそうなほど高く空中に吊り上げられ、二人のキャッチャー（受け手）と空中アクロバットをはじめると、彼女は宙に舞う美の化身となる。一人の手からまた一人の手へと投げ出され、息を呑むような芸当を文明社会に披露するのだ。かつて彼女は空中ブランコのキャッチャーと数年間幸せな結婚生活を送っていたが、ある夜、彼はかなり高さのある止まり木から落ち、あっという間に亡くなってしまった。エドウィーナは翌日の午後も自分の芸をやり遂げた。しかし彼女は、サーカスの中で一人孤独に幽霊のようにさまよう存在となった。きらびやかに輝いている自分の出番以外は。

「ジョー！」エドウィーナは薄汚い防水帆布で覆われた動かない大きな体に呼びかけた。ジョーは重たい帆布を毛布のように引き寄せて人間みたいに眠っていた。「ジョー！　目を覚まして」

「かわいそうに、眠っているんだよ。起こさない方がいいだろう、エドウィーナ」

「あたし、この子がかわいそうで、ミスター・ラスク。この子はこの世で独りぼっちなのよ。途方に暮れた子供みたい。人間の世界について何も知らないのよ。とても恐ろしいことに違いないわ。この子の目を見ていると、なんだかときどき泣きたくなるのよ。とても悲しそうで――ほとんど人間のようで戸惑って傷ついている」

「ああ、わかっているよ」

「以前、カービー・マーティンにそのことを話したの。彼、言ってたわ。もう他のゴリラをショーに出すことはしないと。ジョーをアフリカに戻して自由にしてやりたいって」

「カービーにはそういう優しいところがあった」

「あたしたちが思ってる以上に彼は優しい人間だったわ。ジョーのこと、とても好きだったのよ。ただ好きってだけじゃなく――本物の愛情を注いでたわ。夜になると、いつもジョーに会いにきてたの。オールド・ベッシーのところへも。サーカスは彼の一部だった。彼はみんなの友達だった。あたしの友達だった」今にも泣きそうなのが声から感じ取れた。わたしは彼女をなぐさめたかった。わたしは彼女の肩に手をまわした。

「わかってるよ、エドウィーナ、わかってる」彼女をなぐさめたかった。「今日、わたしたちは最良の友を失った。カービー・マーティンのような人間は二人といない」

二人の声に起こされるように檻の隅にいる黒っぽい巨体が動いた。防水シートが床に落ち、長く毛深い脚が寝台からぶら下がっていた。重い体を持ちあげてジョーは身を起こし、降り注ぐライトの明かりに目をしばたたいた。

「ジョー！」エドウィーナが呼んだ。「ジョー！　こっちに来て」

ゴリラは立ち上がり、大きな肩から長い腕をぶらぶらさせて、足を引き摺りながらこちらにやってきた。近づくにつれ恐ろしい生き物のように見え、掲示板に貼り付けたポスターを思い出した、死と破壊を担う恐ろしい類人猿の姿。捕獲者の立場であるその動物がジャングルで捕らえられる図だ。しかし、ジョーの黒く人懐こい瞳を見ていると、そういった光景は完全に消えてしまう。ここにいるのは凶暴で危険な生き物ではなく、優しくまだ幼さが残る人間によく似た類人猿だ。わけもわからぬまま、たまたま奇妙な世界に放り込まれたのだ。強い腕力を持っていても、今はまだ平均並みの人間より小さかった。

ジョーは檻の柵を掴み、親しげに鼻づらを檻の狭い隙間に押しつけ、荒い息をしてゆっくり腰をおろした。檻のドアにすり寄り、柵がなければ我々を抱きしめようとするかのように。エドウィーナは手を檻の隙間に入れ、毛深い頭を優しく叩いた。

「いい子ね、ジョー。ただ、おやすみを言いたかったの。毎晩、あなたにおやすみを言いにくるわ、カービー・マーティンがもう来られなくなったから。それから覚えておいて、ジョー、あたしはあなたの友達よ。あなたのことを信じてる。みんなが言ってることなんか信じないから。さあ、もうベッドに戻って、いい子ね。さあ」

彼女は手を引っ込めた。ジョーは彼女の言ったことをすべて理解したかのように立ち上がり、鼻を鳴らし、足を引き摺るように寝床に戻っていった。寝台に登り、重い帆布を毛むくじゃらの体にかけ、壁の方へ顔を向けた。

「カービーは檻の中で横たわっていたんだ」わたしは言った。「彼がいつも使っていた頑丈な杖がバラバラに折れて血まみれになっていた。それが寝台の下にあったんだ」

エドウィーナはじっとこちらを見つめた。彼女の明るく丸い瞳が照明に照らされ奇妙に輝いていた。しばらく黙ったままだったが、立ち去るときに言った。「あたしはジョーが好きよ。今ではあたしのことを頼ってる。おやすみなさい。ミスター・ラスク」

わたしは少しその場に残り、電気を消し、エドウィーナのあとに続いて通路に戻った。ドアを閉めると、エドウィーナの姿はすでになく、通路を曲がって反対側にある自分の個室に入ったようだった。彼女の姿が視界から消えると、根拠のない奇妙な胸騒ぎを覚えた。わたしとエドウィーナが中で話しているとき、誰かがドアの外で聞いていたのではないか、そして部屋から出ると、素早く姿を消したのではないかと。

長い廊下の中央には、かすかな明かりが灯っていた。向こう端に何かの影が見えたが、不審と思えるようなものを見たり聞いたりしたわけではなかった。通路の片側はおもにサーカスのスタッフの個室で占められていた。ヴァンス・サーストンや舞台監督、オーケストラのメンバー、曲芸師が二、三人、そしてわたしの部屋も。エドウィーナが去っていった反対側の通路はほとんど曲芸師の個室だった。

ジョーの部屋の外に静かに立ちすくんでいたとき、気になるような音は何も聞こえてこなかった。船のずっと底の方からサーカスのにおいが立ち込めていた——風雨にさらされた帆布、サーカスのロープ、馬小屋にいる馬のにおい、檻に入った動物たち——そして、海の息吹がそれらを不意に消し去った。虎は咳き込むようにしわがれた声をあげ、その音は遮断壁を抜け昇降口階段を上がり、わたしの耳に入ってきた。古びた船は長い太平洋の旅路を竜骨(キール)を転がしながらきしみ、うなり、高い波を越え、そしてため息のような音とともに波の谷間へと再び滑り込む。

　大人になってから、わたしはずっとサーカスにこの身を捧げてきた。長きに渡りアメリカ全土の巡業を経験してきた。以来、わたしの鼻腔には埃っぽい雑草を踏みつぶしたにおい、おがくずのにおい、動物の檻や真夏日の観衆の汗臭いにおいが染みついている。サーカスの光景、音、そしてにおい。夜に鉄道駅構内へと荷馬車がガラガラと乗りつける音、道に沿って揺らめく灯火、長くつらなる無蓋車へと荷物を積み込むくぐもった音、機関車が発する石炭の刺激臭、エアポンプの拍動、暑苦しい寝台車のガタガタ揺れる寝床。真夜中に漂う田舎の甘ったるいにおい。夜が明けはじめる頃、紫色のかぐわしい霧が立ち込める中、新しい町へと辿り着き、一からまた同じことを繰り返す——こういったすべてがわたしの血管に染み込んでいた。

〈サーカス・クイーン号〉はきしみながらまた一つ大波を越え、私の記憶は現実の世界に戻ってきた。今までとは違った環境に。あとわずか五日でマニラだ。これがサーカスというものだ。虎のかすれた唸り声がライオンの吠える轟(とどろき)に混ざって聞こえてきた。下の階からかすかな音が響く。飼育係が動物を静かにさせようと檻を叩いているのだ。

　不意に思い立って、誰がいるのか確かめることにした。音を立てず通路を進んで行く。しかし、誰もいない。デッキに出て、暗がりのなかを手摺りの方へむかう。ちょうどそこから凹甲板にいる象の群れが見下ろせる。その空間はぼんやりと神秘的な闇に閉ざされていた。わたしが暗がりに目を向けているのをきっとオールド・ベッシーが警戒して見つめているはずだ。しかし、象の群れからは何の物音も聞こえてこない。頭上の船橋にうっすらと明かりが灯っている。船橋の後部には船長と船員の部屋があり、ちょっと離れたデッキの奥の方に甲板室があり、カービー・マーティンの事務所と寝室が一続きとなっている。

衝動に導かれて、音を立てずに昇降口階段を上っていった。橋に通じるドアは閉まっていた。誰にも見られず、そこを出てデッキの先へと進んだ。帆布で覆われた救命ボートの前を通り過ぎ、今は亡きオーナーの部屋へと。そこに辿り着く前に、わたしの胸は早鐘を打ちはじめた。少しだけ開いている窓からかすかな光が漏れている。警戒しながらさらに進むと、寝室の窓のカーテンがわずかに開き、事務所の明かりが灯っているのがわかった。

一体誰がカービー・マーティンの事務所に？　ウッズ船長が、その日すぐに部屋に施錠したはずだ。鍵をポケットに入れ、港に着くまでは再び開けることはないと誰もが思っている。隙間に目を凝らし、中を覗き見た。最初は何も見えなかった。それからぼんやりと事務所の机のそばに人影が認められた。寝室に目を向け、事務所の出入り口を確認すると、少し開いているのがわかった。影は、ぼんやりとしか見えない。それが誰かはわからないが、カービー・マーティンの机を探っているのは明らかだった。手が動いているのが見て取れた。よく見ようと前へ出ると、靴が壁に当たり、大きな音を立てて体が窓にぶつかった。

すぐに侵入者は捜索を中断し、次の瞬間、わたしの目の前からいなくなっていた。デッキの船尾の方へ慌てて逃げる不審者の足音が響いた。わたしは姿勢を立て直し追いかけた。しかし、すぐに動いたつもりでも、侵入者はさらに素早かった。昇降口階段を降りて甲板に向かう途中、誰かがデッキチェアにぶつかるような音がした。しかし、甲板に着くと物音も人影もすべて消えていた。どこかの角を曲がって姿を隠したのだ。それとも自分の部屋に避難したのか。これ以上はどうすることもできなかった。更に数分間侵入者の痕跡がないかデッキをぶらついたが、何一つ見つからなかった。捜索をあきらめて橋を上り、ドアを開けて中に入った。

一等航海士のミスター・デイヴィスが勤務に就いていた。不審な顔をしてこちらにやって来る。

「ウッズ船長は、もう部屋に戻ったかね？」

「はい、戻りました」

「すぐに知らせるべきかと。誰かがカービー・マーティンのデスクを荒らしていたんだ。デッキハウスのドアが開いていて、事務所の明かりも点いたままだ」

「わかりました、ミスター・ラスク。すぐにウッズ船長にお知らせします」

「ありがとう。それでは、おやすみ」橋を降り、自分の部屋へ戻った。

第三章

その夜、寝床に入る前にわたしはそれらのことを日誌に書き入れた。その朝、ジョーの檻の中で致命的な怪我を負ったカービー・マーティンを発見したこと、亡くなったカービーの部屋に侵入した者を追跡し、無益に終わったことなどすべての詳細を書き込んだ。それから寝床に入り、翌朝までぐっすりと眠った。

午前も半ばに部屋でコーヒーを飲んでいると、ウッズ船長が訪ねてきた。わたしは日誌をテーブルに広げてコーヒーをすすりながら、書き込んだものに目を通していた。わたしが迎えると、彼は中に入ってきてドアを閉めた。

「昨夜、誰かがカービー・マーティンの机のあたりにいたと聞きましたが、どういうことですか、ミスター・ラスク?」船長は、じっとわたしを見つめながら尋ねた。堅苦しく素っ気ない話し方をする厳(いか)めしい人間で、その堅さはすべて冷酷な瞳に集約されていた。彼はまだ若く四十代前半といったところだが、苦闘して現職についたような雰囲気があらわれていた。制服はいつもくたびれていて、堅苦しい態度にもかかわらず、見かけはさえない船乗りといった感じだ。彼の最初の質問に答えるためにわたしは日誌を読み始めた。読み終えても、しばらく彼は口を閉ざしていた。

「誰にも疑いがかからないように、かなり用心しているようですね」

「誰なのか、まったくわからんのです、船長。誰かに容疑をかけるなんてできません」

「なるほど、そうですね。その人間は急いで逃げる際、デッキ・チェアにぶつかったということですか？」

「ええ、そのような音がしたので」

「それでは」——彼はわたしのコーヒーカップを眺めて黙って座っていたが、まもなく出て行こうと立ち上がった。——「窓に釘を打ってふさぎ、ドアには特別な南京錠を付けておきましょう。それなら誰も侵入しようなどとは思わないはずです」

「何を探していたのか推測できますか、船長？」自分の中の問いを彼にも投げかけてみた。その質問にかすかに驚いているようだったが、慎重に考えを集中させるように両手をこすり合わせた。

「わかりません、私には。ミスター・ラスク」やっと彼は答えた。「本当にわかりません。私の仕事はこの船を操縦することです。カービー・マーティンのサーカスの問題に関わったことはありません。彼が私に何かを打ち明けることはなかったので。マーティンの稼ぎがサーカスの金庫に入っていたのは知っていますが」

「ええ、わかっています。でも、その人間が一体何を探していたのか頭を悩ませているんですよ」

「うむ、そうですね——それはちょっと不可解ですね。それでは、ミスター・ラスク」大きなたくましい体がドアの向こうに消え、わたしは一人でコーヒーが冷めるまで考えにひたった。

その後、数日間は何も起こらなかった。二日後に雨が降り、陸地が見えはじめると突然スコールに変わった。フィリピン諸島には七千もの島があるが、おぼろげに霧がかった緑色が見えるだけだった。うんざりするような鬱陶しい亜熱帯の雨は永遠に続くかに思われたが、コレヒドール島の信号場に船かな流れに沿って船は町へと向かった。

雨に遭遇するまでは素晴らしい天気に恵まれ、ホノルルから快適な旅を続けてきた。そして今、空は晴れ渡り、我々の士気は上がり、上陸を心待ちにしていた。しかし、サーカスの宣伝はまだ行なっていなかった。カービー・マーティンの計画によると、公演はまだ数日先となるはずだ。悪天候により航海が長引くのを常に考慮していた。さらにカービーは、上陸してから公演までの合間に少しのんびりできるよう時間をとっていた。曲芸師たちの足が地上に慣れてしっかりと演技に打ち込むことができるからだ。検疫所で少し時間がかかったあと、入港許可証を与えられ、船の手摺りにサーカスの一行が並んだ。埠頭にはサーカスの到着を耳にした人々が集まり、船は第七埠頭に安全に着岸するよう速度を落とし、しっかりと係留された。

すぐにまわりは賑やかになった。埠頭だけではなく〈サーカス・クイーン号〉の船上も。水辺では地元の小さな木造の平底船から高性能の発動機艇まで巡航を始めた。甲板の象の一群がサーカスを乗せた船であることを証明していた。檻の中の動物たちは船の内部に閉じ込められていたが、我々が埠頭に乗りつけ、どよめきが上がっているのに気づいているようだった。オールド・ベッシーはカービー・マーティンと別れを告げてからずっと静かだったが、大きく鼻を吹き鳴らし、埠頭の上で押し合っていた群衆が一瞬驚いて後ずさった。サーカスの巨人で身長八フィートほどもある若者が他の見せ物たちと後部甲板に束の間姿をあらわし、地上の芳しい空気を嗅いでいた。埠頭にいた口をあんぐりと開けたフィリピン人がそこにどっと押し寄せ、巨人は手を振ってその場を退き、他の者も船内に戻った。いよいよ、サーカスの到着だ。

　最初にタラップが敷かれると、わたしは手荷物を持って降りていった。海から、そしてずっと閉じ込められていた現代の箱舟から、これでひととき解放される。まずはルネタのホテルの静かな一室を取り、それから新聞社を訪ねる予定だった。カービー・マーティンの死について報じる際はどんな媒体もわたしを通すことになっていた。

　人混みをかき分けて歩きながら、これらの問題が頭を占めていた。細い日に焼けた手が不意にわたしの腕に触れたので、途中で足を止めた。

「ミスター・ラスクですか？」しっかりとした明るい声が尋ねてきた。わたしは日に焼けた細い顔の中の窪んだ瞳を見つめた。唇が開いて親しげな微笑みを浮かべている。

「そうですが？」こちらに突き出されたたくましい手を握りながら、わたしは答えた。

「覚えていませんか、僕のこと？」若者はにっこり笑った。わたしは彼の日よけ帽から白い靴まで順に見下ろした。熱帯地方の人間に見られる特徴がよくあらわれていた。

「ううむ――ああ、なんだ！　ヘイル・キングスリーじゃないか！　変わったな、おまえさん！　わからなかったよ」

「僕がこの島にいるって知らなかったんですか？」彼はまだわたしの手をぎゅっと握っていた。

「ああ、そうだった、今、思い出したよ。もう何年も会ってなかったな。一緒においで。君のこと、今何をしているか教えてくれ。ホテルに行くところなんだ」

　彼はわたしの手を放し、少し後ろに下がった。「ちょうど、サンボアンガから来たところなんです。バシグの埠頭でタクシーを拾ったとき、〈サーカス・クイーン号〉が入港するって聞いて。カービーに会いたいんです——もし時間があれば」

「カービー・マーティンに——ああ、そうだな、もちろん——会いたいだろうな」わたしは言葉に詰まった。

彼の顔は曇り、微笑みが消えた。「ええ、もし、忙しくなければ。もちろん他の時でもいいです」

「一緒に来てくれ、ヘイル。君と話がしたいんだ」

彼は歩調を揃えて一緒に歩きだし、わたし達は無言のままタクシー乗り場へ向かった。わたしは横にいる若者について思い巡らしていた。初めて彼と会ったのはまだ五歳か六歳くらいのときで、サーカスのテントの中で遊んでいた。彼の母親はサーカスでは名の知れた女性騎手だった。バレエダンサーのスカートを履き、馬がゆっくりギャロップをしながらリングをまわるあいだ、そのがっしりとした広い背中で飛び跳ねたり踊ったりしていた。後年になってからカービー・マーティンのサーカスに加わり、数年前にペナンの地で肺炎を患い亡くなった。聞いた話では、ヘイル・キングスリーはサーカスにあまり好感を抱いていなかったようだ。細身の体で若手の中ではトップクラスのタンブリングの名手だったのだが。彼の体が成長し、他のことをやりたいと言いだすと、カービー・マーティンはサーカスの運営に関わる仕事を与えた。しかし、母親が亡くなった後、サーカスから離れることを望んだ。カービーは彼が仕事に取りかかろうとしないのに気づき、何をしたいのかと尋ねた。ヘイルはそのとき二十代だったが、なぜか島の農園でココナツを栽培したいと言いだした。そしてカービー・マーティンはミンダナオ島のコトバト・コーストで農園を始めるお膳立てをいくらかしてやったのだった。

「ココナツのビジネスはどんな調子だい、ヘイル？」車中でわたしは彼に尋ねた。

「ひどいもんです。サーカスの方がずっとよかった」

　わたしは驚いて彼を見た。キングスリーは続けた。「作物ができる前に、こっちがキングコブラにやられるかもしれないし、まったく予測不能なんですよ」

「コブラ？」

「もう毎日のようにあらわれるんです。木の上とかチガヤの草むらとか。近づいていって勘を頼りに銃で撃つんです。昔の西部の男に負けないくらい今ではコツをつかみました。ポーカー用のチップを打ち落とすくらい朝飯前。ほら、手のひらに載せて肩の高さまで放り投げ、チップが地上に落ちる直前に銃を構えて弾を放つんです。二回続けて。それをやらなきゃ、今僕がここにいることも、こんな話もできなかった——でも、教えてください、ミスター・ラスク——カービー・マーティンのことで何かあったんですよね。心の準備はできてます。何があったんですか？」彼はじっとわたしの目を見つめた。

「彼の亡骸を海に葬ったんだ。五日前に」

　瞬き一つせず、表情一つ変えず、彼はずっとこちらを見つめていた。「何があったんですか？」

「事故だったんだ。ゴリラのジョーがおそらく彼の頭蓋骨を打ち砕いたんじゃないかと。でも、それは公表しないことになっているんだ、ヘイル」

「わかりました」

　ホテルの前に車が停まり、荷物が運ばれた。わたしが受付を済ませるのをキングスリーは待っていた。

「お茶を一緒に飲みませんか、ミスター・ラスク？」

「ああ、ありがとう、ヘイル」

わたしたちは、かすかに明かりの灯った涼しいバーでカービー・マーティンについて話した。現実味のない夢のようなあの数日間のことを。ようやく彼が言った。

「カービーは僕にとって誰よりも父親みたいな存在だった。確かに女の子がいました、ミスター・ラスク。彼女のこと、ずっと忘れられなかったんです。カービーの姪です。あのとき確か十二、三歳でした。金髪に青い目をした、きれいな女の子だった。しっかりとした信念を持ち、人から信頼され、誰もが称賛するようなとても印象的な感じの子だった。カービーはその年、彼女を巡業に連れていって、僕はよく技を見せてあげたんだ。僕の筋肉にいつも触れたがってさ。僕は彼女にとってアクロバットの達人のように見えていたんだ。サンボアンガのあの日まで。公演は中国の港やマニラ、サンボアンガでおこなわれていた。モロ族の仕業です――あの小さい悪魔らのこと知ってるでしょう。ときに怒り狂って、短剣で憎むべきクリスチャンを切りつけ天国に送り込もうとする奴らです。

そういったことがサーカスの設営地で起こったら、いったいどうなるかわかりますか。サーカスでよくある地元民とのいざこざです。それまで見たこともないような大喧嘩になった。僕は確か十八で、まだほんの子供だった。巻き込まれたんです。分別もなかったから。素手で短剣に向かっていった――剃刀のように鋭い波状の刃に。もちろん、そいつを殺した。そうするしかなかった。でも、乱闘が最高潮に達したとき、群衆の端にいる彼女の姿が見えた。彼女の金色の髪が太陽に輝いていた。青い瞳を見開いて怯えていた――短剣が振り下ろされ、僕は身をかわした。危うく真っ二つにされちまうところだった。そいつを組み伏せて首に腕をまわし、ねじった。骨が折れた――どうにかしてるうちに。そして、奴は死んだ。

最悪なのは、彼女がその場面を見ていたことです。僕はかすり傷を負って血を浴びて、でも——カービーは僕が彼女の命を救ったと信じてくれた。それで、僕によくしてくれたんです。でも、彼女の心は離れてしまった。彼女の英雄はどこかへ行ってしまった。目を見て、それがわかった。彼女の青い瞳から崇拝と称賛が消えてゆくのを見て、僕は死んだも同然だった。それからの僕は、彼女にとってただの荒くれ者となり、僕の手は血に染まってしまった——」

「知らなかったよ、ヘイル。そんな話、聞いたことがなかった」

「あなたがここに来る前の話です、ミスター・ラスク。まだ、リングリングスのところにいた頃です」

「彼女はカービーの後継者です——あなたが話しているその女の子が」

深く窪んだ瞳に不思議な表情が宿っていた。奇妙な危うさのようなもので、帽子の陰になっている痩せて日に焼けた顔とは対照的だった。

「あの子のこと、スピって呼んでたんです」優しい声で彼は言った。

「スピ?」

「そうです。キップリングの詩『マンダレー』の一節を知ってますか? 『彼女の名まえはスピ・ヨー・ラット、ティーボーの妃と同じ?』と言うのです。あるとき、彼女をそう呼んだら、気に入ってくれて。サーカスの近くの寺院で鐘が鳴っていて、それで思いついたんです。肌が白くてきれいで、ビルマの女の子と違うけれど。彼女の中に僕が何を見たか、どう説明すればいいのか。そのときはまだ幼かったから。とても——健康的と言うか。その瞳には幼いながら誠実な心が宿っていた。それは——」彼はグラスを降ろし、手で眼球を覆った。「彼女はそれまで地球上に存在しなかったような素晴らしい女性に成長しようとしていた。誰もが目を奪われ、その微笑みを得られるなら魂を売ってもいいと思えるような――」言葉が曖昧になり、不意に日よけ帽を取ると磨かれたバーに放り投げた。「忘れてください、ミスター・ラスク！　忘れてください！　僕、頭がどうかしてたんです。太陽のせいです。ずっと長いあいだ恐ろしく青い海を見ていたせいかも。ああ、あんな恐ろしく深いスル海の青い海が――。何か月も誰とも会わなかったせいかも――コブラや木々ばかり、次の年にはもう作物が育たないような木々ばかり」

わたしは青年の肩に腕をまわした。彼は風に吹かれた葦のように震え、張り詰めていた。「落ち着いて！　まあ、落ち着くんだ」彼をなだめた。「酔っぱらって、すべて忘れてしまうってのはどうだい？」

「でも、そんなことしたって無駄です。何も変わりません。また素面（しらふ）に戻れば」

「ここにいるあいだサーカスにぶらりと遊びにきたらいいよ」彼は返事をしなかった。しかし、真剣に考えているのが瞳にあらわれていた。「筋力はまだ衰えていないかい？　お決まりの技はまだできるかね？」

「僕が狂わなくて済んだのはそのおかげです、ミスター・ラスク。昔の日課を続けることで」

「聞いてくれ、ヘイル。考えがある。サーカスに来て道化師の服を着て、舞台で宙がえりをしたりずっこけてみたりするのはどうだい。わたしが手配しておくよ。明後日に開幕する」

「ありがとう、ミスター・ラスク。いい考えですね。たぶん、できると思います。でも最初に中国人に会わなければ」

「中国人？」

「ロザリオ・ストリートのイン・ユエン・シンです」

第四章

ヘイル・キングスリーはわたしの手を握り、あとで会いにくると言った。

「ああ、必ず来てくれよ。サーカスで会うのを楽しみにしているよ、ヘイル」念を押した。「その前にわたしのところへも立ち寄ってくれ」

「ありがとう、ミスター・ラスク。では、また」広い肩がドアから消えていった。わたしは飲みかけのドリンクを前に、もうしばらくのんびりしていた。

バーには他に二、三人客がいた。その中の一人が興味深そうにこちらを見ていて、強引に隣にやってきた。日に焼けた顔をして柔らかな青い瞳が注意深くこちらを見据え、かすかな笑みを口元に浮かべている。かなり日に焼けていたが、熱帯地方の人間のようには見えなかった。背が高く、六フィートはありそうだ。体格もよく、しっかりと筋肉がついている。鼻は大きく、形の良い頭に少し開き気味の耳。帽子を取ると、頭の天辺に薄くなった茶色の髪が見えた。

「もし、おじゃまじゃなければ――」彼は人懐こい笑顔を見せた。「あなたが、今出ていった若者とサーカスの話をしているのを耳にしたもので。もしやサーカスの関係者の方でしょうか?」

「ええ、そうです。カービー・マーティン・サーカスの広報を担当しております」

「それは興味深い。私の名前はロジャーズです。ハントン・ロジャーズ。魅惑的な世界ですな、サーカスは。サーカスの人達をいつもうらやましいと思っていました――放浪の旅やジプシーのような生活を。しかし」――言葉に詰まり、じっとわたしの瞳を覗き込んだ――「数日前にサーカスのオーナーを海に葬ったのではなかったでしょうか？」

「そうです。どうして知っているのですか？」

「マニラの新聞に数日前、小さな記事が出ていました」

「本当ですか？　知らなかった」わたしは驚いた。「何と書かれていましたか？」

「ほんの五、六行の記事でしたが、カービー・マーティンが〈サーカス・クイーン号〉で事故に合って海に葬られたと。発信地と日付はロスアンゼルスになっていましたが」

「なるほど」だんだんわかってきた。アルカディアにいる姪がヴァンス・サーストンの電報を受け取ってすぐにそのニュースを新聞社に公表したのだ。わたしは少し安堵し、その見知らぬ男はそれを素早く見て取った。穏やかな青い瞳には奇妙な色が浮かんでいた。想像以上にその男はこちらの個人的な生活について知っている気がした。「今日の午後、もう少し詳しい情報を新聞社に公表する予定です」わたしは自己防衛するかのように言い添えた。

「ところで」カービー・マーティンの死についてはそれ以上触れず、彼は続けた。「私は常日頃から密かな野望を抱いていたんです。誰もがそうだと思いますが。私が一番やりたいことは、いつもの衣服を脱ぎ捨て、メリー・アンドリューとかタンブリング・パンタロンの衣装を身に着け、サーカスの観衆のまえで跳ねまわることなんです」

「今まで道化師の役をなさった経験が？」二人のコメディアンの名前をあげたので、ちょっと驚いて尋ねた。

「実際にはありません――自分の想像の中だけです」彼は微笑んで答えた。とても魅力のある男だった。歳は三十五歳前後といったところか。

「そうですね。もし、あなたが仕事をしたいということでしたら、話す相手が間違っています。人を雇うのはわたしの仕事ではありませんから。もちろん、今話をしていた若者は例外です。彼は友人で昔はサーカスに出ていました。サーカスで生まれ育ったようなものです。ここに滞在中、彼に戻ってくるよう勧めました――おそらく報酬はないでしょう。わたしがいくらか渡すかもしれませんが。ところで、ミスター・ロジャーズ、あなたのお仕事はなんですか？」

「ああ――」彼は笑った。「私が告白すると、きっと驚かれると思います。故郷はカリフォルニアです。英文学の教授なんです――今、大学から長期休暇をとっているところです――」

「驚きませんよ。医者やビジネスマンや配管工や弁護士――サーカスには弁護士だった人もいます――彼は道化師役にすっかりとりつかれたようでして。単調な生活からの現実逃避だと理論づけておりますが、まあ、置かれていた状況に耐えられなかったのかも」

「おそらくそれが真実でしょうね。私は大学の整然とした秩序からの逃避者です。知識をひけらかす必然性からの逃避、ええ、ミスター……ミスター……」

「ラスクです。コートニー・ラスク。失礼しました」

「以前私のクラスにある女の子がいまして、その子のおじ様がサーカスのオーナーだったんです。彼女が論文を出して、そのことを知ったのですが、一般的な女性では考えられないくらいサーカスに慣れ親しんでいるのが窺えました。あとで彼女と話をすることになっているんです」

私は値踏みするように彼を見た。自分は、東洋で出くわす、うさんくさい奴の餌食になろうとしているのかもしれない。口八丁手八丁の狡猾な性根の、背後に隠された目的を持つ男の。結局は金を貸してほしいだとか、そういった輩(やから)の。彼はヘイル・キングスリーの話を存分に聞いていたはずだ。今まで彼が語ったすべては作り話かもしれない。しかし、次の瞬間、彼はわたしの出鼻を真っ向からくじいた。

「彼女の名まえはドリス・マーティンです。大学を卒業して数年になりますが、彼女のことはよく覚えています。とても素晴らしい人柄で優秀な生徒でしたから」

「なるほど」わたしはやっと声を出した。「失礼いたしました、教授。たった今、疑わしげな顔を見せていたとしたら、お許しを。確かに彼女の名まえはドリス・マーティンです。カービー・マーティンの姪の」

「彼女をご存知ですか?」

「会ったことはありません。でも、たった今出て行った若者が彼女のことを知っていました」

「失礼します」こざっぱりした身なりで知的に見える若いフィリピン人が近づいてきた。「ミスター・ラスクでいらっしゃいますか?」

「はい、そうですが」

「私は『ブリティン』誌の者です。エミリオ・ロペスと言います。サーカスの方だと思いますが」

「そうです。ちょうどあなたのオフィスに行こうと思っていたところです、ミスター・ロペス。恐れ入ります、ロジャーズ教授。ここに滞在しているあいだ、またお会いすることになるでしょう」

「ええ、もちろん」彼は親しげに大きな手を振った。バーに立ってライムジュースを手にしている彼に背を向け、わたしは出ていった。

その日の午後、そして次の日一杯は多くの予定で埋まっていた。新聞社を訪ねたり、来訪者を迎えたり、広告やオフィス街に展示するショーウィンドウのビラについてもチェックをした。サンポロック地区にテントが設営されることになり、旗がそこで楽しげに風にそよいでいた。わくわくするようなイベントによって町は徐々に興奮に包まれ、カーキ色の大きなテントが膨らんでいくと、ますます盛り上がりが感じられた。興行の成功を占うかのような素晴らしい天気にも恵まれた。荷物を降ろし、再び地面に降りたってセットを組み立てると団員たちの士気も上がった。我々はずっとカービー・マーティンの死に心を揺さぶられていた。舵のない船のような状況で、現在の原動力が消失すれば、チャンスの風に乗る前に力尽きてしまうという厳しい事実もこれで少しは和らいだ。

初日の午後の出し物は、カービー・マーティンも満足がいくものだと我々には自信があった。円滑な流れを差しとめるものは何もなかった。それぞれが太平洋の底に沈んだ男のために意識的にベストを尽くそうとしていた。一種の追悼の意味で、その公演を彼に捧げようとしていた。きっとカービーもそう望むであろう。カービー・マーティンのサーカスは東洋ではかなり規模の大きなものだった。それ以上のサーカスはほとんどない。もちろん、アメリカ巡業の際の莫大な規模とは比べ物にならないが。伝統的な三つの円形の舞台が用意され、それぞれに出し物が詰まっていた。サーカスの目玉を包括したコンパクトな内容で、才能をサーカスに捧げた男の経験が詰まっていた。

ヘイル・キングスリーとはホテルのバーで別れてから初日にテントのレストランで夕食をともにするまで会うことはなかった。午後の公演には姿をあらわさなかった。出演者のテントには顔を出したと、のちほど聞いた。彼はうやうやしくわたしに挨拶し、ほとんど口を開かなかった。

「例の中国人とは会ったのかい、ヘイル？」彼の肩を叩きながら訊いた。

「はい。会いました」そう答えたが、すぐに話題を変えた。「今夜舞台に出て、一仕事してもいいですか、ミスター・ラスク？」

「もちろん。すべて準備は整っている。サーストンが見てくれるよ。彼が言うには君が今でも充分やれそうなら何か仕事を考えてやってもいいと」

「ありがとう、ミスター・ラスク。やってみます」

わたしは背を向けて去ろうとしたが、ヘイルの口調の何かが気にかかり、立ち止まって不審をあらわに彼を見つめた。

「何も問題はないかね、ヘイル？」

「はい、ないと思います」

若者は明らかに元気がない様子で、しばらくそのことがわたしの心にひっかかっていた。新聞記者が何人か夕方の公演を見に来ており、彼らのためにボックス席を用意した。表の方にまわると入場口はすでに開いていて、観客の第一陣がチケット係の前に列を成していた。すぐに売り切れの公演も出たようだ。どっと押し寄せる小柄な色の黒い男女の中に多数の白人も混ざり合い、あたりは休暇の雰囲気一色となっていた。新聞社の人間は、一人を除き、数分のうちに全員到着し、案内係が彼らをテントの中に招き入れた。わたしは遅れた一人を待っていたが、そのとき、見知った顔が目に留まった。バーでライムジュースをちびちびやりながら道化師になりたいと密かに告白した男だ。わたしに目を留めると彼の目は輝き、何か話そうとしているようだった。

「こんばんは、教授」彼が押されながら回転式の木戸を通り抜けていくとき、わたしは呼びかけた。そのときになって、二人の女性を連れているのがわかった。顔はよく見えなかったが、一人は小柄な年配の女性で、もう一人は整った身なりと真っ直ぐな姿勢から若い女性だと判断された。彼らは動物たちのテントへと消えていった。

公演がはじまると、客席は上の方まで埋まり、期待と興奮に満ち溢れ、サーカスのスリルを求める熱烈な群衆の姿はアメリカ中西部の小さな町の観客と変わりはなかった。サーカスは世界中で普遍の魅力があるということだ。開幕から午後の成功も充分見込まれるような公演となった。円滑な流れによって道化師が宙がえりしながら登場し、観客から陽気などよめきがおこった。いつもメンバーは十人のはずだが、今日は十一人いた。まもなくポール・キングスリーがピエロの衣装を着て顔をグロテスクに塗って出演しているのがわかった。ヘイル・ストラットンが悲鳴を上げ、箱から飛び出した骸骨に追いかけられながら舞台から出てきた。わたしはヘイル・キングスリーがどんなことをするのか見守った。彼はその恐ろしい光景を見て驚き、軽々としなやかに何度も後転し、予約席のすぐ前まで出てきた。最前列に膝がぶつかりそうなほど近くだった。彼はお辞儀をして顔を伏せ、目をしっかり見開いて顔をあげた。それはポール・ストラットンの演技に花を添える妙技で、ポールに注目している観衆の目を無理に奪うことはなかった。キングスリーはしばらくそこで左右にお辞儀をして、拍手喝さいを一身に受けているようだった。それから舞台に走って戻っていった。彼は姿を消し、ジャック・フォーリーの綱渡りがはじまった。その演技の最中に一人の道化師が、来客と座っているわたしのボックス席へやってきた。キングスリーだと気がつき、驚いた。柵の方へ来るよう手招きしている。

「どうしたんだ、ヘイル？」

「ちょっと見えたんです」不意に言った。顔に塗ったグリースが彼の表情を消していたが、低い声には緊迫したものが感じられ、何かに驚いているのがわかった。

「何が見えたんだ?」

「僕が話した女の子のこと、覚えてますよね?——ほら、スピって呼んでた」

「カービー・マーティンの姪のことかい?」

「そうです」

「彼女がどうかしたのか?」

「予約席の二列目にいたんです」

「本当かね? それとも、からかっているのかい?」

「真面目な話です、ミスター・ラスク。心臓麻痺を起こしそうになりましたよ。彼女の膝の上に倒れるところだった。顔を塗っていたので、僕のこと、わからなかったようですが——それにもう何年も経ってますから——」

「冗談はやめてくれ、ヘイル」

「本当です、ミスター・ラスク。冗談じゃありません。先日あなたと話していたときにバーにいた男と一緒にいます」

「わかった、ヘイル。よくわかった。彼女のところへ行って話してくる」

わたしは客席の下まで降りていって、余分な椅子をボックス席まで運ぶよう案内係に言った。それから予約席の方へ歩いていった。

「ロジャーズ教授」静かに声をかけた。

「はい?」

「よろしければ、ぜひボックス席の方にあなたとご同伴の方をお招きしたいのですが」

　ロジャーズ教授は様子を窺うように二人の女性を見た。一瞬気が進まないような表情が若い女性の顔に浮かんだが、すぐに笑顔になり、全員立ち上がってわたしのあとに続いた。ボックス席の前で案内係が椅子を並べるのを待った。

「ミス・マーティンでいらっしゃいますか？」わたしはその女性に笑いかけた。彼女はかすかに驚いているようだった。「アルカディアからいらしたミスター・カービー・マーティンの姪御さんですね？」

「ええ、そのとおりですわ――でも、どうしておわかりになったのかしら？」

「わたしは広報担当のコートニー・ラスクです」手を差し出した。

「まあ、そうでしたか――それなら、おわかりになっているでしょうね」彼女はわたしの手をしっかりと握り締めた。「それから、いとこのスーを紹介してもよろしいでしょうか、ミスター・ラスク？ミス・スーザン・ポーターです」

　小柄な白髪混じりの女性が、くっきりとした茶色の瞳で値踏みするようにこちらを見た。わたしの容貌を隅々まで見つめているようだった。一瞬、何もかもが不利に働いているような気がした。おそらくわたしのこめかみの白髪が状況を好転させたのだろう。彼女は不意に微笑み、差し出したわたしの手を取って一度振り、さっと離した。「はじめまして、ミスター・ラスク」

「どうやって、こちらまでいらしたのですか。ミス・マーティン？」わたしは若い女性の方を向いて尋ねた。

「スーとわたくしは快速客船に飛び乗って、数時間前にこちらに着いたのです。ロジャーズ教授とホテルのロビーでお会いしまして。わたくし――まず最初に一人の観客としてサーカスを見たかったのです。それで、教授に同行をお願いしました」

第五章

ロジャーズ教授がゆっくりとホテルのロビーに入って来た。ヴァンス・サーストンとわたしは、そこでドリス・マーティンがあらわれるのを待っていた。教授は全身白の装いで小ぶりのマラカス・ステッキを手にしている。熱帯地方の朝はすでに太陽が高く昇っていたが、彼は帽子を取って額の汗を拭っただけで、他に骨を折って暑さをしのぐ様子は見せなかった。

わたしの姿を見つけると、向きを変えてこちらへやって来た。手を差し出すと、彼は温かく握り返してきた。落ち着かなげにロビーをうろうろしているヴァンス・サーストンを呼び寄せ、わたしは二人を引き合わせた。

「ロジャーズ教授です」サーストンに紹介した。「カリフォルニアの大学で教鞭を取り、ドリス・マーティンのクラスを教えていたそうです」

「なるほど。それで彼女のことをご存知だったのですね」

「そのとおりです」

「ミス・マーティンは昨夜のショーを楽しんでいらっしゃいましたか?」わたしは訊いた。

「彼女は夢中になって観ていましたよ、ミスター・ラスク。完全に魅了されていました。いとこのスーも同様です」

「いかにも」サーストンが言葉を挟んだ。「サーカスの未来にとって、それがよい兆しとなればいいのですが」ロジャーズは微笑んだだけで何も答えなかった。「快速客船でおいでになったとか」サーストンが確認するようにわたしを見ながら話を続けた。彼は前夜、サーカスの新しいオーナーには会っていなかった。従って、すべてわたしを通して情報を得ていた。「ミスター・ラスクはどう考えているかわかりませんが」歯切れのよいしっかりとした声だった。「私自身は彼女の到着を電報で知らせていただければよかったと思っております。彼女とお会いして、到着時の色々と面倒な手続きやホテルのご滞在のお手伝いなどもできればよかったのですが」

「彼女がここにいる弁護士に電報を打ったのです。その一人がミスター・ハバードで、そういった手続きをしてくださいました」ロジャーズが彼にそう告げた。

「なるほど。まあ、彼女にしてみれば、遺産の件が第一の優先事項となるのでしょうが。当然のことです。彼女のおじ様の事業本部は、もし本部と呼べるものがあるとすればですが、マニラにありますからね。既に遺言はマニラの弁護士の手に渡っていると聞いております。遺産についておそらくここで検認を受けるのでしょう」

ロジャーズは頷いた。「私にはわからないのです。本当に」彼は礼儀正しく答えた。その件に関して明らかに関心はなさそうだった。「ミス・マーティンと私は昨日の午後、弁護士との打ち合わせのあとで合流しましたが、彼女は個人的な問題について話すことはありませんでした。当然、私も尋ねたりはしませんでしたし。彼女は有能な女性です。確固たる信念を持っている」

「それを聞いて嬉しく思います、ロジャーズ教授」サーストンが言った。

「今朝、彼女とお会いになりましたか?」わたしは訊いた。

「いいえ、まだ」

背後でエレベーターの動く音がし、誰が出てくるのかとサーストンが素早く振り返った。そのとき、彼は椅子でむこうずねを引っ掻いてしまい、いつもは穏やかな顔が痛みに歪み身を屈めて傷ついた場所をさすった。

「怪我をされましたか、ミスター・サーストン?」ロジャーズが心配そうに尋ねた。

「いえいえ、大丈夫です、ありがとう」彼はそう答え、すぐに姿勢を正した。

「みなさん、おはようございます」背後から声が聞こえ、わたしはドリス・マーティンに挨拶しようと振り向いた。明るい陽射しの中で彼女を見ると、ヘイル・キングスリーの言葉を思い出さずにはいられなかった。彼の記憶では金髪で大きな青い瞳の美しい少女で、心を奪われずにはいられないようなあらゆる信頼と称賛に値する人物だという。

金色の髪と大きな青い瞳はそのままだが、もはや幼い少女ではない。目を見張るような美しい女性に成長し、青い瞳は落ち着いて誠実な色を帯び、微笑みと笑い声は陽気な気質の副産物と思われた。しかし、彼女という人間がキングスリーの話のとおり信頼と称賛に値するかは、その青い瞳の奥に秘められており、簡単には誰にも読み取ることができない。サーカスでの長い経歴の中、二つの大陸で男女様々な人に出会ったが、このとても華奢な美しい女性に出会ったときのように、こんなに瞬時に誰かに引きつけられたことはない。

「おはようございます、ミス・マーティン」彼女の伸ばした手を取りながらわたしは言った。彼女はロジャーズ教授と握手をした。「それから、ミスター・サーストンを紹介してもよろしいでしょうか?　サーカスの統括マネジャーです」彼女は手を差し出し、完璧な装いのオーストラリア人に目を走らせた。「彼は昨夜、ショーを見にくることができなかったもので」この後どういう展開にになるか、まったく考えてもいなかった。

「おはようございます」彼女はちょっといたずらっぽい口調で言った。「あら、統括マネジャーはいつも必要なときにいてくださるわけではないのですね」

彼女の言葉は鞭のように響いた。微笑みがその鋭さを少し和らげてはいたが。女性の直感と呼ぼうがなんと呼ぼうが、その状況においては鋭い指摘だった。のちにわたしは、こういった状況を彼女に用意できたことを嬉しく思った。というのも、ヴァンス・サーストンは折り合いよくやっていくには難しい人間だったからだ。カービー・マーティンは彼をうまく扱っていたが、カービーの跡を継ぐ女性は、特にドリス・マーティンのように若く美しい女性には、やがて彼が威圧的な態度に出るのがわかるはずだ。しかし今や彼女は彼に警告を与えたのだ。自分がボスであることを知らしめたのである。

「申し訳ございません」サーストンは顔を赤らめ唇を引き結び、片眼鏡ごしに見つめながら言った。「残念ながら、案内係がちょうどよいタイミングで私の姿を探し出すことができなかったようでして。いつもの仕事に追われておりまして」

「わかりますわ」ドリス・マーティンは言い、サーストンの釈明を不意に遮った。「行きましょうか？　いとこのスーが来ました」小柄な初老の女性がエレベーターから出てきた。彼女はちらりと笑顔を見せて、わたしとロジャーズに挨拶をし、サーストンを紹介すると簡単に頷いた。

「外でタクシーが待っています」わたしは言った。

「あの、ロジャーズ教授――」ドリス・マーティンが彼を見た――「ご一緒にいらっしゃいませんか？　〈サーカス・クイーン号〉を見せてもらうことになっているんです」

「それでしたら、ぜひ」ロジャーズは誘われて嬉しそうだった。我々は待っているタクシーに乗り込み埠頭へ向かった。

車中でミス・マーティンとロジャーズ教授とわたしは楽しく会話をした。ヴァンス・サーストンの血管に冷たい敵意が固まっていくのを感じた——わたしに対する敵意だ。わたしの発言によって、ドリス・マーティンの第一声が決まってしまったからだ。

乗船すると、ウッズ船長が迎えてくれた。彼らを紹介すると、船長は若い娘の差し出された手を取り、その上にお辞儀をした。固い声がかすかに和らいで聞こえた。「お会いできて光栄です、ミス・マーティン。なんなりとお申し付けください」

「ミス・マーティンは船をご覧になりたいそうです」サーストンが言った。「団員たちや他の者の部屋を視察し、どのように動物の世話をしているのか」

「どうぞ、ご覧ください」

我々はゆっくりと、年数を経て色褪せた〈サーカス・クイーン号〉の船内を見てまわった。曲芸師たちの個室、サーカスのテントに持ち去られた動物が入っていた空っぽの檻や無数の装飾品などを。船の個室を出てホテルに移った者はほとんどいなかった。朝も早かったため、寝ている者も多数いた。あちらこちらドアが開いていて中が見え、我々は招き入れられた。あっという間に新しいオーナーが到着したとの噂が船じゅうに広がり、すぐに即興の歓迎会がおこなわれ、予期せぬ楽しい雰囲気に包まれた。ミス・マーティンは初めて会う人に深い印象を与え、彼らやその仕事に興味を抱いていると感じさせる才能があった。

我々はポール・ストラットンの個室の前で立ち止まった。ドアが大きく開けられ、中では道化師が小さなテーブルを前に何かに取り組んでいた。彼はすぐに立ち上がって挨拶をし、我々を招き入れた。わたしはポールがどんな役どころかミス・マーティンに説明した。

「まあ！」彼女は声をあげた。「今でも笑いが止まらないくらいよ、ミスター・ストラットン。あなたがテントで骸骨に追いかけられたのを思い出すと——それから、あの迫力あるバイオリン！　いったいどうやったらできるのかしら？」

道化師は彼女に称賛されて嬉しそうだった。テーブルに向き直り、動かしていた小さな木の人形を指し示した。一つは道化師らしく、もう一つは体をつなぎ合わせた骸骨だった。

「ご覧ください、ミス・マーティン」彼は恥ずかしそうな早口で言った。「骸骨のドタバタ劇にはまだあまり満足していないのです。昨夜は、覚えておいでででしたら、幸運なことに笑いが起こりましたが。観客は様々な場所から僕がいなくなるまでをずっと見ていました。結構な笑いも取れたし、それで充分かもしれませんが、もう少し改善できないかと。もっと大爆笑にならないかと思っているのです。最後には甲高いヒステリックな笑いになるくらい。僕が引っ込む直前まで」

「とても愉快でしたわ、ミスター・ストラットン。そのままで充分じゃないかしら。そう思わない、スー？」

「ええ、そうですね。面白いと思いましたよ」初老の女性も同意した。

「ありがとうございます。でも、もっと面白くしたいと思っています」ストラットンが言った。「骸骨は後ろに付いて走っているので、こっちが速く走ると、それも速くなります。肩から竿で吊り下げているだけですから。最後の方で、骸骨の足が床から離れ、後ろに浮かび上がって、こっちを捕まえようと腕を伸ばしている感じにしたいと考えています。そうすればもっと大きな笑いが取れると思うのですが」

「まったくそのとおりですね」ロジャーズが考えながら同意した。彼は小さな模型を手に取ってまじまじと眺めている。「長い縦の竿を取りつけることはできますか？　骸骨と同じサイズの。既に使っている棒をそれに繋げて操ってみては？　おそらくあなたが走っているとき、骸骨が浮かんで襲いかかってくるように見えると思います」

「うーん、たぶん――」道化師はじっと考え込んでいた。「たぶんできると思います。あなたのおっしゃっていること、わかります。僕が頭を悩ませていたのが、その方法なんです」

我々は彼を残して部屋をでた。彼はまだ、サーカスの観衆からもっと笑いをとろうと仕掛けを前に悩んでいるようだった。甲板の先へ進んだ。角の個室にやってきた。そこはゴリラの檻として使われている部屋だった。甲板側のドアは開いていた。ジョーは今、陸に上がってサーカスに出ていた。

「ここは、なんの部屋ですか？」ドリス・マーティンが尋ねた。

「ゴリラの檻をこの中に入れたのです、ミス・マーティン」ヴァンス・サーストンが説明した。「動物を海上の悪天候から守るためです。本来の生育環境から離れて生きるのは難しい動物なんです、ゴリラは」

彼が設備について説明しているあいだ、エドウィーナ・ナイルズがいつの間にか我々の一行に加わった。シルクの寝間着を引き締まった体にまとい、ブロンドの髪は毛巻き紙で巻かれていた。サーカスのテントの中では華やかで妖精のような姿だったが、今は少しくすんで見える。我々が部屋のドアの前を通り過ぎたとき、半時間ほど眠ったところだった。わたしは彼女をドリス・マーティンとスーザン・ポーターに紹介した。

「まあ、あなたが空中曲芸師の方？　テントの天辺でまるで宙に浮かんでいるようだったわ」

「はい、ミス・マーティン」エドウィーナが答えた。彼女の声は風邪をひいたみたいに少しかすれていた。

「とてもすばらしい技でした。あなたが落ちるんじゃないかと思って不安で心臓が口から飛び出そうだったわ」

「ええ」――エドウィーナは称賛の言葉に嬉しそうに顔を赤らめ、言葉に詰まっていた――「それが曲芸の本質なんだと思います。もし何も危険がなければ、観客はなんの興奮も味わうことはできませんから」

「でも、怖くないのですか？」

エドウィーナは頭を横に振った。「そんな風に考えたことはありません。あの――ミスター・サーストンがジョーのことをお話ししたと聞いています。ジョーについて悪評を耳にしていなければいいのですが、ミス・マーティン。わたしが――たぶん、ジョーの唯一の友達だと思います。カービー・マーティン亡きあとは。少なくとも友達になろうとしています。ジョーは一人ぼっちですから。あなたのおじ様を亡くしてジョーは寂しがっています。きっと悲しんでいます」

「まあ」――ドリス・マーティンは当惑して目を見開いた――「私はジョーについて詳しく聞かされてないようです。もちろん、昨夜サーカスで見ましたけれど」

「ミスター・サーストンかミスター・ラスクにジョーについて話してもらうべきです。でも、私が今言ったことをどうか忘れないでください。ジョーには友達が必要なんです。敵はもう充分いますから」エドウィーナは寝間着をしっかりと均整の取れた体に巻きつけ、立ち去ろうとした。「あなたにお会いできてよかった、ミス・マーティン。それからあなたも、ミス・ポーター」かすかに頭を下げて歩き去り、声は次第に消えていった。スーザン・ポーターの非難がましい眼差しがデッキに消えゆく彼女の姿を追っていた。

空中曲芸師が視界から消えると、あたりに沈黙が漂った。ヴァンス・サーストンとウッズ船長、そして、わたしのあいだで素早く視線が交わされた。沈黙を破ったのはわたしだ。

「エドウィーナがたった今告げたからには、あなたのおじ様がどのように亡くなったか、お話しするしかありませんね、ミス・マーティン。もしあなたが他のときがいいとお考えじゃなければ」

「引き延ばすつもりはありません」わたしを見つめる青い瞳は真っ直ぐで決意に満ちていた。

ウッズ船長が音を立てて咳払いをした。「ボートデッキにあるおじ様の部屋に上がった方がよろしいでしょう」彼は提案した。「そこはあなたの部屋です。もしお使いになりたければ」

「ええ、ありがとう」

我々は小さなグループを成して昇降階段へ向かった。まだ奇妙な沈黙が漂っていた。やがてヴァンス・サーストンの声が各々の思考を遮った。

「私は――私は――」不意に彼は言葉を発したものの、すぐにそれを後悔したようだった。ドリス・マーティンの探るよう視線が片眼鏡のせいで一層不気味に見える冷たい石のような瞳に向けられた。

「私が思うに、ミス・マーティン、あなたはサーカスの長としておじ様の立場を受け継ぐおつもりで？」今や問いが投げかけられた。それはわたし達の心の中にくすぶり、ずっと答えを待っている問いだった。そして、答えは即座に率直に告げられた。

「ええ、もちろん。このサーカスはわたくしに遺贈されました。カービーおじほどの経験はありませんが、進んで引き受け運営できるよう最善を尽くすつもりです。そして引き継ぐにあたって、みなさん、あなたたちの助けと忠誠心と最善の努力が必要なのです」

第六章

ウッズ船長はデッキハウスのドアの南京錠を外し、中に入って扇風機をまわした。そこは他の個室から少し離れた場所にあった。男がやってきて窓枠から釘を抜くと、すぐに部屋は居心地の良い快適な場所へと変わった。侵入者を発見して以来、部屋は閉ざされたままだったのだ。船長がお辞儀をして机の後ろの大きな椅子を示すと、ドリス・マーティンがそこに腰を下ろした。それからスーザン・ポーターのために隣にも椅子を用意した。

「ここはあなたのおじ様の部屋です、ミス・マーティン」彼は説明した。「彼はここで生活し、ここで事業を営み、会議を開き、旅程を組み、人を雇ったり、解雇したり――つまり、ここが本部のようなものでした」

彼女は細い手を伸ばし、美しい彫刻の施された生木の机のサテンのような滑らかな表面をなぞった。それはわたしがこのサーカスに加わる前にカービー・マーティンが据えつけた机だった。彼女は何かためらっているようで一瞬口を開け、また閉ざした。そして決心したように話し出した。

「それではおじのカービーに何が起こったか、話してください」誰にともなく彼女は述べた。

「ええ、何が起きたのか、私たちは知りたいと思っています」スーザン・ポーターが同調した。

わたしはまわりを囲む面々に目を向けた。ロジャーズ教授は柔らかな青い瞳で遠くを見つめるようにじっと座っていた。ヴァンス・サーストンは固い表情で真っ直ぐ前を見ている。ウッズ船長は称賛の眼差しで一心に彼女を見つめていた。

「すべてを知りたいと思っています——ゴリラのことも」ドリス・マーティンが言った。「先程の話で、いくつか理解できないことがありました」

「そんなに長い話ではありません、ミス・マーティン」事件の悲劇や暴力性についていくらか弁護するようにウッズ船長は答えた。「カービー・マーティンが亡くなったのは船の上でのことです。この船の船長として、何が起こったのか説明するのが、わたしの義務だと思います」

「どうぞ、すべて話してください、船長」

「承知いたしました。あれは——」考えをまとめようと口ごもった。「ジョーです——紛れもなくあのゴリラがおじさまの死の原因です。ジョーはまだ子供のゴリラです。ミスター・マーティンもゴリラが何歳なのか知らなかったが、たぶん七、八歳といったところでしょう。いずれにしてもジョーは平均並みの人間のように大きく、巨大な肩と力強い腕、大きな胸を持った動物です」

「昨夜、サーカスでジョーを見ましたわ」ドリス・マーティンは言い添えた。

「ええ——そうでしたね。あなたのおじ様はジョーが好きでした。かなりの時間、ジョーと檻の中で過ごし、話しかけ、人間のマナーを教えたりしていました。一緒に食事をすることもありました。二人で一緒にテーブルの前に腰を降ろして。ジョーのテーブルマナーは素晴らしく申し分のないものでした。彼は人間の、または人間に近い特徴を備えていました。確かあなたではなかったですか、ミスター・サーストン？　ジョーはだんだんと成長し、あまり密接に関わるのは危険だとミスター・マーティンに忠告したのは？」

「ええ、船長。そのようにミスター・マーティンに忠告しました」

「もし、わたくしの意見が必要であれば」――スーザン・ポーターの声が少し辛辣に響いた――「わたくしが思っていた以上にカービー・マーティンは軌道を逸していたんじゃないでしょうか。彼は常に変り者でしたが、狂っていたとは知りませんでした」

ドリス・マーティンは、この年上の小さな女性に優しく笑いかけた。

「いいですか、ミス・マーティン」ウッズ船長が話を戻した。「おじ様はいつも頑丈な杖を使っておられました。数年前、上海郊外のホン・キー・パークでショーを行った際、足首をくじいてしまったのです。それ以来、杖が必要となりました。檻の中にも杖を持ち込んでいました、そして、そういった杖はジョーのようなゴリラの手に渡ると恐ろしい凶器となります――それが証明されたわけですが」

「どういう意味でしょうか、船長?」ドリスは尋ねた。頬から赤味が少し消えていた。

「先週水曜日の朝のことです。ジョーが檻で暴れている音がしました。ゴリラが感情を露わにするときよくやるように胸を叩いていました。船上の時間は午前五時で、まだ暗かったのですが。飼育係のジョン・トーベットがどうしたのかと見にいってみると、おじ様がひどく殴られて檻の床の上に横たわっていました。そして、ジョーは彼のそばに立ち、ドラムを打ち鳴らすように胸を叩いていました。飼育係はすぐに助けを呼び、ミスター・マーティンは檻から運び出されました。もちろん、できるだけのことをしましたが、正午頃には意識を取り戻すことなくお亡くなりになりました」

部屋は沈黙に包まれた。ドリス・マーティンはそっと唇を噛みしめ、青い瞳の奥に涙が煌めいていた。

「凶器は――」ロジャーズ教授が口を開いた。

「杖です、教授」船長が答えた。「ジョーの寝床の下で見つけました。杖は砕けて血が付いていました」

「部屋の明かりは消えていたのですか？　それとも点いていた？」

「点いていました、もちろん」

「夜の何時にミスター・マーティンが檻へ向かったのか、わかりますか？」

「いいえ。誰も彼が檻に入るのを見たり聞いたりはしていません」

「夜遅くだったのでしょうか？　それとも早朝？」

「誰にもわかりません。この部屋の後方にデッキへ降りる昇降口階段があり、橋を通らず下に行くことができます。ですから誰にも見られることはありません」

「殴打しているような音は聞こえなかったのですか？」

「聞こえませんでした。ゴリラの檻は港寄りで、デッキに並んでいる個室のずっと後ろの方にありますから」

「ジョーの檻から一番近い部屋にいたのは誰ですか？」

「曲芸師の一人だと思います」彼は確かめるようにわたしの方を向いた。

「ジャック・フォーリーという若者です。綱渡りの曲芸師です」

「彼は何か物音を聞いたようですか？」

「何も聞いていないと。でも、いつもかなり熟睡しているようです」

ドリスが突然、話を遮った。「でも、ゴリラがやったということは、はっきりしていないんじゃありませんか、ロジャーズ教授？」

ロジャーズは彼女が話を遮ったことに少し驚いていた。夢中になって質問をしていたが、今は驚いてドリスを見つめている。「そうです、もちろん、そう思っていますよ、ドリス。わたしはただ状況をはっきりさせて、ゴリラが犯人であることを明確にしたかったのです。あと二つだけ質問があります」彼は許可を求めるようにドリスを見つめ、言い添えた。

「何ですか、教授？」彼女は訊いた。

「ミスター・マーティンが亡くなる前、ジョーの気が立っているような、凶暴になり得るような様子は見られたのですか？」

輪の中で視線が交わされた。わたしは頭を横に振った。船長は沈黙したままだった。ヴァンス・サーストンは右足を左足の上に交差させ、そっと優しく向う脛に手を触れた。そのあとでわたしたちを代弁して語り始めた。

「実際、かなり奇妙なことに、そのような兆候はまったく見られなかったのです。ジョーは体が大きく力が強いというだけでして。でも、サーカスの動物たちは常に監視が必要です。歯茎に潰瘍ができただけで騒ぎとなることがあるのです」

「もう一つの質問です」ロジャーズがさらに追及した。「杖はどうしたのですか？」

それに対して答えたのもサーストンだった。「少し感傷的かと思いますが、杖はカービー・マーティンの体の一部のようなものでしたから、彼と一緒に葬りました。わたしの提案です」

「ありがとう、ミスター・サーストン」ドリス・マーティンが言った。「それから――」ためらいながら船長の方を見た。

「おじ様が亡くなってから、我々は会議をひらきました」ウッズ船長が、再び説明した。「我々は熱帯地方におりました。上陸するまでの五日間、遺体を保つ可能な手段がありませんでした。それで海に埋葬することになり、その夕方、日没時にわたしが祈りを捧げ、遺体は海に沈めました」説明を終える頃、彼の硬い声が少し和らいだ。ドリスの唇がかすかに震え、やがておさまった。

「思いがけない出来事がありました、ミス・マーティン」わたしは言った。「あなたのおじ様に対するみんなの愛情を示す出来事としてお話ししておくべきでしょう。まったく不思議なんですが、甲板にいる象のオールド・ベッシーが、何が起こっているか見えないはずなのに、その日、なぜか鳴き声を上げたんです。礼拝の最中でした。象は主人に向かって最後に別れの声をあげたのです。そうとしか考えられません。象は自分の意志でそうしたのです。我々はそのように考えています」

「ありがとう、ミスター・ラスク」彼女は穏やかな声で言った。沈黙が続き、重苦しい空気が漂った。わたしはそれを破るために話題を変えた。

「それからミス・マーティン、一つ提案をしたいのですが。おじ様がいなくなったあと、引き継ぐかどうかはあなたのご意志ですから」

「ええ、ミスター・ラスク」

「わたし達の座っているこの部屋、あなたの目の前にある机ですが、おじ様が葬られた日の夜遅くに誰かが荒らしていたようです。侵入者の目的が何だったかのか、わかりませんが、そして目的のものを見つけたのかどうかも。しかし、おそらく何も見つけなかったはずです。探索の途中で逃げていきましたから。どういった人物かもわかりません。それで、ドアに南京錠がかけられ、窓も釘で閉ざされていたのです――再発を防ぐために」

「まあ――なんて奇妙な！」ドリスは声をあげた。驚きを目にたたえ、隣の初老の女性を見た。

「そういうことですから」わたしは続けた。「今日、船をお降りになる前に机の中のものを持っていかれた方がよろしいかと――すべての書類や私物を――それらをまとめて陸に上がったら弁護士に渡し、調べてもらわれるといいでしょう。あなたがこのデッキハウスを引き継ぎ、ここに移っていらしたら――そのご予定だと存じますが――侵入者が戻ってくることはもうないはずです」

「ありがとう、ミスター・ラスク」状況をよく呑み込みながらドリスは言った。「ありがとうございます、お気遣いを。直ちにそうしますわ。それから」――彼女はもう一度、まわりの面々を眺めた――「他に起こったことで、わたくしが知っておくべきことはありますか――おじの死に関して、または他のことで？」

「他にはないはずです」船長が答えた。

「ありません、ミス・マーティン」サーストンも言い添えた。

通路にいた見張り番が突如ドアの外にあらわれた。その背後に白い人影が見える。見張りは入口のところで躊躇して帽子に手を置いた。船長がそれを見つけた。

「何か用かね？」

「あなたにお会いしたいという紳士が」見張りはそう答え、体を横にずらすと、白い人影があらわれた。整った身なりの細身の若者で背がかなり高い。右手に杖を持って火を点けたばかりの葉巻を即座に放り捨てた。

ウッズ船長は椅子から飛び上がり、急いで挨拶をしにいった。そのときになって帽子で陰になっていた顔がよく見えた。アーモンド形の瞳に黄色い肌。船長はその見知らぬ中国人と親しげに握手をし、中に招き入れた。彼の座る場所を作るために、我々は椅子を動かした。

「ミス・マーティン――そしてミス・ポーターです」船長が紹介をはじめた。「イン・ユエン・シンをご紹介してもよろしいでしょうか?」

その中国人はとても低く頭を下げて帽子を取った。すると、櫛の通った黒く滑らかな髪が窓からの日差しを受けてエナメル革のように輝いた。

「お会いできて、とても嬉しいです、ミス・マーティン――そして、ミス・ポーター」彼は姿勢を真っ直ぐただし、とても流ちょうな英語で話した。

ドリス・マーティンは微笑みを受かべて頷き、その名を繰り返した。年上のいとこはちょっと驚いた表情で軽く頷き、茶色い目が見知らぬ人物をじっと見つめた。ウッズ船長はその男性を残りの者に紹介した。ベルベットのような柔らかな手を握りながら、わたしは気がついた。この男が、カービー・マーティンの亡骸を海に投じたあと、ポール・ストラットンが話していた中国人なのだと。また、ヘイル・キングスリーがロザリオ・ストリートに会いにいったのも、この男だ。

イン・ユエン・シンは船長が示した椅子に腰を下ろした。わたしの彼に対する第一印象はいくらか修正された。容姿は若々しいが、目のまわりや口の端には、はっきりと皺が刻まれ、もっと上の年齢に、おそらく四十代くらいに思われた。

「ミス・マーティン、マニラには快速客船でお見えになったと伺っておりますが」かすかに微笑み、非の打ちどころなく並んだ白い歯を見せて言った。

「ええ、そうです」

「とても楽しいご経験だったのでは?」

「ええ、とても、でも海と空しか見えなくて、単調な旅路でしたわ」

「そうですね、私も経験したことがあります」ユエンの表情が変わった。とても深刻な懸念を抱いているかのように。「ミス・マーティン、おじ様の死に対して心からのお悔やみを述べさせてください」

「ありがとうございます、ミスター・イン」

「彼の訃報を聞いて、私も非常にショックを受けました。ミスター・マーティンと私は、長年親しい友人で仕事仲間でもありました」

「ご親切、感謝いたします」彼女は静かに答えた。

ウッズ船長が言葉を挟んだ。「ミス・マーティンがサーカスの運営を引き継ぐことになったんです」

そう説明した。

「そういうことでしたら、ミス・マーティン」中国人はすぐに述べた。「あなたの勇気を賞賛します。亡きおじ様が、ここ東洋で築いた素晴らしく有益なビジネスを引き継ぐことにお祝いを述べさせてください」

「ありがとうございます。カービーおじの友人や仲間、皆さんの忠誠心や祝福がわたくしにはとても重要なのです」

「それをお約束します、ミス・マーティン」

この人物の必要以上の丁寧な物腰が、わたしにかすかな懸念を抱かせた。〈サーカス・クイーン号〉にやってきた本当の目的はいったいなんなのか。一度も会ったことのない男だった。いわば、わたしの中では伝説のような存在だ。彼についてはポール・ストラットンから話を聞く以前から知っていた。でも、会ったことはない。カービー・マーティンと本当はどういった関係なのか聞いたことはない。

しかし、すぐにわかるだろう。今やはっきりしていた。イン・ユエン・シンは、ウッズ船長以外の人間がこの場を退くことを望んでいる。そして、その二人でミス・マーティンと話がしたいということだろう。しかし、はっきりとそう指摘される前にその場を去るつもりはなかった。

「私は――」ユエンは口火を切った。用意していた言葉を口にするのにはじめてためらいを見せた。「私は――ええと、チャーターの件がございまして、ミス・マーティン。今回で契約期限が切れることに――」

「チャーター？」彼女は当惑したように眉を寄せた。「よくわからないのですが」

「あなたのおじ様はマニラに停泊し、その機会にいつも〈サーカス・クイーン号〉の契約期限を更新していたのです」

「そうです、そういうことです」ウッズ船長が説明した。「マニラはサーカスの終点であり、出発点でもあります。ここを去る前にいつも新たな契約書が作成され、乗組員が改めて契約を更新しているのです」

「つまり――この船は――この船はサーカスの所有物ではないということですか？」

「おっしゃる通りです」密かに満足したようにイン・ユエン・シンは微笑んだ。「私が〈サーカス・クイーン号〉の所有者です。おじ様は何年ものあいだサーカスのために船をチャーターしていたのです。長く友好的な関係を続けてきました。あなたもその取り決めを継続されるものと信じておりります」

「ええ」彼女は眉を寄せ、深く考えながら言った。「ええ、おそらくそうするでしょう。でも、もちろん、いくつかの点について弁護士と相談する必要があります」

「当然です」そして、イン・ユエン・シンは椅子から立ち上がりお辞儀をした。

第七章

その日の昼食後まもなく、わたしはドリス・マーティンといとこのスーザン・ポーターと別れた。スーザン・ポーターは警戒している様子だった。二人はカービー・マーティンの机から雑多な書類や覚書きなどをまとめて運び出し、弁護士事務所に持ち込んだ。わたしはタクシーでサーカスの会場に向かった。イン・ユエン・シンの訪問、船の所有者であるという事実を考えれば考えるほど、心がかき乱された。自分の感情を分析すると、〈サーカス・クイーン号〉がチャーター船だったことより、その所有者がイン・ユエン・シンだということが原因だと気がついた。

東洋人の考えとわたし自身との違いを考慮すると、当然大きな隔たりがあり、最終的には疑惑が生じることもあるだろうが、それでも何かが気にかかった。カービー・マーティンは変り者で強引で何よりも策に長け、抜け目ないところはイン・ユエン・シンに勝るとも劣らない。しかし、我々は彼の亡骸を海に葬り、彼の地位は必然的に若い女性に引き継がれた。まだ二十三歳でサーカスでの経験は幼い頃に一度巡業についてまわったという限られたもので、おじからは不定期に届く短い手紙で簡潔に内容を教わっただけだった。イン・ユエン・シンの登場はトラブルの前兆に思えてならず、それゆえ、どうしてもヘイル・キングスリーに会って話をしたかった。

会場に到着すると、ちょうどサーカスが活気づいてくる時間帯だった。いつもながら小さな男の子たちの一群が興味津々の態でうろついている。この場所では白ではなく、もちろん茶色い肌の子供たちだ。出演者たちが着替えのテントに集まってきていた。入場口を抜け、並んだ動物の檻を通り越して大テントに入っていった。舞台装置が迷路のように空中に浮かんでいる。空っぽの空中ブランコ、円形の舞台、バー、船乗りも驚くほどのロープ。出演者の入口を通り抜け、右にまわって道化師のいる楽屋に出た。ボロボロのトランクが無数に置かれ、蓋の内側には鏡がついていて、テント地の壁の下に広げられている。何人かの道化師はすでにトランクを開けて顔にまだらのグリースを塗り、準備を始めていた。そこにいるだろうと考え、その列をぶらぶら進んで行くと、ヘイル・キングスリーを見つけた。踏み台に腰かけ、膝に肘を立てて頬杖をつき、目の前の地面をぼんやりと見つめていた。

「ほら、元気を出せ、ヘイル」彼の背中を叩きながらわたしは言った。

「ああ——どうも、ミスター・ラスク」悲しげな表情は消え、茶色い瞳が明るく輝いた。

「すべてうまくいくさ」元気づけようと声をかけた。ヘイルはすぐには答えず、立ち上がり、わたしが座れるよう丸椅子を引き寄せて隣に置いた。

「昨日の夜、僕の舞台はどうでしたか?」不安そうに彼は訊いた。

「素晴らしかったよ」

「でも、素晴らしくても、ちゃんとした仕事じゃないから」

「さあ、元気を出せ、ヘイル」葉巻を差し出した。

「そうなんですけど——ミスター・ラスク、元気を出すのはなかなか難しくて。なんと言うか、いきなり元気を出すなんて無理です。ずっとここに座ってカービー・マーティンのことを考えていたんです。彼がいなくなったことは他の誰よりも僕にとって大きな問題なんです、たぶん——」

「そのことだが、まだはっきりとはわからないんだ、ヘイル。ちょっと気にかかる展開になって君と話がしたいんだ」

「考えてみてもくださいよ、ミスター・ラスク」彼は続けた。「カービーは僕のために様々な便宜を図ってくれた――思い返せば本当に多くのことを。彼は僕のことを気に入ってくれた。もし生きてさえいれば、もっと色々してくれたと思う。僕にもう少し分別があればよかったのに。今回身を持って学んだんです。だから、コタバト海岸からカービーに会いにやってきたんです。最後に会ったとき、彼が僕に何と言ったか知ってますか?」

「いいや、わたしが言った展開というのは――」

「シンガポールで、カービーは言ってたんだ。『ヘイル、おまえさんはその齢で他の誰よりもサーカスの仕事について理解している。知識だけではなく経営のコツについても。もし、これからもここに残るつもりなら、仕事についてわしが知っていることを全て教えてやろう。今すぐ働いてもらってもいいぞ。サーストンの仕事をおまえにやってもらってもいい。サーストンはよくやってるが――誰か上の人間がそばについてさえいれば。でも、どこか気にかかる部分がある。わしは――』」彼の声は囁き声と言っていいほど低くなり、慌ただしく顔に色を塗っている道化師を肩越しに見た。「カービーはこう言ったんだ。『わしはサーストンを信用しとらん、ヘイル。問題があっても今は目をつぶっているが、彼の仕事を誰か信用できる奴にやってもらいたいんだ』」キングスリーはそこで口を閉ざした。

「そして、君はどうしたんだい?」私は続きを促した。

「何も。自分はココナツを栽培したいって言ったんです。サーカスにはうんざりしてたとこだから。

もちろん——愚かだったと思うよ。そのとき、ちゃんとカービーの言うことを聞いて、ついて行くべきだった。でも、カービーがどんなに親切だったかわかりますか？　僕はココナツを育てるお金もなく、カービーだってサーカスの売り上げからほんの少ししか捻出することができなかった。なのに残りのお金を借りて農園を始められるようお膳立てしてくれた——でも、今はすべてダムの底に沈んじゃった」彼は目をしばたたき考え込んでいた。

「どういう意味だい——ダムの底って、ヘイル？」

「僕は終わったんだ。ココナツと一緒に流されてしまった。農園は抵当に流れたんです」

理解するのにしばらく時間を要した。そして、彼の言葉の重要性に気づいた。キングスリーは続けた。

「中国人にやられたんです」

「中国人——つまり——」

「イン・ユエン・シン。ロザリオ・ストリートの中国人。あなたと話したあとで会いに行ったんです。カービーは彼から金を借りていた。僕は利息の支払いができなかった。たぶん今回カービーがマニラに来て、すべてをとりなしてくれるはずだったと思うんですけど。カービーならきっと。インも認めてました——もしカービーが生きていたら抵当流れにはならなかっただろうって。けれど、彼に会いに行ったときにはすでに訴訟の準備をしていた。それで、さっき言ったように僕はもう終わったんです。とにかくカービーに話す覚悟は決めていました。僕はもう終わったと。自分が間違っていて彼は正しかったと認める用意はできていました。彼の言う通りのことをするつもりだと——サーカスの仕事に就き、カービーからすべてを学ぼうと。でも——もう」キングスリーはすっかりあきらめたように膝から手を降ろした。――「僕は今、道化師の楽屋にいて――一時的ですが――サーカスでもたぶん、うまくいかないと思います」

　わたしは青年の肩に手を置き優しく叩いた。彼は恐縮したようにこちらを見た。

「わかってください、ミスター・ラスク」すぐにまた話しだした。「ただ座ったまま済んだことを嘆いているつもりはありません。まだすべてから手を引いたわけではありません。僕はまだ若いはずです。コタバト海岸ではマラリアからも赤痢からも奇跡的に逃れた。まだ働けるし働くつもりです。サーカスの底辺から再び始めて上を目指すつもりです。もしチャンスを与えてもらえたら。カービー・マーティンが僕によせてくれた信頼に応えなきゃ。彼が正しかったことを証明しないと。じゃないとカービーを失望させることになる」

「そうこなくっちゃ、ヘイル。それを聞いて嬉しいよ。それから、覚えておいてくれ。わたしは君の友達だ。出来ることがあればなんでもするよ」

「ありがとう、ミスター・ラスク。ありがとう！」彼はわたしの手を摑んだ。その力強さに手が砕けそうだった。

「そこでなんだが、ヘイル。そのインという人について何か知ってるかい？」自分の使命を思い出し、質問をぶつけた。

「そんなに知らないんです」彼は悲しそうに答えた。「いいことは一つも聞いたことがない。彼は東洋でも有名なギャンブラーだって――今やカービー・マーティンは亡くなったから」

「意味がよくわからないな、ヘイル」

「こういったサーカスは、世の中じゃ大きな賭けなんです」

「なるほど。確かにギャンブルだな。アメリカじゃ、ギャンブルの対象として誰もサーカスに手を触れたりはできんが――」

「そうですね。まあ世の常として、どんな男の中にもギャンブルに熱狂する血が流れているんじゃないですか。カービーにも。ちんけな賭けなんかじゃなく――ルーレットとかブラックジャックとかじゃなく。過去に二回ほど、カービーはカードでこのサーカスを賭けたことがあるんです。二回とも勝ったけれど。二回目のとき、相手はインだった。僕も見ていたんです。カービーは彼に数十万ドルほど借りがあって、風向きは不利だった。インは紙幣を財布から出し、テーブルに投げつけた。彼はその夜、ずっと負けていた。そして、サーカスを賭けて勝負することを要請した。カービーも同意し、勝負が行われ、カービーが勝った。カービーは手形を拾い集めて札入れにしまった。『これは破いてしまおうかね』インに言った。『そうすれば、この賭けの記念に残しておける』それからにやりと笑い、インの脇腹を突いた。破いてしまうか、燃やしてしまうかすればよかったんだ。でもカービーは中国人をからかったり、脅したりするのが好きだった。カービーはいつも面白がっていた。決して手形を破いたりはしなかったと思う。いつも自分が得たものの中で最高のものを記念に取っておいていた。でも――」彼は不意に話すのをやめた。並んで置かれているトランクを見た。ポール・ストラットンが楽屋にやってくるところだった。大きな体で足を引き摺りながらわたしたちの隣にきた。

「やあ」彼は言った。「こんにちは、ミスター・ラスク。それから、キングスリー」シャツを脱ぎ、テントの端から端までかかっている紐にかけた。それから座ってトランクを開けた。「君も出る予定だろ、キングスリー？　舞台を駆けまわるんだろう？」

「わかんないけど、たぶん」

「たぶん?　わからないのか?」

「僕は正式に雇われてるわけじゃないから」

「問題ないよ。たぶん雇われるさ。象のジャンプのとき、もう一人必要だ。ゼファーは三頭目で疲れちまうからね。他に二頭の象を入れたら人が足りなくなる。最後までやり遂げる道化師が二人必要なんだ。観客は道化師を楽しみにしている。観客は真面目な奴らよりも道化師の方が優れた曲芸師だと思ってる。実際、そうだがね。俺はいつだって道化師の地位を擁護するよ」彼はためらいがちに高い声で続けた。

「君の言うとおりだと思う、ポール。象のジャンプでもう一人必要だ」キングスリーが言った。

「君なら、できるだろ?」

「もし必要ならね。チャーリー・バフラーが横浜の公演で首を折って以来、あまりやりたくなかったけれど。着地のとき、ちょっと首をひねったんじゃなかったかな」

「頭から飛び降りるときは他のことを考えてちゃいかんってことだ」

ヴァンス・サーストンの背の高い痩せた体が向こう端から楽屋に入ってきて、こっちに向かって来た。ストラットンとキングスリーは会話をやめ、こちらにやってきた統括マネジャーと挨拶をした。挨拶が終わると、彼がわたしを探していたことがわかった。

「ミスター・ラスク」歯切れのいいオーストラリアのアクセントで急いでいる様子が窺えた。彼は片眼鏡を外し、白いシルクのハンカチで拭き始めた。「ミス・マーティンが午後の公演にやってくるか、確認しましたか?」

「はっきり言ってましたよ。来ない予定だと」わたしは答えた。「彼女と弁護士はカービーの私的な書類を整理するのに忙しいそうだ」

「あなたが彼らをそこへ連れていったのですか?」

「そうだよ」

ストラットンのトランクの上にあったヨードチンキの小さなボトルがサーストンの注意を引いたようだった。彼はそれに手を伸ばした。「もしかまわなければ、ストラットン、これをちょっと使ってもいいかな?」

「どうぞ」道化師は応じた。「かすり傷に使おうと、いつも用意してるんです」

統括マネジャーは、すぐそばにあったトランクの上に右足を載せてズボンの裾をまくり上げ、ヨードチンキを向こう脛にできた長い傷跡につけた。前からヨードチンキを塗っていたことが見てとれた。

「それ、どうしたんですか、ミスター・サーストン?」傷の手当てを見て、ストラットンが尋ねた。

「昨日、テントの杭に擦ってしまってね」統括マネジャーは瓶の蓋を閉め、ズボンの裾を直して瓶をストラットンのトランクに戻した。

「気をつけた方がいいよ、サーストン」わたしは忠告した。「脛(すね)の傷は治りにくいから」

「気をつけます」

「ところで」わたしは切りだした。「〈サーカス・クイーン号〉がチャーター船で、カービー・マーティンのものではないと知っていたかね?」

「知りませんでした。中国人がその事実を告げるまで。カービー・マーティンに不満を抱いていたのはそういうところです。私が彼の右腕になるよう期待していたようなのに、肝心な点について話してはくれませんでした。細かなことは必要ありませんが、そういった件については話してもらわなければ――」

「カービー・マーティンは〈サーカス・クイーン号〉を自分のものにしようとは考えていなかったんです」キングスリーが言った。「インは何度も売ろうとしたんですが」

サーストンは片眼鏡を目の上に戻し、キングスリーをじっと見つめた。「何か知っているのかね？」

彼は問い詰めた。

「カービーから聞いたことだけですよ」

統括マネジャーは侮蔑の表情を浮かべ、立ち去ろうとした。そのとき、ストラットンが呼び止めた。

「ちょうど今、キングスリーと象の演目について話していたんです、ミスター・サーストン。最後までやり遂げる道化師がもう一人必要だと――二頭目か三頭目の象の背中から疲れたように落っこちてきて、それから最後の一頭が入ってくると、また元気を取り戻すって設定です」

「そうだな」

「このキングスリーならできます。彼はやり手ですから」

サーストンの不安定な片眼鏡が再びキングスリーに向けられた。「ああ、わかってる」彼はしぶしぶ同意した。

「ちょっといいですか、ミスター・サーストン」キングスリーが口を開いた――どうやらまずいことになりそうだ。「どうして、僕のことを嫌っているのですか？」

「嫌っている？　別にそんなことはない」

「それじゃあ僕に仕事をくれませんか？」

「いや」サーストンは素っ気なく断った。

「私にその権限はない。新しいボスが来ただろう。彼女が雇いたい奴を雇えばいい」

そう言って、サーストンは踵を返し、道化師の楽屋から足早に歩き去り中央テントに入っていった。

「なるほど」――ポール・ストラットンが首の後ろを掻きながら言った。――「はっきりしてるようだな、しかし――あの娘がいるじゃないか、キングスリー。彼女に仕事を頼んでみればいい」

第八章

　中央テントへと歩いていくとき、ヘイル・キングスリーは無言だった。見る限り、サーストンに軽くあしらわれたことに対して憤慨してはいないようだった。単に関心がないように見えた。

「でも、やらなきゃならないことがあるんです」彼は言った。「残ってるお金が少しある。多くはないけど――とにかく仕事を見つけます、手持ちの金が尽きる前に。もちろん、またサーカスに拾ってもらえたらいいけれど」彼はふてくされたように話し続け、我々は見世物小屋の方へ歩いていった。

「なんだか既にドリス・マーティンと話をして、断られたような口調じゃないか」

「ああ、きっとそうだよ」彼は弱々しく笑った。「そんなことになると思う」

　思いがけず、見世物小屋から出てきたエドウィーナ・ナイルズと出くわした。通常、曲芸師は真っ直ぐ着替えのテントに行くことになっていた。けれども、彼女がそこにいても規則違反ということではない。彼女は目撃されたとわかると、すぐに自分が何をしていたか説明を始めた。

「ちょっとジョーの様子を見てきたの」漠然とゴリラの檻の方を示した。

「ヘイル・キングスリーのことは知ってるね、エドウィーナ？」横にいる背の高い若者を指して言った。

「あら、もちろん、私のお気に入りの一人よ。昨日の午後、顔を合わせたわ。でも、ジョーのことが少し心配なの、ミスター・ラスク」

「どこか調子が悪いのかね？」

「ただカービーがいなくて悲しんでいるのよ。それだけよ、それがすべてなの」

「そうだな、ジョーが立ち直ってくれるのを祈ろう、エドウィーナ」わたしは言った。「ジョーには、かなりの金がかかっているんだ。たくさんの観客を呼びこむことになるだろう――」

「お金――そうね」彼女は答えた。彼女のまるい青白い瞳がかすかに大きくなった。「お金と言えば、カービー・マーティンは今まで稼いだお金をどこにやったのかしら？」

「わたしにはわからないんだ、エドウィーナ。賃金や食糧費を払ったあと、余分なお金が残っていたのかどうかも。つまり、そんな大金を残していたのかどうか」

「あら、当然、残していたはずよ。かなりの額を稼いでどこかに蓄えていたわ」

「本当かい？」

「ええ、まず間違いないわ。ときどき噂を聞いていたもの。ダイヤモンドや真珠でも買ってどこかに隠しているのかしら？」

「本当にわたしは知らないんだ。どうして訊くのかね？」

「曲芸師たちが話しているのを聞いたの。彼はたくさんの宝石類を持っているって噂があって、それらを〈サーカス・クイーン号〉のどこかに隠しているんだと」

「それは興味深い話だな、エドウィーナ。わたしは聞いたことがないが――でも、いいかい――そういった噂話はやめた方がいいだろう。もしまた、その手の話を聞いたら、やめるよう言ってくれないか？　ドリス・マーティンにとってもいいこととは思えない。厄介なことが起きるだけだ。カービー・マーティンが銀行に財産を預けようと、どこかの金庫に入れようと」

「そんな風に考えてもみなかったわ。サーカスの人間は今までと変わりないと思っていたから」

「さあ、もう行った方がいい、エドウィーナ、出番がくる」わたしは彼女を促した。「君の芸は素晴らしい。しかし、根も葉もない噂を触れまわるのはやめた方がいい」

「もうしないわ。誰かを傷つけるなんて思いもしなかった。さよなら」

彼女は出演者テントに急いで向かい、キングスリーとわたしは通りに出て、彼をタクシーに押し込み、わたしも乗り込んだ。

「エドウィーナはいつも人のことを考えないで喋り過ぎるんだ」サーカスの陣営から離れると、彼は悲しげに述べた。

「残念ながら、そのようだ。けれども、そのことについて叱っても彼女は気にしていないようだな。彼女の頭の中はとてもシンプルで子供みたいなところがある」

二ブロックほど車が走るあいだ重い沈黙が続いたが、突然キングスリーが先程の会話の続きを始めた。

「ドリスに仕事を頼むつもりはありません、ミスター・ラスク」

「頼まない？　なぜだい？」

彼はしばらくのあいだ答えを考えていた。答えないつもりかと思っていたが、やがて話しだした。

「何年か前、僕が彼女をスピと呼んで、彼女が僕をヘイルと呼んでいた頃、僕はアクロバットをやっていた。この数年間、それ以上のことは何も成し遂げられなかったから彼女と顔を合わせられないんです」

「君はばかだよ、ヘイル」

「いや――あなたは僕がどんな気持ちかわかってないのです」彼はゆっくり言った、「あなたは二年間、ミンダナオ島のコタバト海岸で過ごしたことがありますか？　白人女性を見かけることなんてずっとない場所で。小さな茶色いモロの女の子とサランガニ湾の山奥から出てきた異教徒のビアラン人やビンロウの実をいつも噛んで胸が悪くなるほど不潔な三十過ぎの鬼婆みたいなのばかり。ずっとそこにいたら、おかしくなっていたと思う。あの場所から逃げなければ、おかしくなっていました、きっと。でも」彼は考え込んだ目をして口ごもった。「でも、山から離れるのがどんなものか。離れれば離れるほど高くなり、決して到達できない。彼女と一緒にいたときみたいな気分なんだ。おそらく彼女は僕のことを忘れていると思う。忘れていなかったら変だよ。でも、僕は彼女を利用しなければならなかった――つまり、ドリスのことや大事にしてきた彼女との思い出のすべてを思い起こし――それを地平線の向こうまで、山のように高く高くかかげなければならなかった。自分が白人のままでいるために。先住民の女の子と落ち着き、現地人になってしまわないように。彼女は僕を照らすもう一つの輝く太陽だった。もちろん、自分は勝手なことをしてきた。でも、ドリスはそのことを知らない。決して知ることはない。言わないつもりだから。でも、ドリスとの思い出があったから――彼女の誠実な心、称賛、固い信頼、そういったものが遂に僕を連れだしたんだ。結果的には中国人のせいですべてだめになってしまったんだけど。でも、カービーに話す決心はついていた。僕が間違っていてカービーが正しかったのだと。自分は白人で熱帯地方の黒人じゃない。これからもずっと白人だ。そしてそれから、カービーが亡くなったと知った。

これでわかるでしょう、ミスター・ラスク。どういうことか――彼女のところへ行って、サーカスのアクロバット道化師の仕事を頼むなんてできない。自分でなんとかするよ、じゃなきゃ一生立ち直れない。それなら、また前に戻ってココナツでも育てた方がましだよ」

「君が何を言いたいのか、わかったよ、ヘイル」まだはっきりしなかったが、わたしはそう言った。それは、思春期が抱える深刻な問題か何かのようだが、年寄りのわたしにはよく理解できなかった。今、彼が言ったとおりなのだろう。彼の言葉を尊重することにした。おそらくサーストンに仕事を頼むのと、ドリス・マーティンに頼むのとでは違うのだろう。若者にとっては、ほんのわずかな違いが重要なのだ。私はよくよく考えた。彼は今、ようやく考えて結論を出すことができたのだ。はっきりと言葉にして。心の中では激しく動揺しているに違いない。その顔はとても真摯で、深く窪んだ眼は日に焼けた細い顔の中で明るく生き生きとしていた。「さあ、もういいよ」わたしは告げた。「もし今日の午後、他に何もすることがなければ、新聞社をいくつかまわろうと思っているんだ」

かなり遅めに午後の仕事を終えた。キングスリーに一緒にホテルで夕食をとらないかと誘った。彼は喜んで同意した。食堂で一人で夕食をとろうとしているロジャーズ教授を見かけた。彼のたっての願いで我々も加わり、キングスリーを紹介した。この物静かで人当たりのいい紳士はすぐにキングスリーを気に入ったようだった。

「午後は図書館で過ごしていたんですよ」ロジャーズは言った。「本を読めば、ゴリラについて何かわかるかと思いまして。たいした教材はなかったのですが」

「そうでしょうね、きっと」わたしは言った。

「ほとんどの著者はゴリラに悪評を与えています。でも、そんなに有害な動物ではないのではないかと思いまして」

「詳しいことは知りませんが」わたしは答えた。「わたし自身、ゴリラと接した経験はこのサーカスの中だけです。ゴリラが動物園やサーカスに馴染むのはとても稀なことです。ジョーのように長い経歴を持つゴリラは他に知りません。ほとんどは捕らわれると数か月後には死んでしまうんです」

「ジョーは、どのくらいサーカスに？」

「わたしが三年前にカービー・マーティンのサーカスに来たときにはジョーはもう舞台に出ていました」キングスリーの方を向いた。「知っているかい、ヘイル？」

「だいたい四年くらいです」若者は答えた。「カービーはカルカッタで不定期貨物船の船長からジョーを手に入れたんです。アフリカの西海岸からやってきてジョーを売りに出そうとしてた。そのときジョーはジャングルを出てまだ数週間だった」

「どうやってジョーを四年間も育てることができたんだい？」

「そうですね、ロジャーズ教授」キングスリーは説明した。「カービーが言うには、巡業のほとんどが熱帯地方だったからではないかと。でも、僕は思うんです。カービーがいたからこそではないかと。彼は動物の扱い方を心得ていました。カービーの存在こそがジョーが生きていくのに重要な要素だったんです。興行が熱帯地方で行われたってことだけじゃなく」

「君の言うとおりかもしれんな、ヘイル」私は頷いた。

「ほとんどの専門家はゴリラは用心深く気難しく獰猛な気質だと記している。捕えられて訓練されるのを嫌がり、大抵は消化不良で死んでしまう」

「ジョーが気難しいとは思わないです」キングスリーが言った。「それから、獰猛なところなど見たことがありません。もちろん、この二年間、ジョーと一緒にいたわけじゃありませんが。でも、カービーから手紙をもらっていました。彼はいつもジョーのことを書いていました。気質が変わったとか、そういったことは聞いていません」

「あなたの体験ではどうですか、ミスター・ラスク？」ロジャーズはわたしの方を向いた。

「ジョーについては何も問題ありませんでした。問題があるとは聞いたことも、思ったこともありません。カービーがひどく打ちのめされて檻の中に倒れていた、あの朝までは」

「私も今朝ずっとそのことを考えていたんです」ロジャーズは釈明するように述べた。「あの女性――寝間着を着ていた――」

「エドウィーナ・ナイルズですね」わたしは言った。

「ええ。彼女がはっきりとジョーを擁護していたから私も色々考えてみたんです。ドリス・マーティンにもあとから相談されまして。ジョーをどうしたらいいと思うかと――」

「ジョーを処分にすることについてですか？」キングスリーが慌てて尋ねた。

「そうです」

「あなたは彼女に何と言ったんですか？」

「早急に結論を出さない方がいいと。証拠は――状況はもちろん――ジョーがやったと示している。しかし、杖は亡骸と一緒に葬ってしまった。調査をおこなえば、考えられている結果とは違う部分が出てくるかもしれない」

わたしは知らず知らずハントン・ロジャーズの穏やかな青い瞳をじっと見つめていた。はじめて彼の言わんとしていることに気がついた。状況から様々な可能性が浮かび上がってくるということを。

「あの、ちょっと――」わたしは異議を申し立てようとした。

ロジャーズは素早く話題を変えた。かすかな笑みを口元に浮かべ、その話題を完全に退けた。そうして我々は、キングスリーのコタバト海岸での生活やココナツ農園主としての経験を耳にしながら夕食を終えた。

夕食が終わるころ、キングスリーはどこかで夜を過ごすことに決め、わたしは一人でサーカスに向かうことにした。ロジャーズは約束があるようで、常に時間を気にして何度も腕時計を見ていたが、部屋に上がっていった。その夜遅くなって、彼はドリス・マーティンや初老の女性とともに見世物小屋のテントにいた。檻の中の寝台でぐったりと動かないゴリラの様子を熱心に見つめていた。彼らのもとへ行くと、ドリス・マーティンは歓迎の笑みを浮かべながらわたしに挨拶をした。

「ロジャーズ教授にゴリラについて様々なことを教えてもらっていたのです」彼女は言い、それに対してロジャーズは微笑んだだけだった。「今夜はショーに来ない予定だったのですが。スーはホテルに残って休んだ方がいいと思いまして。今日の午後はカービーおじの私物を調べたりで大変でしたから、わたくしもとても疲れていましたし。本当に暑いですね。蒸し暑いですわ」

「気が変わられたようで嬉しいです」わたしは言った。「何かお手伝いできることはありませんか？サーカスの関係でしたら、なんでもご案内しますよ。喜んで」

「ありがとうございます。でも、今夜はやめておきます。もちろん、サーカスについて学ぶべきことはすべて知っておかなくてはなりませんが。皆さんのことも動物たちについても色々な舞台装置や道具——すべてについて。でも、今夜は長居はしない予定です。午後の疲れを取らなくては」

そのあとすぐ、わたしはゴリラの檻の前に彼らを残して立ち去った。ロジャーズは、夕食の席で話したことについて二人に説明を始めた。わたしが途中で遮った話だ。のちほど三人は予約席に座り、道化師のおどけた仕草を見て笑っていた。

わたしは葉巻に火を点け、オーケストラの近くの席に腰を落ち着けた。オーケストラは終盤に入りテンポの速い序曲を演奏していた。それから曲目は『天国と地獄』へと移り、曲芸師たちは回転したり飛び上がったり、自分たちの演技のフィナーレへと向かっていった。その音楽を耳にしても、ずっと不安感から逃れられなかった。わたしの頭の中は知らず知らず夕食時のハントン・ロジャーズとの会話に戻っていった。彼が言った言葉そのものではなく、そこに含まれる何かが気になった。もし、ジョーがカービーを殺していないとすれば？　でも、もしそうなら、いったい誰が？　カービーは間違いなく意識を失うまで杖で殴られ、その怪我が原因で死に至ったのだ。何のために？　動機は何だろう？　それにどうして杖を遺体と一緒に葬ってしまったのか？　ロジャーズがほのめかしていたように何か別のことが明らかになるかもしれない。疑いもしなかったことが。わたしはヴァンス・サーストンが提案していたのを思い出した。歯切れのよいオーストラリアのアクセントでこう話していた。「杖は彼の一部のようなものだった。そうするのがふさわしいでしょう」ウッズ船長は同意し、ポール・ストラットンもそれにならった。

オーケストラの横に座って考え、その夜は多くの出し物を見逃した。ジャック・フォーリーが綱渡りをしていた。エドウィーナ・ナイルズはスリル満点の山場を見せ、天井にも届きそうなほど高い場所で演じていた。道化師たちは滑稽な動作で観客を喜ばせ——そうした行動のすべてを私は潜在意識で見ていたような気がする。しかし、ドリス・マーティンが最後まではいないと宣言したにもかかわらず、ロジャーズ教授とともに最後の出し物まで、まだそこにいるのに気がついた。そして、茶色い群衆とともにぞろぞろと出ていった。話をして笑いながら、その午後の懸念や不安などすべて忘れ去ったかのように。

ロジャーズ教授との夕食時の会話で、カービー・マーティンの死について不吉な考えがよぎり、それがまだ頭から離れないでいた。ホテルに戻り、ナイトキャップを一杯やりにバーに入った。数分後、ロジャーズもやってきて、わたしのそばに座った。

「サーカスに飽きてうんざりするようなことはないですか、ミスター・ラスク?」彼は訊いた。

「まだそんなことはないですね。サーカスとはもう三十五年の付き合いですが」

「広報係として?」

「はい。いくつもの大きなサーカス団でずっと働いてきました。新しいのができては消えていったり――今までに主なサーカスはだいたい経験してきました。もし、もう一度同じことをやらなきゃならないとしても、やはり他の何よりもこの仕事を選ぶでしょうね」

わたしたちは三十分ほど話し続け、不意に疲れて眠くなった。わたしはそろそろ寝床に戻るとほのめかした。

「私も切り上げるとしよう」ロジャーズが言った。「あなたの部屋は何階ですか?」

「三階です」

「私の部屋もその階です」

我々はエレベーターで一緒に上がっていき、広く天井の高い廊下に出て音も立てず、ふかふかの緑色のカーペットを歩いていった。不意に背後でドアの掛け金が外れる音がした。それ自体はホテルの廊下に一瞬響いただけだったが、次の瞬間、驚いて息を呑むような声が聞こえてロジャーズとわたしは振り返った。ピンクの寝間着を着たドリス・マーティンが廊下に立ち、わたしたちの方を見つめていた。

「何かありましたか、ミス・マーティン？　何かご用でも？」わたしはそう訊き、彼女の方へ数歩引き返した。彼女は我々がすぐそばにくるまで何も言わなかった。

「たった今、廊下に誰かいましたか？」必死に感情を抑えた声だった。

「いや、私達以外は誰も」ロジャーズが答えた。

「どうぞ――」突然、ドリス・マーティンがロジャーズの腕をつかみ、部屋の中へ引っ張り込んだ。わたしも入るよう言われた。「スーの邪魔をしたくないんです。彼女は休んでいます」隣接している部屋の閉ざされたドアを示した。廊下のドアを静かに閉め、大きな興奮した瞳でしばらく我々を見つめ、そして言った。

「廊下に誰もいなかったというのは本当ですか？」

ロジャーズとわたしは、ぽかんとした表情で見つめ合った。自分たちの愚かさを後ろめたく感じているように。そして、頭を横に振った。

「誰もいません。確かです、ミス・マーティン」わたしは繰り返した。

「ちょっと、これを見てください」そこではじめて何かを手にしているのに気がついた。彼女は素早く小さな電気スタンドへと向かい、明かりの下で破れた半分の紙切れを広げた。そこに鉛筆で何が書かれているか、読み始めてすぐに理解した。文字が目の前に飛び込んできた。その意味を完璧に理解する前にもう一度読み返した。メッセージにはサインも何も書かれていなかった。


ただちにカリフォルニアに戻るよう忠告する。さもないと、そなたの身に何かが起こるかもしれない

第九章

三人のうち、ドリス・マーティンが一番落ち着いていた。ハントン・ロジャーズはその紙切れを手に取り、詳しく調べた。彼の横に立っているあいだ、わたしの鼓動は高鳴っていた。今日の夕方、カービーはゴリラのジョーに襲われて死んだのではないのかもしれない、とわたしは考え巡らしていた。そして、その不吉な可能性に行き当たったあとで、今度はカービー・マーティン・サーカスの新たなオーナーの安全を脅かすメモが届いた。それゆえに膝がしばらく震えていた。

「どう思いますか?」長い沈黙のあとに発したドリス・マーティンの静かな声には無数の問いが込められており、どこか挑戦するような響きがあった。ロジャーズ教授が手品のようにメモやすべてを消してしまい、何もかもなかったことにしてくれると期待するような。

「嫌な予感がするな」ノートを身振りで示しながらロジャーズが言った。「何か好ましくない事態が君の身に降りかかるかもしれないと言っている。ただちにカリフォルニアに戻らなければ」彼は札入れを出し、メモをその中にしまった。「詳しく教えてくれないかね?」

「とても単純なことなんです、教授。ドアのところで、ほとんど聞こえないほどのかすかな物音がしたんです。スーはもう寝床に入っていて、私は本を読んでいたんです。そのとき誰かが廊下を通りかかるような音がしました。風が吹き抜けるような音です。私は目を向けようとさえしませんでした。

あまり気にもとめていなかったんです。本を読んでいました。そして、眠くなってベッドに入ろうと。そのときはじめて床にメモが置いてあるのに気がついたんです。それを拾って読みました。内容を理解して一瞬怖くなりドアを開けました。そこで、あなたとミスター・ラスクが廊下を歩いているのが見えたのです」

「ドア付近で物音が聞こえたのは何分ほど前でしょうか?」

「今、思い出すと、十分くらい前だったかと」

ロジャーズは口をすぼめ、右手の人差し指で大きな鼻の横を考え深げにこすった。

「嫌な予感がする」彼は繰り返した。「他にも何か敵意を感じられるような通告を受けたことがありますか? 快速客船の中とか、それともこのホテルかサーカスで。囁くような小さな脅しの言葉を聞いたり、じろじろ見られたり、陰険な顔をされたり、あなたやいとこのスーが気づいたことがありますか?」

「いいえ、教授」戸惑いと警戒が大きな瞳に浮かんでいた。

「ホテルの従業員に少し訊いてみましょう」ロジャーズの声は厳しく、有無を言わせぬものがあった。

「まず着替えをさせてください。わたくしもホールに行きますので」

ロジャーズとわたしは廊下に出て、数分後、ドリス・マーティンもあらわれた。注意深くドアを施錠し、ともにエレベーターの入口へと向かった。エレベーターは二つあったが、時間が遅かったため動いていたのは一つだけだった。呼び出しのベルを鳴らすと、すぐにドアは開き、明るい目をした小柄な茶色の肌の男がわたしたちが乗り込むのを待っていた。ロジャーズが言葉をかけた。

「ちょっと教えてくれませんか」彼はすぐに切り出した。「この三十分くらいのあいだに何人が乗ってきて、どこで降りたかを」

ボーイは足をもぞもぞ動かし、暑苦しそうな制服の襟もとに指を入れて言った。「たった今、あなた方二人を乗せました」彼はロジャーズとわたしを指さした。「女性と、そのお母様も」次に、ドリス・マーティンを指した。「全員この階で降りました。二人のお年を召した紳士を四階へ。彼らはここにずっと住んでおります。ご婦人と小さな男の子を二階へ。二人の陸軍将校をこの階へ、ちょうどあなたが呼び鈴を押す前に。それで全部です」

「ありがとう。それではロビーまでお願いします」ロジャーズはドリスを中に導き、そのあとで我々は乗り込んだ。すぐにロビーに着いた。ロジャーズは煙草を売っているカウンターへ向かった。そこはロビーの隅で、そばに鉄格子の螺旋階段があり、上の階に続いている。緑色の刺繍入りのブラウスを着た、丸顔のぽっちゃりした黒い瞳の中国人の女の子がカウンターの後ろにいた。ロジャーズは煙草を一箱買い、コインをカウンターに置いた。

「ちょっと教えてほしいのですが」彼は微笑みを浮かべて話し始めた。「この三十分のあいだに誰か階段を上がって行った人はいますか?」

「いいえ」赤い爪の美しい形をした手から小銭をロジャーズの広い手のひらに載せ、娘は答えた。「みなさんエレベーターをお使いになります。ひと月に一度ほど階段を上がる方もいらっしゃいますが」彼女は魅力的な微笑みを浮かべた。ロジャーズは礼を言い、客室係の方へ向かった。元気のいい、きびきびとした若い広東人で、平らな顔には切れ長のまっ黒なアーモンド形の瞳が輝いていた。腰が低く、丁重な対応だった。

「何かご用でしょうか?」客室係は訊いた。

「こちらは、ミス・マーティンです」ロジャーズが彼女を示しながら言った。「今夜、彼女の部屋の場所を尋ねた人が誰かいますか？」

男は首を横に振った。「いいえ、受付ではいらっしゃいません。電話係に訊いてみますか？」

「お願いします」

ホテルの案内係は衝立の後ろへ行き、すぐに戻ってきて首を横に振った。「電話でのお問い合わせもありませんでした」彼は戸惑っていた、「何か問題がございましたか？」

「いや」ロジャーズはすぐに答えた。「ミス・マーティンが不在中に誰かが来なかったか、確認したかっただけなんだ。ありがとう」

フロントから振り返ると、もう少しで白っぽい服装の人物とぶつかりそうになった。濃い青色のシルクのシャツにオレンジ色のネクタイが映えている。つばの広いパナマ帽をさっと取るまで、それがウッズ船長だとは気がつかなかった。制服姿に見慣れていたため、もしロジャーズが話しかけなかったら、そのがっしりとした体型の平服姿に気づかず素通りしていたかもしれない。

「こんばんは！」大きなしっかりとした声だった。左手の前腕には杖が掛かっており、右手を差し出し、一人一人と握手をした。「一晩、陸にあがることになりまして」と彼は告げた。「そして今、船に戻るところなんです」

「サーカスには行かれましたか、船長？」愛想よくロジャーズが訊いた。

「いいえ、今夜は。ホノルルでは見ました。もちろん、サーカスは好きですが、でも、映画を観る機会があれば、そちらの娯楽の方が好みでして」黒い目はキョロキョロと動き、顔は明るく輝いていた。

「時間があったときは息抜きでもしないと、現代の箱舟の船長なんてやってられませんよ」

「同じような状況でノアがどんな気持ちだったか、あなたならおわかりになるでしょうね」ロジャーズは笑った。

「まさにその通りです、教授」

こういった社交辞令が取り交わされ、そのあと短くぎこちない沈黙が訪れた。こんな時間に我々がロビーにいる理由をロジャーズはどうやら打ち明ける気がないらしい。わたしは何も言わないことに決め、ドリス・マーティンもロジャーズの様子からそれとなく感じ取っているようだった。ロジャーズは彼女を覆い隠すようにして立ちはだかり、彼女は不安気に彼を見ていた。

「ちょっとホテルに立ち寄ったのです」説明を求められたかのようにウッズ船長が言いだした。「ミスター・サーストンに会えるかもしれないと思いまして。しかし、今、伺ったのですが、もう部屋に上ったようで――」

「しかし――」わたしは口を開きかけた。

「いえいえ、そんな大した用事ではないんです、ミスター・ラスク。とにかく明日会いますので。マニラを楽しまれていますか、ミス・マーティン？」丁寧にお辞儀をし、うやうやしく彼女を見つめた。

「サーカスと弁護士とのやり取りで精いっぱいですわ。まだ全然、町中を見ていないんです」

「とてもおもしろい町ですよ――古くて、そしてモダンで。もしも――もしもご迷惑でなければ、ミス・マーティン――あなたといとこの方にお時間があれば、どうぞおっしゃってください。ずっと港にばかりいますと、うんざりしてきますからね」

ドリス・マーティンはまばゆいばかりの笑顔を彼に向けた。「どうもありがとうございます、船長。ご親切に」

彼女の笑顔にもかかわらず、沈黙がしばらく続いた。わずかに気まずさが残り、それが全員の顔にも広がった。「それでは――そろそろ、おやすみさい。偶然とはいえ、お会いできて光栄でした」ウッズ船長は深く頭を下げ、帽子を被り、杖を揺らしながら正面玄関から歩道へと出ていった。陸でも海でも、もう何年もさえない海の男と認識していたが、彼はわたしをまったく無視して去って行った。その後ろ姿を見つめながら彼が見せた陽気な姿に驚いていた。

「それではどうしたらよいでしょう、教授？」ウッズ船長が姿を消すと、ドリス・マーティンが尋ねた。

「そうだね、ホテルには裏階段、業務用エレベーター、非常階段もあるからね。今まで調べたのは三階へ行ってメモをドアの下に入れる際に一番わかりやすい手段を使った場合だが――もし、このホテルの客ではないとすれば。支配人を呼んでみた方がいいだろう」

ロジャーズが説明を終える前に、背の高い、白い服を着た人物が出入り口にあらわれた。ヘイル・キングスリーだ。歩道からのんびりと入ってきて、あまり興味もなさそうに何気なくロビーのインテリアを眺め、それから、こちらに視線を向けた。じっと見つめたあとで、不意に気を変えたように振り返って出ていこうとした。

「ヘイル！」私は呼んだ。「ヘイル・キングスリー、こっちに来てくれ！」呼びかけたとき、ドリス・マーティンの姿が目に入って彼は足を止めたのだと気がついた。思春期の大きな問題を抱えながらも心は揺れ動き、彼女を避けるほどには強い意志を固めていないようだった。ためらうことなくやってきて、日焼けした骨ばった顔の窪んだ黒い瞳は警戒しながらも半分笑みをたたえていた。ロジャーズは彼の方を見て頷いた。わたしは手を伸ばし、彼の腕を掴んだ。「ミス・マーティン、ヘイル・

キングスリーを紹介してもよろしいでしょうか？」

　しばらくキングスリーは笑みを浮かべたままだった。その目は熱心に整った身なりをした青い目の金髪の若い女性を見つめていた。もちろん、彼は既にその女性が誰か知っていたため優位に立っていた。一方、彼女にとって彼は予期せずに遠い少女時代から抜け出してきた人物のようだった。

　過去をたぐり寄せるように彼女はゆっくりと手を差し出し、やがて表情が変わっていった。様々な記憶がよみがえったように口元に笑みをたたえた。

「まあ、ヘイル！　またあなたに会えるなんて！」彼女は声をあげた。「いつも考えてたのよ。あなたはどこにいるのか、何をしているのかって」

「また会えてうれしいよ、ドリス」長く力のこもった握手だった。もう何年もこういった友人との再会の場面を見ていなかったわたしには、とても温かな喜ばしいものに感じられた。けれども最初の興奮がいくらか弱まると、ヘイル・キングスリーの顔には緊張感が浮かび上がり、それが手に取るようにわかった。

「覚えてる？　あなた、よくニップアップ（あお向けの姿勢から跳ね上がって立つこと）をやって見せてくれたじゃない？」ドリスは目を輝かせて言った。

「もちろん」

「あなたのこと、世界一の運動神経の持ち主だと思ってた」

「君は若かったのさ」不意に赤面しながらキングスリーは言った。

「十二歳だったわ」

「とても幼かった」日に焼けた顔は戸惑いで暗く翳っていった。彼の考えていることはよくわかった。

あのサンボアンガでの血なまぐさい出来事だ。振り下ろされる短剣から身をかわし、凶暴なモロ族の男を殺すことになってしまった。そのとき、ドリスの瞳からへイルへの崇拝が消えていった。彼女がそれを思い出したら、すべておしまいだと思っているのだ。

「今、何をしているの?」ドリスは訊いた。

彼は頭を横に振った。「何も、ドリス――」

「私のこと、スピって呼んでたの、覚えてる?」

「覚えてるよ。はじめて会ったとき、サーカスのすぐ近くで寺の鐘が鳴っていたんだ」

「今でも聞こえるわ、それが。でも、あなたは――もちろんサーカスにいるんでしょう?」

彼は再び頭を横に振った。「今はいないよ――」

「いないの?」彼女の声には明らかに失望が滲んでいた。

「この数年サーカスにはいなかったんだ。ミンダナオ島でココナツを栽培してた。でも、あまり幸運に恵まれず。実際は――」

「ココナツ? まあ、なんだかとてもロマンチックね」

「そう?」かすかに皮肉を込めて彼は答えた。「僕は農園主になりたかったんだ。君のおじさんがよくしてくれて農園を立ち上げてくれた。でも――これ以上話すほどのことでもないよ。君はどうしていたんだい、スピ?」

「私の方はすべてが順調とは見えないでしょうね?」

「君は素晴らしい女性だと思うよ。それから――おじさんのことだけど、スピ。僕は――自分の父親を覚えてないんだ。死んだとき、まだ小さかったから。でも――きみのおじさんは僕に息子にするようなすべてのことをしてくれた。ミンダナオ島からおじさんに会いに来たんだ——そして——何があったか知らなかったんだ——悲しいよ」

彼女は不意に手を伸ばし、キングスリーの細い右手を両手で包んで優しく叩いた。「わたしはそういったことを全然知らないのよ、ヘイル。おじと一緒に過ごしたあの年以外のことは。おじはいつも遠い存在で華やかで伝説的で、サーカスを所有している風変りなお年寄りだった」

「中国人がいたんだ——」キングスリーがいきなり言いだした。最近起こった問題について胸中をさらけ出す決心をしたかのように。「彼が今、外のタクシーで船長を待っていたんだ。一緒にタクシーに乗ってどこかへ——」

「ウッズ船長が？」ロジャーズが話を遮った。「白いスーツに幅広のパナマ帽を被った？」

「そうです。彼のことは知っています。〈サーカス・クイーン号〉にもう四、五年は乗っていますから」

わたしの態度の何かが——おそらくすべてが——キングスリーの興味を引きつけたようだ。

「なぜですか？」彼は訊いた。「何かあったんですか？」

「いや、よくわからんが」ロジャーズは微笑んで答えた。「ウッズ船長はミスター・サーストンを探していたんだ。でも、そんなに重要な用じゃないからと外に出ていった」

「ああ、なるほど、ただ不思議に思ったってことですね」

「いや、ちょっとあってな、ヘイル」わたしは切りだした。「三〇分ほど前に気にかかる出来事があって。その中国人とウッズ船長とは関係ないが——少なくともわたしが知る限りは」

「何のことですか？」

ロジャーズ教授は何やら判断を下したようだった。わたしがドリス・マーティンとキングスリーの再会を目撃したあとで判断を下したのと同じように。札入れからメモを取りだし、言葉もなくキングスリーに渡した。しばしキングスリーの目はそのメモに向けられていた。そのあと額に皺が寄り、唇を噛みしめた。

「これがスピのもとにきたってことですか？」

「そうだ」わたしは答えた。「今夜、サーカスから戻ったあと、これがドアの下に差し込まれていたんだ」

「カリフォルニアに戻るよう忠告する。さもないと、そなたの身に何かが起こるかもしれない。これを見て、どうしたんですか？」彼はわたしに詰め寄った。

「エレベーター係と客室係、カウンターの煙草売り場の女の子にも聞き込みをしてみた。彼らが言うには何も疑わしいことはなかったと——我々は疑いを抱いているが。それで、裏階段や業務用エレベーター、非常階段を調べてみようかと、君が入ってきたときに話していたんだ」

「いいですか」——若者は不意に切迫した声で言った——「僕はここの支配人を知っています。彼を呼んで、こっそり内部情報を明かしてもらいましょう。これはただ事じゃないです」彼は指でメモを叩き、ロジャーズに返した。ロジャーズはまたそれを札入れに戻した。

数分後、ずんぐりして色が黒く、肩幅の広い支配人があらわれ、キングスリーの要望に応えて受付に向かった。彼は若者としっかり握手を交わして肩を叩き、そのあとでわたしたちに紹介された。メモを見て、しばらく困惑していた。

「今夜、こんなことがあったのですか、ミス・マーティン？　私のホテルで？」彼は心配そうに尋ねた。眉をひそめ額に皺が寄っている。彼は話を聞いて納得したようだった。「まったく理解できないことです。こんなことになって申し訳ない。心からお詫びを申し上げます。私に何か手助けができますか？　当然、警察へ届ける前に、さらなる調べが必要になるでしょう。一緒に来てください」

ずんぐりとした肩幅の広い男は我々の前を静かに動き、ホテルの内部へと連れていった。そこは公には目にすることのない場所で、薄暗い廊下を通り、うっすらと明かりの点いた台所へと入っていった。翌朝の準備をしているパン焼き場を通り、警備員を探し、まだ勤務中の下働きの者や従業員にも聞き込みをした。

しかし、すべて無駄だった。何か情報を持っていそうな者に会うたびにロジャーズは尋ねたが、何も手掛かりは得られなかった。最後にホテルの奥の非常階段に辿り着いた。舗装された中庭に、途中で切れたような通常では上がれないような高い位置に鉄の梯子がぶら下がっていた。

「あれをどう思う、キングスリー？」そこに立ち、頭上の梯子を見つめ、ロジャーズが尋ねた。「サーカスの曲芸師なら梯子や踏み台のようなものを使わず、あそこに上ることができるだろうか？」

「ちょっと待ってください。やってみます」キングスリーは帽子とコートをこちらに預け、一フィートほど後ろに下がってから、短い助走をつけて空中に飛び上がった。壁を蹴り、さらに勢いをつけ、次の瞬間には両手が梯子にぶら下がっていた。体を揺り動かし、一瞬で梯子に上がった。そして、また地面に降りてきた。彼に帽子とコートを返した。

「梯子に接する窓は当然開いているはずだ」ロジャーズが観察していた。

「これで納得されましたか？　どういう手段が使われたか？」支配人が尋ねた。

「はい」ロジャーズが答えた。「ミスター・キングスリーが証明したように、運動が得意な者にとっては可能だということです」

　我々はロビーに戻り、支配人はこの件に関して我々がどうするつもりかと不安そうに確認したあと、奥へ引っ込んだ。

「それじゃあ」キングスリーが我々の方に手を差し出して言った。「おやすみなさい、みなさん。こんなことが起こって気掛かりですが。まったくひどい話です」彼はしっかりとドリス・マーティンの手を握った。「どうするつもりなんだい、スピ？　怯えているんだろうね？　カリフォルニアに戻るつもりかい？」

「怯えているですって？　私が？　もちろん、そんなことないわ！」

「それじゃあ、ここに残るんだね？」彼はさらに尋ねた。「すべてを見届けるつもりかい？」

「もちろん、そうするわ」ドリスは決意を固めて言った。

「君ならそうすると思ったよ」称賛するような笑みが若者の顔に広がった。「君はいつだって勇敢だったからね。おやすみ」キングスリーは背を向けてロビーを歩き去っていった。

第十章

ドリス・マーティンへの脅迫状の件で、そのときは不安を抱いたものの、その後、そういった懸念は薄れていった。というのも、いつもにも増して忙しかったからだ。自分の仕事だけではなく、ドリスに呼ばれて巡業の計画について長々と相談を受けることが多かった。カービーは広範囲に及ぶ様々な町の観客動員数について記録を残していた。黒い革表紙のノートに何年も細かく記録されたもので、それに基づいていつも旅程を決めていた。

「ここに書かれているんですが、ミスター・ラスク」ある朝、彼女はノートから顔をあげ、言った。「マニラには十日間。それ以上は滞在しない」わたし達はホテルの外に出て、敷地内にある熱帯地方の植え込みに囲まれた椅子に腰を降ろしていた。「長過ぎると思いますか？　それとも短すぎる？」

彼女の顔は真剣で、澄み切った青い瞳はひたむきだった。

「もし、あなたのおじさまがノートにそのように書いていたのなら、ドリス、それに賭けてみてはどうでしょう。それ以上は滞在しないということで。また、滞在の最後の日までショーを続けることができます。そういったことに関してカービーは最良の判断をいつも下していました。とても鋭い勘をお持ちでした」

「いずれにしても」彼女は話を続けた。「わたくしたちがここで過ごす時間は決まっています。興行の日程はすでにサンボアンガで宣伝済みです。今現在、契約請負人がジャワに滞在しているはずです――名前は知りませんが」

「ベン・カーソンです」わたしは言った。「とても素晴らしい人ですよ。マニラを立つ前に彼の報告書を手に入れるべきです」

「まだ彼からは何も届いていません」

植え込みの向こうの砂利道から足音が聞こえてきた。まもなくヴァンス・サーストンが姿をあらわした。彼の横に小さな用心深いスーザン・ポーターの姿があった。彼女の茶色い瞳は輝き、萎れた頬はかすかに赤らんでいた。

「走っていらしたの、スー?」ドリス・マーティンはいたずらっぽく目を光らせて言った。

「もちろん、違います! ばかなこと言わないで」老婦人は言い返した。「ミスター・サーストンとわたくしは敷地内を散歩していたのです」

「彼女と何かしていたんじゃないでしょうね、ミスター・サーストン?」

驚くべき発言のあと、ちょっと笑みが浮かんだ。柔らかく親しげな外見とは裏腹に痛烈な物言いだった。老婦人は息を呑んだ。

「なんてことを、ドリス! そんなことを言うなんて!」

ヴァンス・サーストンの表情はこわばっていた。彼は片眼鏡を外してハンカチで拭き、言葉を返す前にもとに戻した。

「申し訳ございません、ミス・マーティン。もし誤解を招いたのなら。私は単に、あなたのいとこに親切な対応を心掛けたつもりですが」

「ただの冗談よ」彼女は素早く言い返した。その顔から笑顔は消えていた。「お座りください、ミスター・サーストン。ちょっと仕事の話をしましょう」

のちにサーストンはもちろん、その出来事について不平を並べた。ドリス・マーティンに威厳を台無しにされ、深く気分を害したと。彼女は取るに足りない動機に基づいて侮辱した。自分はまったく悪意のない慇懃な言動をとっただけなのにと。

「あの老婦人は世間知らずの弱弱しい年寄りに過ぎません」彼は言った。「東洋ではじめて目にしたものに魅入られ、そして半分怯えている。彼女と一緒にホテルの敷地内を歩いて、珍しい花について教えてあげていたんです。それなのに私が老婦人と何かしていたと非難されるなどとは」

「まあ、落ち着くんだ、サーストン」わたしはなだめた。わたしたちはサーカスの敷地のチケット売り場の外に立っていた。「二つ覚えておくことがある。一つはドリス・マーティンがサーカスのオーナーだってこと。君もわたしも雇われ者に過ぎない。もう一つは彼女は若く陽気で自由に自分の意見を言う娘だってことだ」

「それ以上にはっきりしてることがある」歯切れの良いアクセントで彼は抗議した。「彼女は最初から私に対して失礼な態度をとっていた。そしてあんたが、彼女があんな口を利くきっかけを作ったんだ」

「すまない、サーストン」

「それだけじゃない。ウッズ船長が昨日の午後いっぱい、ミス・マーティンと老婦人を車に乗せて町を案内した。デューイ通りから出て行くのを見たんだ。突然、どうしたって言うんだ？　それに彼は何者だ？　いつもむさ苦しいリネンの服を着た陰気臭い奴が不意にバラみたいに開花して、陽気な女たらしみたいに振る舞って。一方、私が二、三、老婦人のしわくちゃな耳に話しかけると、いかがわしいことでもしてたのかと非難される！」

「わたしの忠告を聞くつもりがあるのなら忘れることだ――」

「誰があんたの忠告なんか聞くというのか？」彼は怒りで声を荒げた。片眼鏡を摑み、それでわたしの胸骨を叩いた。「あんたにアドバイスなんか求めちゃいないよ。反対に言っておく、ラスク――彼女にこれ以上、私をコケにするようなとっかかりを与えんでくれ、わかったか？」

サーストンは中央テントに入っていった。細く真っ直ぐな体には憤りが充満しているようだった。

それから数日間、彼の姿を見ることはなかった。

脅迫状のこと、そしてドリス・マーティンのそれに対する頼もしい反応はわたしの中でどこかへ追いやられてしまったが、心の片隅では決して忘れてはいなかった。町で仕事があったため、午後の公演には顔を出せなかったが、夜の公演はドリス・マーティンと決して消えない影のような彼女のいとこと一緒に予約席で見学した。公演はいつも満席で、道化師は宙返りしながら出てきて、いつものように聴衆の笑いを誘った。突然、目を見張るような生き物がフィリピンのバリンタワク族の衣装を着て観客の前に亡霊のようにふらふらと出てきた。大きなピンクの袖に薄く透き通るパイナップルの繊維でできた緑色のスカート。それには太い白の横縞が入り、裾が長く、ベルトの中に押し込まれていた。黒い髪はしっかりと首の後ろで結ばれている――こういったものが目の前にあらわれた。小さなフィリピン女性の二倍もありそうな大きな体を衣装が覆っていた。

その生き物が肩をそびやかして歩くと、眼鏡がキラリと光るのが見えた。忍び笑いやクスクスと笑う声が連なる座席を駆け抜け、それは立ち止まり、手で目を覆って不安気に観客を覗き見た。観客席の下から上まで目を走らせる。突然、高い裏声で絶望的な苦しみに満ちた叫びを発した。

「ペドロ！」

それに答える声はなかった。彼女は前へ進み、いなくなってしまったペドロを呼び続けた。わたしはある道化師を思い出した。何年か前にアメリカをまわっていたとき、出演していた道化師だ。オールドミスのような成りをして、甲高い裏声でいなくなったアルバートをむなしく探しまわる。同じ演技だった。観客に合わせてフィリピン人風に演じられた。

徐々にテントの下の方へ降りてきて、この新しい出し物の主役は我々が座っている予約席の方へやってきた。こちらの方を見て、かざしている手の下からわたしをじっと見つめた。まもなく甲高い裏声が響き、遂に発見した喜びの叫びとなった。「ペドロ！」ペドロとわたしを間違え、その生き物は不意に喜びの声をあげ、予約席の方へ上がってきた。それから間違いだとわかり、頭を横に振り、目をハンカチで押さえ下に降りていった。すぐにまたむなしく捜索が始まった。その新しい道化師が地面に飛び降りると、ドリス・マーティンが肘でわたしのあばら骨を突き、耳もとに囁いた。

「あれが誰か、わかりません？」

「見覚えがないですな」

「ロジャーズ教授です」

「ロジャーズ？」信じられない思いでわたしは繰り返した。

「ええ、ロジャーズ教授なんです。大学での彼を知っていたなら、もっと驚かれたでしょうね！　大学ではもっとも威厳ある学者なんですよ。この目で見ても、まだ教授だなんて信じられないわ」彼女は感情を抑えてはいたが、楽しくてしょうがないようだった。

「今、思い出しました」わたしは言った。「マニラに到着した最初の日、教授は前から道化師になってみたかったと言ってました」

「信じられます？　昨日、教授はわたくしに頼んだのです。こういったことをやってみてもいいかと。それで、ぜひにとお願いしました」

「彼を雇おうと真剣に考えているわけじゃないですよね？」

「教授はとてもお上手ですわ。みんなが笑ってる」

「いや、でも本気じゃないでしょうね、ドリス？」

「もし教授がやりたいのなら、ぜひ――でも、彼はただふざけてるだけなんです。教授自身、観客より楽しんでいますわ。それにおっしゃっていた通り、これを機にサーカスの内部情報も得られるかもしれません」

「なるほど。メモのことですね」

「どうかお願いします、ミスター・ラスク。あなたと教授とわたくしだけしか教授が道化師としてサーカスに入ったわけを知らないのです。それについては誰にも何も言わないでください」

「大丈夫ですよ」

「あなたは知らないでしょうが、ミスター・ラスク」オーケストラの演奏中、彼女は話を続けた。

「ロジャーズ教授はアメリカでは探偵としても名が知られているのです」

「探偵？　知りませんでした」

「もちろん、趣味としてです。教職の妨げになるほどではないのですが、でも、いくつか特異な事件を抱えて見事解決したのです」

「それでは、彼は――」

「今は、あのメモに興味を抱いているだけですけど」

「カービーの死について疑惑を抱いているのでしょうか?」

「教授が道化師をやってみたいと言ったとき、遠回しにその件について訊いてみたのですが、すぐに厳しく注意をされました。今のところ、おじについては知られている事実を受け入れるべきだと。まずはメモの問題が大切だと。マニラに立つ前に何か起こるかもしれないと考えているようです」

「その件について、どうして警察に届けないのですか?」

「ロジャーズ教授は控えた方がいいとおっしゃっています。サーカスの関係者のちょっとした嫌がらせかもしれないから」

のちにショーが終わると、私服に着替えたロジャーズが杖を下げて道化師の楽屋から観客のいなくなったテントに出てきた。我々が呼び留めて賛辞を送ると、大きな笑みを浮かべた。

「本当にちゃんとできていましたか?」目を輝かせて彼は訊いた。

「素晴らしかったですわ、教授」ドリスはすっかり興奮していた。「もし教授をおやめになっても、サーカスでの仕事をずっと続けることができます」

「それはとてもご親切に、ドリス」

「いやはや教授」わたしも加わった。「素晴らしい演技でした」

「あなたのご意見を信じる前にスーの意見も伺わなくては」ロジャーズはそう冗談を言った。「ところで、彼女はどちらに?」

「ウッズ船長と映画に」

そのとき、白い服をまとった、たくましくはつらつとした男性が我々のそばでうやうやしく立ち止まり、目が合うと微笑んで前に出てきた。

「やあ、ジャック」わたしは声をかけた。「今夜も君の綱渡りはいいできだったよ」

「ありがとう、ミスター・ラスク。ミスター・ロジャーズにちょっと言いたかったんです。とても面白かったって」

「ありがとう」手を差し出され、ロジャーズはそれに応じた。

「ジャック・フォーリーです」前に会ったことを思い出させるようわたしは告げた。

「ああ、そうだった。どこで会ったか思い出した」ロジャーズは言った。「〈サーカス・クイーン号〉で。君の個室はゴリラの部屋の隣だったね」

「その通りです」

「ジョーが船を出て、君の部屋は今、とても静かなんだろうね」

「いえ、ジョーが騒がしかったことはありません。雑音すら聞こえませんでした。隣の部屋にゴリラがいるなんて忘れてしまうほどです」

「そうかね?」ロジャーズは興味深そうに質問した。「ゴリラが隣にいれば、さぞかしやかましいだろうと考えていたよ」

「ジョーはそんなことないです。他のゴリラはわからないけれど」

「それは興味深いね」彼は煙草を若者に勧めた。

「ありがとうございます、でも煙草は吸わないんです。綱渡りの芸当のためにいつも精神状態を安定させておかなくちゃならないから」

「ジョーの話に戻るが」――ロジャーズは続けた――「カービー・マーティンが殺された朝、檻の中での騒ぎが聞こえたと思うが」

「いいえ――たぶん聞こえなかったと思います」フォーリーは戸惑っていた。「もちろん――ええと、そうですね――ジョーは落ち着いた様子だったので騒ぎ立てたりしなかったはずです」

「それってどういうことかしら、ミスター・フォーリー?」ドリスが尋ねた。

「ええと、ミス・マーティン、あのですね――あなたが新しいボスだってことは知っています。悪く考えないでいただきたいのです。正直に話します。あなたのおじさんは僕たちがギャンブルをするのを嫌がっていました。でも、そんな本格的なギャンブルじゃないですよ。賭けるのはペニーだけ、一晩中やっていたって数ドル以上使うことはありません」

「つまり、あの夜、あなたは個室にはいなかったってこと?」

「そうです、ミス・マーティン。他に誰がいたか、どこでやっていたかはどうか訊かないでください。そんなことになったら――」

「訊かないわ」

「ありがとうございます」

「でも、かなり遠くにいたんだね」ロジャーズが口を挟んだ。「それじゃあジョーが騒いだとしても聞こえなかった」

「その通りです」

「ということはカービー・マーティンがいつ檻に入ったか、いつ攻撃されたかもわからない」

「そうです」

「もう一ついいかね。ミスター・マーティンがときどき檻に入って、ジョーと話してるのを聞いたことがあるかね？」

「はい。目が覚めているときはかすかに話し声が聞こえました。何を言ってるかまではわかりませんが」

「ありがとう」

我々は歩いて通りへ出た。ロジャーズの話についてはっきり要点がつかめず、幾分わたしは当惑していた。しかし、カービー・マーティンの死に関するいくつかの事実が、深く漠然とした闇の中に紛れて遠のいていくのが感じられた。

第十一章

マニラ滞在の最終日は悲劇的な余韻とともに終わるのだが、一日はホテルの食堂で静かに始まった。そこでわたしとロジャーズは、スーザン・ポーターとドリス・マーティンと一緒に遅めの朝食をとっていた。三人はパパイヤを前に老婦人に対するウッズ船長の対応について冗談を言い始めた。この一週間、彼は根気よく彼女のエスコート役を務めていた。

「まあ、あなたたちってば、そんな風に考えるなんて」彼女は厳しく非難の目を向けた。茶色い瞳は輝きを放っていた。「ウッズ船長は紳士ですわ。もし彼が親切にしてくださらなかったら、このマニラで実際目にしたものの半分も見られずにいましたよ。ドリスはサーカスのことしか頭にないようですし。寝ても食べてもサーカス」

「でもね、スー」細く白い手が異議を唱えるようにユーモラスに動いた——「わたくしに他に何をしろと言うの？——サーカスのことを忘れて観光に行けと？」

「いいえ、もちろん、違います」老婦人は嚙みついた。「でも、わたくしはわざわざ東洋まで一日に二回のサーカスだけを観にきたわけじゃありませんから。この国のもっと違うものも見たいのよ。エスコルタのお店はすっかり気に入ったわ。当然、サーカスはあなたの生活の糧となるものでしょう、でも——」

「しかし」ロジャーズが真面目な顔で口を挟んだ。「それとは別にウッズ船長について言っておくべきことがあるのでしょう。そうじゃありませんか、ミス・ポーター？」

「ええ、確かにあります！　あなたには話してなかったけれど、ドリス。このあいだの映画を見に行った夜のことです。心配をかけたくなかったのよ――」

「まあ、スー！　何があったの？」

「結局は大事には至らなかったし、何も心配はいらないのよ。ひったくりにあったの」

「ひったくり！」

「ええ、でも、取り戻しましたよ」ナプキンに隠れて膝の上にあったハンドバッグを取りだし、スーザン・ポーターは反撃に出た。「それはひとえにウッズ船長の機敏さのおかげです。犯人は若い男の子だったわ。財布をつかんで人混みの中に紛れて階段を上がり、非常口に出たの。ウッズ船長はサルのような迅速な動きでぴったりと彼のあとを追った。すぐにつかまえて財布を奪い返し、男の子を警察に引き渡したのよ。船長を曲芸師として雇うべきだわ、ドリス。彼はわたくしが見たサーカスの出演者に匹敵するほどの動きだった」

「そうね、そうしてみようかしら、スー」考えながら彼女は言った。「それで、あなたに怪我はなかったの？」

「ばかなこと言わないで！　そもそもあなたに何も話すべきじゃなかったわね」

わたしは思わずロジャーズの方を見た。ウッズ船長の離れ業についてどういった反応を示すか。しかし、彼の表情には何もあらわれてはいなかった。彼は笑うスフィンクスのようにスーザン・ポーターからうまく話を聞き出したことに満足していた。

「船長は大変勇敢な振る舞いをしましたね」

「そうでしょう?」スーザン・ポーターは心から同意した。「それで、今度はこのサーカスはどこに向かう予定なんですの? ミスター・ラスク」

「サンボアンガです。荷積みが順調に行けば、夜明け前に出航できると思います」

「荷造りの件をお願いしようと思ってたの、スー。わたくしの分とあなたの分も」ドリス・マーティンが言った。

「もちろん。午前中にやりますよ。ところで、そのサンボアンガってどこです? どんなところかしら? 今まで聞いたことがないわね」

「きっとそこが気に入りますよ、ミス・ポーター」わたしは言った。「熱帯地方におけるロマンスの神髄のようなところです——」

「新聞社に連絡を」ドリス・マーティンが目を輝かせ、淡々と言った。

「わたくしが気を揉んでいるのがおわかりですか、殿方は?」老婦人はロジャーズとわたしを見た。「ドリスはいつもこんな感じなんです。彼女にはロマンスを感じさせるものがないと思ったんじゃなくて。わたくしもあるとは思えないですわ、まったく。もし誰かがサーカスの話を始めたら、ダンスなんかそっちのけ、新しいパーティー・ドレスにも興味なし。カービー・マーティンは一緒にサーカスをまわって、すっかり彼女を甘やかしてしまったんです」

制服姿のボーイがトレイの上に封筒を載せテーブルに近づいてきた。ドリス・マーティンがそれを受け取り、宛名に目をやってから封を開いた。

「ベン・カーソンって誰かしら?」

「今後の興行の契約請負人です――」

「そうだったわ。あなたが話していたのを思い出しました。とにかく、スマランにいる彼からです。読んでくださる?」

わたしは目の前に手紙を広げ、短い電報を声に出して読んだ。「『足を負傷。数か月、病床につくことに。ベン・カーソン』」

「どうしましょう、ミスター・ラスク?」

「わたくしが思うに」スーザン・ポーターが口を挟んだ。「返信の電報を打つべきですよ、ドリス。雇い人の一人なら元気づけておあげなさい」

「そうしてみます」苛立ちを声に出さず、彼女は言った。「でも、彼の代わりの人をどこで見つければいいのかしら?」

「誰か探さなきゃなりませんな」わたしは言った。「誰かが彼の跡を継いで、その仕事を続ける必要があります。さもなければサーカスはすぐに行き詰ってしまいます」

「そんなわけにはいかないわ」

「そうですね」

「誰か思い当たる人はいます?」

「サーストンと相談してみます。いや、ドリス、それよりも」わたしは助言した。「あなたが午前中に統括マネジャーに話を持ちかける方がいいでしょう。さもなきゃ彼は気分を害するかもしれない」

「ええ――」彼女は妙な顔でわたしを見た。「わかりました。ミスター・ラスク」

十一時を過ぎた頃、ヴァンス・サーストンと出くわした。彼はちょうど〈サーカス・クイーン号〉

から戻ってきたところで、ホテルの外の歩道で会った。

「ああ、ちょっといいかい、ラスク」帽子を取り、額の汗を拭いながら不意に彼が切りだした。「大変なことが起こったんだ」

「ベン・カーソンのことかい?」

「そうだ。まずいことになったな。ミス・マーティンが私にアドバイスを求めにきたんだ。ただちに誰かがそこに向かわなきゃならない。今夜、マニラからシンガポールに向けて船が出る予定だ。おそらく、そこからジャワ島に向かってカーソンの仕事を片付けることができると思うが。誰をそこに送るか頭を悩ませているんだ。ミス・マーティンは私に任せると言っている。誰がいいと思うかね?」

サーストンはおろおろしているようだった。これが新たなオーナーから彼に課された初めての重要課題だった。幸先の悪い始まりだったため、どうしても彼女に気に入られたいと思っているようだ。

片眼鏡をはずしてせっせと磨き、また目の上に戻した。

「ベンの仕事の代わりを果たすのは難しいよ、サーストン」

「ああ、わかってる。サーカスにとって重要な業務の一つだ。何の契約もなしに町に入ることはできない。まず食糧——団員と動物の——それから許可証、サーカス設営の契約——何もかも——」

「わたしもそのことを考えていたんだ」

「これから訪問する国々でのやり方を心得ている適した人材なんて、そうそう出てこない」

「ちょっと待ってくれ、サーストン」わたしは顎をこすり、考えた。「誰かいるはずだ。送り込める人間が」

「すぐには誰も思いつかないな、それでも——」

「ジョージ・ギルバートはどうだい？」朝食時にその名前が出ていたのだが、今思いついたかのように言った。

「ギルバート？　会計係の？」

「そうだ」

「彼に何ができるんだ？　それに彼の代わりはいるのか？」

「そうだな」わたしは説明した。「ギルバートはベン・カーソンがあの仕事に就く前に契約を手掛けていたんだ。カービー・マーティンが彼を会計係に就けて、その仕事をベンに与えたんだ」

「よし、これで解決だな、ラスク」彼はその考えが最初から自分のものであったかのように同意した。「ギルバートならカーソンが終えていない仕事の埋め合わせをできる。そして、カーソンが再び業務に就くまで続けてもらう」

「ああ、そうしよう、今夜出発するようギルバートに話すよ。それから、当面会計の仕事は彼のアシスタントがやることになるな。誰か手伝いが必要だ。どこでその手伝いを――」

「アーノルドをそこに入れてはどうかね？」

「広報の手伝いをしているアーノルドかい？」

「ああ、そうとも。彼の代わりが必要だが」わたしは既に先手を打っていた。「なんとかするよ」

「助かったよ、ラスク。すぐにミス・マーティンに会って、我々が相談したことを実行するよう話してみるよ」彼は急いでホテルに入り、わたしはしばらく歩道に立ち、ただならぬ事態について考えていた。ずっと疑ってはいたが、たった今、それが明らかになった。カービー・マーティン自身が統括マネジャーを担っていたわけで、ヴァンス・サーストンは、ただの使い走りに過ぎなかったのだ。

それはまた、カービー・マーティンという人間の驚くべき側面でもあった。なぜサーストンにこのような役を与えたのか？　理由は何だったのか？　サーストンはまわりから色々言われながらも、なぜ統括マネジャーと呼ばれていたのか？　お決まりの手順からちょっと外れただけでうろたえるような男に対して？　それに、なぜ彼は自分のもとで働いている人間の資質、適性についてよく知らなかったのか？　これは今の状況においては不安要素ともなりかねない。もし、ドリス・マーティンがこの頼りない男に信頼を寄せるとすれば、これから何が起こるのか？　ヴァンス・サーストンはそういった信頼を得ようとしているが。もうすぐマニラの滞在が終わる。ここではカービー・マーティンの大きな力が及んでいたため、到着してすぐに興行を行なうことができた。マニラのあとは、いよいよ我々だけで――いや正しくはドリス・マーティンの力に頼ることになる。単に人事を緊急に変更するだけではなく、より難しい問題に直面するはずだ。今後の方針を決めなくてはならないような問題も出てくる。わたし個人としては彼女が失敗するのを望んではいない。サーカスを続けていかなくてはならない。ショーを上演しなくてはならない。続けていくための資金を得るのに円滑な運営が必要だ。経営不振や機能停止によって休業状態になると、あっという間に自らの崩壊を招く。よろめきながら進むランナーのように走り続けなくてはならない。さもなければ倒れてしまう。

午後遅くにヘイル・キングスリーに会った。サーストンがホテルのロビーに慌てて入って行った瞬間から、わたしは必死に彼を探していたのだ。ちょうどタクシーに乗っていたとき、ジョーンズブリッジを渡って城壁の方へ向かう彼を偶然見つけたのだ。そこは、スペインが一五七一年に入植した際につくられた城壁都市で、狭く曲がりくねった道が続いている。運転手に車を停めるよう促し、キングスリーを乗せて小さな広場へと向かった。降りてベンチに腰を降ろした。

「最近、全然顔を見せないじゃないか、ヘイル」わたしは彼をたしなめた。

「すいません」

ヘイルは自分の不運についてくよくよ気を揉んでいたに違いない。悲しそうな顔をしていた。わたしに会って最初は嬉しそうでほっとした様子だったが、やがてその目は遠くを見つめていた。

「聞いてほしいことがあるんだ、ヘイル」わたしは切りだした。「君にとって良いニュースだと思う」

「そうですか?」かすかに興味を抱いたようだ。

「ベン・カーソンを知ってるね?」

「はい」

「彼が足を折って、スマランで数か月間、床に伏してなきゃならないんだ」

「なんてこった! それは気の毒に」

「しかし、ここでちょっと考えがあってな。この緊急事態に備えてサーストンはジョージ・ギルバートをベンの代わりに送り込むことにしたんだ。ギルバートのアシスタントが会計係に持ち上がって、アーノルドというわたしの助手が会計事務を手伝うことになった」

「それじゃあ、あなたの負担が増えますね」即座に彼は言った。

「確かに。誰か冴えた若者を雇う必要がある。サーカスが好きで熟知していて、アーノルドの代わりになる者が。誰か知ってるかな?」

しばし彼は何も答えず、杖で自分の靴の爪先を叩き続けた。

「彼女が僕を雇うと言ったんですか?」

「彼女にはまだ話してない。でも、間違いなく彼女は賛成してくれると思う」

「そうですね――曲芸師に戻るよりはましかも」

「ずっとましだよ」

しかし、彼はまったく気乗りしないようだった。わたしはただ驚いた。今までのことを考えると、与えられたチャンスに飛びつくだろうと思っていたのだ。

「あの」彼は口を開いた。「この数日間、ちょっとお金を稼ごうとしていたんです――」

「お金？　なんのために？」

「ココナツの栽培のために」わたしは驚いて彼を見た。「ほら」わたしが口を開く前に彼は続けた。「先日の夜に会ったとき、彼女はあのことを覚えていなかった。何も言わなかった。でも、きっと思い出すと思うんです」

「なんの話だい、いったい？」

「昔、サンボアンガで起こったことをお話ししたじゃないですか。彼女の僕に対する崇拝が薄れて怖がるようになったと。僕はただの乱暴者で――喧嘩好きの薄汚れた奴だった。彼女はそういったことを全部思い出すでしょう――そうすると――いいですか、ミスター・ラスク、サーカスで働くことはあきらめた方がいいかもしれない。彼女のサーカスでは。実際にそう決めたんです」

「君がどれだけご立派かってことは、よくわかったよ」皮肉たっぷり言い返した。

「そんな風に言わないでください、ミスター・ラスク、お願いです」彼は抗議した。どうやら気分を害したようだった。「あなたはよくわかってないんです。あのことを思い出すのは彼女にとっても苦痛だと思います。だから僕はそういったことをしたくないんだ。彼女に思い出させるようなことは」

「いいか、ヘイル。少し常識的な話をしよう。サーストンを知ってるね？」

「はい」

「つまり、彼がどんな人間か、どれほどの人間か――」

「あなたが考えてるよりはよく知っています」彼はわたしの話を遮った。「なぜ彼が今の立場に就いたのかも。どのように、いつ、どこで、そうなったのかも。なぜ片眼鏡をしているかも。今やカービーが亡くなって、彼がやってることはまったく価値のない仕事です」

「それが聞けてよかった。彼について何を知っているのか訊いてるわけじゃないんだ。ただ君がわかっていればそれで充分なんだ」

「それで？」キングスリーは杖で靴の先を叩くのをやめた。

「今夜、マニラを発つことは君もわかってるだろう？　サンボアンガに向けて出発だ。ジャワ島人の町だよ。マカッサル、シンガポール、ペナン、それからその先へ。ドリス・マーティンはショー・ビジネスの世界ではまだまだ経験が浅い。君の言うとおり彼女がすべてを備えた人物だと認めるよ、わたしとしては。でも、サーカスのことはほとんど知らない。彼女はすぐに学ぶだろう。素晴らしい資質を持っているからね。人とうまくやっていく方法を心得ている。カービー・マーティンの跡を継ぐべき千に一人の逸材だ――跡を継ぐとすれば彼女しかいない――しかし、一人では無理だ。そして、誰に協力を求めるべきか――彼女が独り立ちするまで頼るべき人物は誰か？　彼女にはサーストンがいる。そして、わたしも。わたしは自分の仕事をよくわかっているが、サーストンがやるべき仕事についてはわからない。警察が嗅ぎつける前にどこまで行けるか？　ここマニラではいい仕事をした。しかし、季節外れの悪天候が続いたらどうするんだ？　他にも不運な出来事が起こるかもしれない。わたし個人としてはドリスの成功を望んでいる。なんとかうまくやっていくのを望んでいるんだ」

「僕もです」力強く彼が言った。

「それで……それについてどう思う?」

キングスリーは答えなかった。そして、また強く杖で爪先を打ち始めた。

「今夜、公演を見にきてくれるかい、ヘイル? 約束してくれ。ここでの最後の公演だ」

「わかりました。ミスター・ラスク。必ず行きます」

第十二章

サーカスの設営地に着いたとき、太陽はすでにマニラ湾の向こうの紫色に連なるマリベレス山の陰に沈んでいた。最終日のせわしなさがあたりに充満していた。食堂となっていたテントはすでに取り壊され、鍛冶屋や他のそれぞれの小屋も解体されて〈サーカス・クイーン号〉に再び運ばれていった。夜の公演で使用されないものはすべて船に積み込まれた。せわしなさは檻の中の動物たちにも伝わり、近づきつつある変化を感じ取っていた。ホテルに滞在していた者はチェックアウトを済ませ、船に荷物を積み込み、あとは残った公演を終えてサーカスのテントを取り壊し、再び海へと出ていく。

ヘイル・キングスリーは最後にやってきた観客たちに紛れてゆっくりと入ってきた。彼が中央口にあらわれたときにはすでに開演の曲が流れ始め、わたしはそこで彼を待っていた。

「約束を忘れたのかと思ったよ、ヘイル」

「来るって言ったはずです」神妙な顔で彼は答えた。

わたしたちは動物の見せ物小屋の中へ入っていった。途中で彼は立ち止まり、じっくりと何かを確かめていた。

「至急、檻の側面を少し高くするべきです。十分もしないうちに埠頭に転がっていきますよ」

「ああ、わかった」

象は足にチェーンを巻かれ、最後の出番を待っているあいだ落ち着きなく体を揺らしていた。キングスリーはその前で立ち止まり、手を伸ばして近くにいた象の体を軽く叩いた。

「オールド・ベッシー！　よしよし、ベッシー！　もうカービーには会えないんだな？」納得したような鳴き声が大きな口から漏れた。くすんだ灰色の蛇に似た鼻がキングスリーのポケットに伸びてきた。「ほら！　ピーナッツだ！」一握りのピーナッツをポケットから取りだし鼻に押しつけた。そして、我々は中央テントに向かった。

「予約席に行こう」先を歩きながら、わたしは言った。彼はついてくるのを渋っている。目立たぬ所か安い席に座りたいのだと想像はついたが、そこは茶色い肌の人間で恐ろしく混みあっている。とりあえず文句を言わず、一緒にあらかじめ用意されていた上の席に向かった。ドリス・マーティン、スーザン・ポーター、ウッズ船長がそこにいた。空いている席はヴァンス・サーストンのために用意され、彼はまだ姿をあらわしてはいなかった。

「こんにちは」キングスリーに手を差し出し、ドリス・マーティンが言った。「またあなたに会えてとても嬉しいわ、ヘイル。マニラを発つ前に会えないいんじゃないかと思ってたところよ」

「ありがとう、ドリス」恥ずかしそうにキングスリーが言った。「別に避けているわけじゃないんだ」

「私のいとこを紹介するわ。それから、ウッズ船長はご存知よね？」

紹介が終わり、我々は席に落ち着いて出し物に見入った。何度見ても決して飽きることはなかった。ハントン・ロジャーズが再びフィリピン人をつかまえ、いるはずもないペドロを血眼になって探している。キングスリーはその出し物が気に入ったようで、それについてドリス・マーティンに話しかけていた。

「教授の演技、素晴らしいでしょう?」

「彼を雇うつもり?」

「そうできたらいいのだけど」

わたしは長い時間をかけてキングスリーを探し、午後いっぱいかかってやっと見つけ、それからホテルをチェックアウトし、自分の持ち物を〈サーカス・クイーン号〉に運んだため、ドリス・マーティンと話す時間はまったくなかった。朝食以来、彼女と会っていなかったのだ。オーケストラが演奏するさなか、彼女に話しかけた。

「ベン・カーソンの件についてはうまく解決しましたか?」

「ええ、問題ありませんわ。ミスター・サーストンが人事に関して再調整してくださったので。ミスター・ギルバートがもうジャワ島へ向かっています。すべてとてもうまく落ち着きました——ミスター・サーストンのおかげで。どうしたらうまく事が運ぶかを教えていただきました」

「それはよかった」どうやらサーストンは、わたしの考えを自分の手柄にしたらしい。

「緊急のときにあなたの助手を譲ってくださって感謝しています、ミスター・ラスク」

「そうですね——ええ」わたしは戸惑っていた。奇妙な感情が芽生えつつあった。一体どこまでサーストンは話を進めたんだ?「その点について、今、あなたと検討したいと思っていたのです」

「はい?」彼女は当惑しているようだった。

「この緊急事態に助手なしで仕事をしてゆくというのは、わたしの考えていたことではありません」

「あなたの仕事はそんなに大変なんですか、ミスター・ラスク?」

「わたしが手放した助手の代わりに他の人員が必要です」

「ミスター・サーストンはそのように考えてなかったようですわ。あなたは助手なしでも非常にうまくやってゆけるようだと」

こちらの仕事に関してサーストンが裏で干渉していたと知って腹が立ってきた。緊急事態におけるわたしの提案を自分のものとし、自分だけの計画のように彼女に話したのは容易に想像できた。と同時に、新しいオーナーにわたしの信頼を揺るがすようなことを言ったのだ。その動機は最初にこちらがドリス・マーティンに言ってしまった言葉が原因なのだ。そのせいでサーストンに対する彼女の対応が粗末なものになったからだ。

「残念ながらサーストンは、わたしの仕事についてまったくわかっていません。その件についてこちらで考慮すべきでした。彼ではなく」

「ええ、そうですわね」ドリス・マーティンは同意を示した。「その件については議論したくありませんわ、ミスター・ラスク。当然、わたくしが知っているのは統括マネジャーから聞いたことだけです。必要もないのに人件費を増やすつもりはありません。ミスター・カーソンには給与を払い続けます、それから病院の費用も。ですから、わたくしの言いたいことはおわかりでしょう。支出については慎重にならなくては」

「問題はですね、ドリス」わたしは説明した。「今を逃したら、いつ一流のサーカスマンを雇う機会が訪れるかわからないのです」

「マニラに誰かいますか?」

「ええ、ヘイル・キングスリーが」

彼女の視線はわたしを通り越し、名指しされたキングスリーに注がれた。わたしたちの会話はオーケストラに阻まれていた。彼は綱渡りをしているジャック・フォーリーを熱心に見つめている。彼女はまたわたしの方を見た。

「彼はただの曲芸師だと思っていました」

「それ以上のものがあります。わたしの知る限り一番多才なサーカスマンです。彼もちょうど手が空いてると」

「彼はココナツを栽培しているのでは?」

「それはもう終わったのです」

サーストンがあらわれ予約席に着くと、わたし達の会話は中断された。彼は一人一人に挨拶をし、片眼鏡からこちらを見つめ、わたしが口火を切るまでキングスリーのことは無視した。

「キングスリーのことは知ってるね、ミスター・サーストン?」

「ああ、はい」素っ気なく答えた。「彼のことなら知ってます」言葉の裏に、いい噂は何も聞いてないといったものが感じられた。ドリス・マーティンがどう反応するか、わたしは見守った。眉を寄せて愛らしい唇を考え深げにすぼめ、指は膝の上のハンドバッグをイライラと叩いていた。彼女はわたしの方を向き、よそよそしい事務的な口調で言った。

「ヘイル・キングスリーについてはあなたが一番いいと思う方法をとってください、ミスター・ラスク。あなたはサーストンの言葉に逆らおうとしているのですね。わたくしは個人的な思い出や過去の友情にほだされるわけにはいかないのです。結果によって判断します」

まったく知らない若い女性のようだった。かすかに敗北を感じながら椅子に身を落ち着けた。とにかく要点は伝えた。ジャック・フォーリーがお辞儀をし、ポール・ストラットンが道化師のオーケストラをまわりに集めている。今までわたしはカービー・マーティンの姪について理解しているつもりでいた。こちらの提案にだいたいは従うだろうと信じていた。わたしの提案は長年の経験に基づいたものだ。一方、サーストンの経歴はまだ浅い。彼女にとって最良の手引きになると思い、提案したのだ。すべてがわたしをイライラさせていた。サーストンは今朝、彼女との話し合いで何か言ったのだ。わたしが信用できない男だとか、ヘイル・キングスリーも同様だとか、抜け目ない入れ知恵をしたのだ。そのような思いが頭から離れなかった。

　あまりにも自分の考えに没頭していたため、ポール・ストラットンの奏でるバイオリンも、壊れたピアノに投げ出されるところも見逃していた。エドウィーナ・ナイルズが出てくるまでは舞台でおこなわれている芸当に集中することができずにいた。白いサテンのケープを取って舞台に脱ぎ捨て、彼女はそこに立っていた——均整のとれた体がこれから宙に浮かび、テント最上部の止まり木へと上がっていく。キャッチャー（受け手）たちも素早く持ち場に上がった。オーケストラの演奏がひとたび止まり、新たな曲が流れだした。エドウィーナはロープの輪の中に足を入れ、手前のロープをしっかり摑んで数フィート上にあがった。そこでいったん動きを止め、観客にお辞儀をした。

　エドウィーナが目指すのは中央にある小さな空中ブランコだ。二人の受け手は仕掛けを施した両端の輝くバーの上に待機し、そこで彼女を受け止める。止まり木まで上がると足をロープから外し、空中ブランコのバーにつかまる。まずはウォーミングアップを、それから大きな弧を描いてバーから手を放し飛んでゆくと、受け手の一人が彼女を捉える。そしてまた、もう一人の受け手の方へと彼女の体を放り出す。こうして息を呑むような曲芸が始まった。滑らかな動き、妖精のような優雅さ、これ以上の技を見たことはない。

ロープにぶら下がったまま彼女はお辞儀をして観客にキスを飛ばした。男たちは下でネットを張り、彼女は止まり木に着いてロープを解いて放った。観客は静まり返った。他の舞台でも動きが止まり、邪魔にならない程度の催しがおこなわれている。ロープの端を持った男たちが舞台の端に向かって走り、観客が息を呑んで見守る中、彼女は目も眩むほどの上空へと上がっていく。スーザン・ポーターがいとこに向かって話しているのが聞こえた。

「なんだか見ていられないわ。ハラハラしてしまって」

わたしは喉に何かが詰まっているような息苦しさを覚えた。ヘイル・キングスリーは椅子に座りながらも落ち着かないようだった。ウッズ船長は咳をした。ヴァンス・サーストンは片眼鏡の奥から状況をじっと睨みつけている。

男たちがロープの端を持って走り、エドウィーナ・ナイルズはさらに高く上がっていった。ハントン・ロジャーズのペドロ探しは一時的に中断され、予約席の下の方で、小さな空中ブランコのそばまで上りつめた妖精の姿を見つめていた。わたしの腕に何かが触れた。緊張したドリス・マーティンが手を伸ばして摑んでいた。

不意に彼女の指に力がこもった。窒息しそうなほど喉が苦しくなった。上空で何かが起こったのだ。見る前からわかっていた。縄がパチッと音を立てた。白い体が音を立てて地面に向かって落ちてきた。ヘイル・キングスリーが予約席の柵を飛び越え、舞台に向かって走り出した。彼の鋭い叫び声が聞こえた。

「ネット！　ネットを！　ネットを上げて！」

ネットの両端にいた男たちはどうにか指示に従おうとした。エドウィーナは地面に落下する途中で猫のように体をねじり向きを変え、落下の恐怖にもがきながら、できる限りのことをしようとしていた。

「遠すぎる！」わたしは唸った。「遠すぎる！　届かない！」

ハントン・ロジャーズは他の男たちと一緒に走っていた。長いスカートを履いた滑稽な姿で。男たちはネットを手にどうにかしようともがいている。

「見るんじゃない！」わたしはドリス・マーティンに警鐘を鳴らしたが、彼女はまっすぐにその場所を見ていた。稲妻が落ちるようにエドウィーナの体がネットにぶつかった。地面からほんの一、二フィート上のところだった。男たちが死にもの狂いで掴んでいたネットが破れ、地面を打つ音が聞こえた。消して忘れられない音だった。彼女は転がり、グニャリとした塊となり、そのまま動かなかった。

松林で風が吹き抜けるようなため息が観客のあいだに広がった。

わたしはヴァンス・サーストンを見た。彼は目を逸らしていた。寒さで震えるように体が揺れていた。ドリス・マーティンはわたしの腕を放して彼に言葉をかけた。

「さあ早く、ミスター・サーストン！」しかし、彼はなんの反応も示さなかった。ただ目に手を当てていた。ドリスがわたしの方を向いた。「こっちへ来て、ミスター・ラスク！」わたしたちは急いで舞台へと向かった。

第十三章

ドリス・マーティンとわたしがグニャリと地面に横たわる白い体に近づく前から、的確な対応が必要とされることがわかっていた。カービー・マーティンの惨事と同じような状況だった。今やその亡骸は海の底に眠っているが。彼女はひどい怪我を負っているか、それとももう息絶えていることも考えられた。サーカスにとっては価値ある、そして実入りの良い一つの出し物が失われたのだ。大きく口を開け恐れおののいたサーカスの観客は、何が起こったのかと座席で身をよじり、そわそわとしている。曲芸師たちは自分の役割を忘れ、道化師は事故現場に集まっていた。公演はすっかり行き詰った状態だった。観客は——東洋の観客は——怯え、パニックが巻き起こるかもしれない。

このようなことが起こり得るとは、現場に駆けつけようとしているドリス・マーティンの頭にもなかったはずだ。しかし、わたしの頭の中にはあった。三十五年間のサーカスでの経験によって様々な事態を見通すようになっていた。今、カービー・マーティンのように頭の回転の速い果敢な男が必要だった。すべてが台無しになる前にこの混乱を切り抜け、事態を収拾する必要があった。

一瞬、気が動転した中で、それは自分がやるべき仕事のような気がした。ヴァンス・サーストンはまだ狼狽して座席に座ったままだ。ドリス・マーティンは訴えるようにわたしを見つめ、ほとんど事態を理解できないでいた。ヘイル・キングスリーはひざまずき、サテンに包まれて地面の上で動かなくなった体を覗き込んでいた。わたしは彼らを取り囲む人だかりに抗議の言葉を発した。それから不意に動きを止めた。キングスリーが立ち上がろうとしている。

「このままここに」わたしはドリスに言った。「ここで待つんだ！」彼女はわたしの目線を追い、キングスリーの細い体が真っ直ぐに立ちあがるのを見守った。彼の瞳は細い日に焼けた顔の中で石炭のように燃えていた。その目は誰かを探していた。突然、彼の腕が舞台監督の肩を掴んだ。

「マック！　彼女は大丈夫だ！　みんなに知らせるんだ！　そして次の出し物を呼んで！」

「でも、彼女は――」舞台監督は言いかけた。

「とにかくこの状況をなんとかするんだ！　みんなに知らせて！　スペイン語と英語で。彼女は大丈夫だと！　公演を続けるんだ！」キングスリーは舞台監督のパリッとしたシャツの胸を素早く押して人混みの外へ出した。それから、他の者に顔を向けた。「ストラットン！　ヘンリー！　ブラウン！　道化師は自分の持ち場に戻るように」道化師たちを急き立てた。人だかりは素早くまた元の場所に戻っていった。「さあ！　そこの床板を一枚持ってきて彼女を載せるんだ」高い止まり木から地面に降りてきた二人のキャッチャーに指示を出した。

意識を失った体は平らな固い板の上に載せられ、素早くその場からそっと運ばれた。残った者たちは即興の担架に手を貸し、出演者入口へと運んでいった。混乱した不安そうな観客に向けて、言葉を長く引き伸ばした馴染みの舞台監督の声が響き渡った。「レーディース、アンド、ジェントルーメーン。ただ今の女性アクロバットの怪我は深刻なものでは――」

「でも、ミスター・ラスク！　彼女はひどい怪我を」ドリス・マーティンの怯えた声がした。入口に詰め寄り、驚いている曲芸師たちのあいだを抜けてわたしの横にやってきた。

「きっと彼女は」

「そのようだ。落ちるにはあまりの高さだ」

「どうしたら?」

「とにかく彼女を病院へ」

素早く担架が運び出され、その先頭にはヘイル・キングスリーがいた。テントの向こうにトラックが待っていた。曲芸師の使うマットが床に敷かれた。意識を失っているエドウィーナは毛布に包まれて運ばれ、トラックに載せられた。事態が呑み込めぬまま、ドリスとわたしは運転手の横に座った。エドウィーナの二人のキャッチャーも衣装のままトラックに乗り込み、彼女のそばについていた。

三時間ほど経って、総合病院の医師は小さなオフィスのデスクに腰を降ろした。彼はドリス・マーティンの不安気な様子を見て話すのをためらっているようだった。

「あまりいい知らせではありません、ミス・マーティン」悲しげな表情が丸く黒い顔に浮かんだ。

「命はとりとめました。確か中央テントの頂上から落ちたとか」

「そうです」

彼は頭を横に振った。「信じられませんね。普通なら即死だったはずです」

「彼女はサーカスで訓練を受けていました、ドクター。落下の衝撃をできるだけ軽くしようとしていたのです」わたしは説明した。

「おそらく、そういうことでしょうな」小さな口髭に触れながら医師は言った。「長いあいだ床に伏していることになるでしょう——生き延びるとしても。両足、骨盤、首の骨、肩甲骨、すべて折れています——」

「なんて、かわいそうに！」ドリスが呟いた。「どうしたらいいのでしょう、ミスター・ラスク？彼女は、それから——サーカスは？」

「エドウィーナはここに留まる。サーカスは今夜出発する」わたしは腕時計に目をやった。「荷積みはもう終わる頃です。もし、すぐに鉄道に向かえば、次の列車に乗って出発できます」ヴァンス・サーストンが震えて座っている姿が頭によぎった。本来なら彼がヘイル・キングスリーの代わりに舞台に出て行くはずだったのだが。「今すぐ船に向かい、寝床に入るべきだと思いませんか、ドリス？できることは充分やりました」

彼女は頭を横に振り、医師の方を見た。「彼女、意識はありますか？　話しかけてもいいですか？」

「あと数時間は目を覚まさないでしょう。おそらく明日の朝までは」

「でも、彼女をこんな風に残して出発するなんてあまりにも薄情ですわ。見知らぬ病院で目を覚ましたときに、サーカスも友人も同僚もみんないないなんて」

「いいですか、ドリス」わたしは助言した。「エドウィーナは生涯ベテランのサーカス団員だった。今でもそうです。彼女のことならよくわかっています。きっと理解してくれるはずだ。あなたよりもずっとサーカスのことをわかっている」

サーカスの設営地に寄ってから船に向かった。会場のテントも他のテントもすべてなくなっていた。設備のわずかな残骸が、たいまつが灯る広く平らな土地に散らばっていた。トラックのモーターが唸る音がした。男たちの叫ぶ声、暗闇で動く影。数時間前には活気あふれるにぎやかな場所であったが、そこはすでに荒廃した土地となっていた。病院で長く不安な時間を過ごしたあとでそれを見たせいか、いつもより陰鬱な場所として目に映った。

「三十分ほどですべて片づくでしょう」わたしは彼女に言った。

「もう船に向かった方がいい」

埠頭のタラップのそばに背の高いそわそわした人影が杖を揺すって立っているのが、ぼんやり明かりに照らされて見えた。熱帯地方の夜の空気の中で杖はせわしくなく円を描き、人影が煙草を吸いながらタラップの方へとわずかに足を伸ばそうとしていた。しかし、我々の足音を聞いて注意を引き寄せられたようで、そこで待っていた。

「君たちがまもなく来ると思ってましたよ」ロジャーズ教授が言った。それまで小さな荷物が積み重なっているのに気がつかなかった。観光客の荷物だ。サーカスの人間のものではない。「彼女の容態は?」

「あまりかんばしくありません、教授」わたしは答えた。「でも、彼女は生きています。回復の見込みがあります。医者はそれについて多くは語りませんでしたが」

「それを聞いてほっとしたよ」いったん、そこで怪我人の話は打ち切られた。「埠頭までやってきたんだよ、ドリス」――彼は身振りで荷物を示した。――「かばんも手荷物も持って」

「それじゃあ、わたしたちと一緒に来てくださるの?」ドリスは明るい声で言った。

「もしよければ、次の滞在地のサンボアンガまで行きたいと思っているんだ」

「もちろん。英語の教授ではなく、道化師になる決心をなさったのかしら?」

「まあ、一時的にね」彼は軽く笑った。「明日の朝」声を落とし、考え深げにドリスを見つめて彼は言った。「君とミスター・ラスクとちょっと話し合いをしたい」

「今ではだめかしら?」

「だめだ」断固とした声だった。「君は疲れてへとへとになっているようだから」

「ええ、確かに疲れました。すぐにベッドに入ります。ミスター・ラスク、ロジャーズ教授の寝る場所を用意してくださる？　わたくしは船に乗りますね」

ロジャーズは彼女がタラップを上がっていくのを見守り、それから、わたしの方を向いた。何か気を揉んでいる様子が窺えた。しばらく口を閉ざしていたが、深刻な事実について話すべきかどうか考えているようだった。

「ちょっとこっちに来てくれませんか、ミスター・ラスク」不意にそう言うと、小さな荷物の塊の方へ導いた。重たい旅行鞄を持ちあげ、平らなトランクの上に載せて開いた。「見てもらいたいものがあるんです」

わたしは鞄の中身にあまり注意を払ってなかったが、彼は中に手を入れて滑車装置を取り出した。そこには短いロープが付いていた。

「これを見てくれませんか」わたしの手に載せ、厳しい顔で言った。

埠頭の明るいライトの下で、それをひっくり返して見た。冷たいぞくぞくする感覚が背筋に這い上がった。

「ううむ、これは！」わたしは唸った。自分の声が奇妙に耳に響いた。「ナイフで切られている！」

「二つの房が途中で三つに裂かれている」

「どこで、これを？」

「彼女が落ちたとき、それが上から落ちてきたんです。それで、あなたたちと一緒にサンボアンガまで行った方がいいかと。誰がこれをやったにせよ、そいつはマニラでじっとしてはいないはずだ」

「おそらくそうでしょうね。わたしの個室に余分な寝台があります、教授。あなたの荷物はそこに入れましょう」

象の最後の群れがタラップを上り、甲板に入ってきた。巨大な動物たちの足が鎖につながれ騒々しい鳴き声が聞こえてきた。ライオンたちは下の階の檻で吠えていた。ふと頭上を見上げると、船橋の窓から身を乗りだし、ウッズ船長がこちらを見下ろしていた。ライトが金色に煌めき白い制服を照らしている。ロジャーズはロープと滑車を鞄に戻し、蓋を閉めた。ちょうどそのとき、ドリス・マーティンが甲板の手摺りの方にやってきて、わたしに声をかけた。

「ミスター・ラスク」――疲れた声だった――「ヘイル・キングスリーが乗船しているかどうか、わかりますか？」

「いいえ、わかりません」

「彼がいるか確認してくださいますか？　あなたの助手にしていただくのがいいと思います」

「そうします。わかりました」

「ありがとう。それじゃあ、おやすみなさい」ドリスは亡霊のように姿を消した。

ウッズ船長がまだ我々を見下ろしていた。彼は当然、ドリス・マーティンが言ったことを聞いていたはずだ。わたしは彼に呼びかけた。

「船長、キングスリーが乗っているかどうか知ってますか？」

「彼は乗っていない」彼の固い声は穏やかな熱帯夜を打ち砕くかのようだった。「少し前に岸へ戻っていきました」

「サーストンはどこに？」

船長はしばらく答えなかったが、それから聞こえよがしの囁き声で言った。「自分の個室にいます」

その発言の意味も慎重な話しぶりのわけも、彼が次に言葉を加えるまでわたしにはまったくわからなかった。「ボーイを使わして彼を寝床に入れました」

「どうかしたんですか、いったい？」

「ちょっと飲み過ぎたようだ」

「では、誰が荷積み作業の指揮をとったのですか？」

「キングスリーです」

わたしは自分の腕時計を見た。キングスリーが乗船するように取り計らってほしいとドリス・マーティンが言っていた。今になって思い出した。エドウィーナが落ちたことで、キングスリーと話をして仕事の当てがあることを告げる時間がなかったのだ。そのときドリスは、はっきりと彼を雇うとは言っていなかった。そして今、決心した。しかし、キングスリーは行ってしまった。緊急事態が起こったとき、彼は最後まで細部に至るまでやり遂げた。誰の指示も仰がず、一人で決断し、そして一人で去っていった。自分は必要とされていない、サーカスに自分の居場所はない、と思いながら。

「ウッズ船長」窓のところにいる男に呼びかけた。「おそらくあなたはミス・マーティンが言ったことを聞いていないと思いますが。ロジャーズ教授が我々とサンボアンガに行くことになりました。彼はわたしの部屋の予備の寝台を使う予定です。ボーイに彼の荷物を部屋へと運ばせてくださいませんか？　キングスリーを探し出すのにどれくらい時間がかかるかわかりません。もちろん、彼と一緒に戻ってくるまで出航しませんよね？」

「わかりました」彼は中にいる部下の方に向かって指示を出した。

それはどうしてもやり遂げなければならないことだった。ドリス・マーティンがキングスリーについて考えてくれてうれしかった。彼を捕まえるのがちょっと遅かったが、次の日、海に出てからでなくてよかった。エドウィーナの事故がどれだけ彼女を打ちのめしたかはよく理解できる。けれどもわたしが一番うれしかったのは、彼女が緊急時におけるキングスリーの手腕に気づいたことだった。サーカスの新しいオーナーとして経験の浅い彼女が、彼を人員に加え賃金を払う決断を下したことが。

わたしはロボットのように機械的に何度も時計を見た。時計の針の位置がどんどん進んでいく。見たことのないボーイがタラップへと降りてきた。青いコットンのズボンにシャツを着ている。中国の室内履きを履いていて、顔を見て中国人だとわかった。彼は立ち止り、問いかけるようにロジャーズの荷物を指さし、わたしは頷いた。

「十号室に」そう告げた。

「わかりました」トランクに身を屈めて彼は言った。

「部屋の場所はすぐにわかると思います」わたしはロジャーズに言った。「ここでの用がないのなら、わたしはちょっと出てきます」

ロジャーズは杖を振りながら考えていた。「私も一緒に行きます、ミスター・ラスク。もし、かまわないのなら」

「もちろん、一緒に来てくれたら助かります」わたしは荷物の方に頭を下げているボーイに言った。「十号室に」

「わかりました」くぐもった返事が聞こえた。

頭上の橋の上からウッズ船長の堅苦しい声がした。「キングスリーは自分の部屋に戻ると言っていた。でも、それがどこかは聞いていません」

「ありがとう、船長。待っていてください」

「ええ、わかりました。あなたたちを置いては出発できませんから」

第十四章

二時間後、ロジャーズとわたしはキングスリーをあいだに挟み、タラップを上がっていた。長く疲れる捜索だった。最後に訪れた、町の古い地区にある小さなホテルで彼を見つけ、議論で幕を閉じた。

「いいかい、君」半時間話し合った後、ロジャーズが辛抱強く語った。「君がどう考えようと個人的な思いが心に引っ掛かっていようと、ドリス・マーティンは、はっきりと言ったんだ。埠頭でミスター・ラスクに呼びかけ、君が船に乗っているかどうか調べるようにと。そして彼がわからないと言うと、こう言った。『乗っているか確かめてください。ヘイル・キングスリーを助手として雇ってほしい』これ以上何が不満なんだ？ 彼女はサーカスに君が必要だと言っている。彼女が君を呼びに行くよう告げたんだ。わかったかい？」

「よくわかりました」彼は答え、すぐにパジャマを脱いで着替え始めた。わたしの意見に逆らっていた彼の中の頑なな部分は消え去り、意気揚々としているように見えた。

「今夜、大変な時に君は素晴らしい仕事をした、ヘイル。エドウィーナの件だけじゃなくてそのあとも――」

「いいんですよ、別に」鏡の前でネクタイを結びながら彼は言い返した。「サーストンは酔っぱらっていたんだ。誰かが舞台道具の荷積みをやらなきゃならなかった」

〈サーカス・クイーン号〉は静かに埠頭で待っていた。タラップが一つだけ残っていて、わたし達を迎え入れた。舷窓はすべて暗く、かすかな明かりが橋を照らしていた。サーカスは船に積み込まれ、誰もが眠っていた。タラップにいた中国人のボーイがキングスリーのバッグを摑み、ウッズ船長は我々の到着を耳にして橋の窓から頭を出した。

「ミスター・ラスク」船長が呼びかけた。「彼は見つかったんだね?」

「はい、船長、準備ができました」

船長の頭が見えなくなり、我々はタラップを歩いていった。キングスリーはエドウィーナの部屋を使うことになった。そこは彼女が一人で使っていて、持ち物はすべて取り除かれ、岸に上げられていた。彼は鞄を寝台の下に押し込み、コートと帽子を脱いでまわりを見まわした。瞳が輝いていた。細く日に焼けた顔に笑顔が浮かび、小さく息を吐いた。

「馴染みの箱舟に戻ってこられてうれしいです、ミスター・ラスク」

「ああ、そうだと思うよ。我々も部屋に戻る。じゃあ明日」

わたしはその一日ですっかり疲れていた。ただ眠りたかった。ロジャーズは服を脱ぎ、予備の寝台に入り、おやすみと言った。わたしは灯りを消した。最後に眠たい頭の中でぼんやりと痺れたような震えと船の揺れを感じた。プロペラが回転を始め、我々は再び海に出た。

次の朝、目が覚めたとき、ロジャーズは着替えて部屋を出ていた。眠気を感じながら、わたしは船の外に浮かぶ島を見つめた。翡翠色の宝石が紺碧の海に散らばっているようだった。髭を剃り、着替えをしていると、少しずつ前日の出来事が心によみがえってきた。エドウィーナの出し物を失ったことは、当然、修復不可能だ。一方でヘイル・キングスリーを取り戻すことに成功した。わたしの助手ということだが、大いに励みとなる。今になって気がついた。彼はサーカスにいる誰よりもカービー・マーティンの近くにいた。カービーの習慣、手法、考え方を知っているだけではなく、彼自身もサーカスを愛し、そうなるべく生まれてきた、たった一人の人間だった。カービー・マーティンの亡骸を海に葬った夕暮れ時から始まった、この奇妙な放浪の旅において、それは何にも変えがたい貴重な遺産だった。目の前に広がる空は雨が近づきつつも明るい様相を呈していた。新たな一日の始まりにわたしはちょっと口笛を吹いた。驚くべき展開が待ち受けていようとは少しも気づいてはいなかったのだ。

着替え終わる前に中国人のボーイが朝食のコーヒーとパンをトレイに載せて運んできた。顔を見たが、見たことのないボーイだった。

「チャーリーはどこだい?」わたしは尋ねた。

「チョリー?」彼はぼんやりと繰り返した。

「チャーリー・ロドリゲスさ。ホノルルからマニラまでこの船で働いていたボーイだよ」

黄色い顔には何の反応もなかった。眉を上げることもなく、トレイをテーブルに置いた。

「よく、知らないです」彼は答えた。少しその場に留まり、必要なものがそろっているか確認してからいなくなった。

しかし、不思議なことはそのあとも続いた。二杯目のコーヒーを飲み終える頃、ドアをノックする音が聞こえた。入るように言うと、ドアが開いてヘイル・キングスリーのすらりとした細い体が見えた。

「おはよう、ヘイル。顔を見られて嬉しいよ」

「おはようございます、ミスター・ラスク」入ってきてドアを閉め、寝床の端に腰を降ろした。何か気にかかることがあるようだった。しかし、わたしが先に話しだすのを待っていた。わたしはトレイを脇にやって煙草を探した。彼も煙草を吸おうと身を屈めた。

「ボーイが新しく変わったようだ」燃え尽きたマッチを空のカップに落とし、わたしは言った。「中国人だ」

「そのことについて話したいと思っていたんです、ミスター・ラスク」

「何についてだい?」

彼は素早く瞬きをした。深く窪んだ目はわたしを見つめると明るく光った。

「彼は新しいボーイですか? マニラに停泊したときはいなかったのでは?」

「いなかったよ。ロドリゲスという男がいたんだ——ポルトガル人だと思うが——彼がこちら側のデッキのボーイだった。一年以上も仕事に就いていたのになぜだろう?」

「中国船の乗組員がこの船に入ったようです」彼は答えた。「今朝、ちょっと見てまわったのですが——ボーイも給仕係も乗組員みな、船橋の人員を除いて中国人でした」

「それは興味深いな。この二年間、〈サーカス・クイーン号〉で旅をして一度もそういったことはなかった」

「ええ、そうですね」

「どうしてなんだろう」

「つまりですね、ミスター・ラスク、カービー・マーティンは中国人を船に乗せるのを認めなかったんです」

「どうしてだい？　それに、とにかく何が違うんだ？」

「そりゃあ、大きな違いがあります。その点でカービー・マーティンとイン・ユエン・シンがいつも口論していたんです。カービーは中国人のクルーを乗せないと言って」

「なぜだい？」

「今回の乗組員は香港の雇用斡旋所から来た者たちです——スイ・サウ・カイ・ショウ・ソウとか中国語で呼ばれていますが。決まって彼らの中にはギャンブラーがいます」

「その件だが、ヘイル」わたしは述べた。「彼らはおそらくみんなギャンブラーだ。ギャンブルに手を出さない中国人なんて見たことがない」

「僕自身もはっきりわからないんです。新しい乗組員の一人は間違いなく代表として派遣されたギャンブラーです。彼は給仕係か客室係として登録したと思いますが、一切仕事はしないはずです。彼がやるのはギャンブルだけです」

「他の乗組員はどうなんだ？」

彼は頭を横に振った。「このサーカスの賃金はかなり良い方です。だから彼らはやってきたんですよ。そして、彼らはたくさんの報酬を取るはずです。不正な商売をして」

「じゃあ、どうしたらいいんだ？」

「今はどうにもできないと思います」

「そいつを見つけ出すのは難しくないはずだ。首にしてサンボアンガで追い出すことはできる。誰か代わりの者をボーイとして雇えばいい話だ、例えどんなに——」

キングスリーは重々しく頭を横に振った。「きっと誰か殺されます」彼は深刻な顔をした。「一度そうなったのを上海で見たことがあります。東洋に初めてやってきた船長が代表のギャンブラーを解雇したんです。彼は給仕係として乗船していました。新しい男が雇われましたが、そいつは船が出航する前に埠頭で殺されました。彼らのやり口がいかに手ごわいかがよくわかりました、ミスター・ラスク」

この情報を耳に入れて、ぞくぞくとした感覚が露のように首筋を這っていった。「どうも気に入らんな、ヘイル」

「僕もです」彼も語気を強めた。

「誰の責任なんだ？　どうしてこんなことに？」

「そうですね――もちろん、あなたがサーカスの設営地にいたあいだは船で何が起こっているか予測はできなかったでしょう。ウッズ船長は、きっと前もってわかっていたはずです。それから、サーカスのスタッフの何人かも。ドリスは知らされてなかったでしょう。彼女はおそらく聞いてきます。中国人は彼女を避けるはずです。不用意にドリスに話すことはできません、ミスター・ラスク。告発するような真似はできませんからね。でも、やがて誰かが気づいて彼女に忠告すると思います――この事態を避けるためにも」

「おそらく君の言うとおりだ」

「もしかして見当違いかもしれない。でも、カービー・マーティンは中国人乗組員を〈サーカス・クイーン号〉から遠ざけておくことができたんだ。彼はサーカスの中にペテン師みたいなのが入り込むのが我慢ならなかった。ギャンブラーが入り込むのも。サーカスの人間がちゃんとお金を蓄えておけるよう考えていたんだ。ドリスにもそれができる。きっと――ギャンブラーを近づけないように――

もし、誰かがそのうち彼女にそういったことを忠告すれば」

「でも、誰がそれを?――サーストンが?」

彼は瞬き一つせず、長い間わたしを見つめた。「彼を非難する気はありません」

「ギャンブラーの取り分はどこに行くんだ?」

「ほとんどは香港の雇用斡旋所に戻ることになっています。もし中国人クルーが船に乗ったら、取り分はインのところに入ると前にカービーが言ってました。そして、はっきりとは言えませんが、いつか問題は解決するはずです。黙っていても適切な時期がくれば、きっと報いを受けるはずです」

「もっともな話だ。けれど、我々がやるべきことはかなり厄介だな、ヘイル」

「そうですね、ただ僕は何が起こっているか、あなたにお話ししようと思ったんです。それに対して何ができるかはわかりません。ドリスに注意を促す必要はあります。でも、それをするのは僕ではなくあなたです。僕は単なる助手ですから。すいませんが、この問題から手を引きます。ここに来たのは、あなたの仕事の手伝いについて尋ねるためです。その用意はできています。もちろん、もし彼女がその不正な問題について説明を求めるのなら喜んで引き受けますが――」

「今朝は仕事のことは忘れてくれ、ヘイル。この問題の方がずっと重要だ。あとでドリスに会いにいこうと思う。何が起きているか彼女に伝える。そのあいだ目を光らせておいてくれ」

「そうします、ミスター・ラスク、もちろん」そう言って、彼は寝台の端から立ち上がってひょろ長い体を伸ばし、短い茶色の髪を手で梳いた。「じゃあ、行きます」後ろ手にドアを閉めて通路に消えていった。

キングスリーが漏らした話はかなり気がかりだった。表面的にはたった一つの問題だが、それが摩擦を起こして争いのもととなりかねない。しかし、もっと厄介なのはわたしが座って考えているあいだにも邪悪なものが深く深く浸透しつつあるという状況だ。話すべきことを黙っているあいだにも、新たなオーナーの背中にナイフが待ち構えているかもしれないのだ。

ハントン・ロジャーズがあらわれ、こういった考えは突如わたしの頭から追い払われた。ノックの音がして、返事をする前にドアが開いた。

「今、デッキで面白い人を見かけたんです」ドアを閉めながら彼が言った。

「なるほど、それはいったい？」

「イン・ユエン・シンという名の中国人紳士ですよ」

「イン？　彼がこの船に？」

「今、彼と楽しく話をしてきました。面白い人ですね」

「彼が船に乗っている理由は？」

「私もそう思ったんですが、思い出しましたよ。彼が〈サーカス・クイーン号〉の所有者ですからね。船のオーナーが船に乗りたいというのなら、止めることはできません」

「ドリスが招待したのかも」

「いいえ。彼はドリスに申し訳ないと言っていました。サンボアンガで仕事があるそうです。島を巡る船は二、三日出ないそうなので」

「それじゃあ、何も問題はないと思う。彼がここにいても」わたしは言った。ロジャーズは身を屈めて寝台の下を覗き込んでいる。手を伸ばして旅行鞄を取り出した。その作業で顔は赤くなり、鞄を床の真ん中に置いた。

「今からいつでも会いにきていいと、ドリスが言っています」ロジャーズは意味ありげに鞄を蹴飛ばし、そのとき、その傷のついた鞄のことを思い出した、昨夜、裂けたロープと滑車台をそこに入れていた。

「それでは」立ち上がり、わたしは言った。

突然、彼は鞄を横にドサリと置き、それを開いた。「証拠を確認しておいた方がよさそうだ」

張り詰めた沈黙が続き、わたしは注目した。前に身を乗りだして鞄を覗き込む。ロジャーズは大きな手で鞄の中を探り、中身の捜索をはじめた。不意に鞄を逆さまにして中身を床にぶちまけた。雑多な道具を一つ一つ手で探り、機械的にまた中に戻しはじめた。

「まさか、なくなってるなんて?」驚きながら、わたしは尋ねた。

「ないんです!」

「どこか他の場所へしまったのでは?」

「いえ、この中にしまいました。昨夜、埠頭でこの鞄に入れたのをあなたも見たでしょう」

「確かに」

「そうだよ、他に移したりはしていない。昨夜から鞄を開けてもいない——今まで一度も」ロジャーズは愕然としていた。

「確か、それは——」

「ええ、そうです。ボーイがここまで運んだんです。それから我々はキングスリーを探しに町に出た」

第十五章

　エドウィーナ・ナイルズの怪我が計画的犯行によるものだと立証できる証拠が消えてしまい、我々はしばらく当惑していた。ボートデッキにあるドリス・マーティンの個室の磨かれた机のまわりで徹底的に議論したあとも、まだ釈然としないままだった。

「ロープが消えたという事実は単に巧妙な手口だと言って済ませられるようなことではないわ。船の上で起こったことですもの。昨夜、船に乗せたあとの出来事だなんて」ドリスが要約して言った。

「もちろん、荷物を個室に運んだ新しい中国人の客室係の過失というわけでもありません」再びわたしは指摘した。「彼はロープに興味など持っていなかったはずです」

「あなたたち二人の他に、ロジャーズ教授の鞄の中にそれが入っていると知っていた人はいるかしら？」

「そうだね――」ロジャーズが人差し指で鼻の横を掻いた。「サーカスの会場で私がそれを拾ったのを誰が見ていてもおかしくはない。道化師の何人かも見ているはずだし。ジャック・フォーリーも見ていた。必要以上に表に出したりはしていないが。それを舞台上に見つけて、それからすぐに道化師の楽屋の方へ行ったんだ。事故のあと、自分の演技を中断して着替えてホテルに戻ったんだが」

「もちろん」彼は続けた。「埠頭でミスター・ラスクにロープを見せた。灯りの下で。エドウィーナを殺そうとした犯人は、私が手にしているものを見ていたんだろう。覗き窓の暗がりから誰にも見つかることなく――」

「ウッズ船長が」わたしは会話を遮った。「そのとき、橋の上の窓から身を乗りだし我々を見下ろしていました」

「ミスター・ラスク！」ドリス・マーティンはショックを受けたようで、声をあげた。「まさか船長を疑っているんじゃないでしょうね？　そんなの考えられないわ！」

「違います、もちろん。わたしは単に教授がロープを持っているという事実を認識している人間の名前をあげているだけです」

彼女は何も答えなかった。ロジャーズは話し合いを終わりへ持っていこうとしていた。

「今、ロープがどこにあるか想像するのは難しくない」口元にかすかに笑いを浮かべて彼は言った。「まず間違いなく海の底だろう。でも、事実は変わらない。エドウィーナを始末しようとした人間がこの船に乗っているという事実は」

「そんなの許せないわ！」ドリス・マーティンは叫んだ。「エドウィーナがいったい何をしたって言うの？　命を狙われるようなどんなことを？」

ロジャーズは答えず、わたしは話題を変えた。「中国人のボーイと言えば」話を切りだした。「新しい乗組員をマニラで雇ったことをおそらくあなたは知らないでしょうね。全員中国人です」

「知っています」淡々と彼女は言った。「ミスター・サーストンから数日前に聞きました。乗組員を入れ替える話を。中国人しか人員を確保できないと。ちなみにミスター・サーストンは今朝、船酔いで気分が悪いそうですわ」

その発言はわたしを混乱に陥れた。わたしがサーストンを職務怠慢で非難してきたことは誤った認識ということになる。「すいません、彼があなたに話していたとは知りませんでした」

「聞いていました。彼はすぐに報告してきました」

「なんとも残念なことです」わたしは続けた。「それを避けることができなかったなんて」

「それを避ける？ なぜそんなことを？」

「あなたのおじのカービーは」キングスリーの名前をださないように話を続けた。かすかに彼女の中に敵対心のようなものを感じ、それが警報を鳴らしていた。「サーカスの人間が中国人ギャンブラーの食い物にされるのを危惧していたようで――」

「ギャンブラー？」彼女は繰り返した。顔からかすかに色が引いた。「どういう意味かしら？ 理解できないわ、ミスター・ラスク」

キングスリーが教えてくれたことを詳しく彼女に説明した。彼女は磨かれた机の前の大きな椅子に座り、華奢な手を目の前で組んだりはずしたりしていた。わたしは、解雇されたギャンブラーに替わって雇われ、上海で殺された男についても包み隠さず語った。話し終わるまで彼女は黙って聞いていた。

「きっとミスター・サーストンはそのことを知らなかったはずです。そうじゃなきゃ、そのことをわたくしに話していたでしょうから。でも、それでもどうにもできなかった。彼が言うには〈サーカス・クイーン号〉のチャーターに関しては、自分たちの領域外で決まった手順というのがあると。それはウッズ船長の責任で、わたくしたちには関係ないと」

「なるほど」

「それでは」彼女は一枚の紙を取り出し、ペンに手を伸ばした――「もう、はずしてもらってもよろしいかしら？」

我々が部屋を出ないうちに、ドリス・マーティンは紙の上に身を屈め、一心に何かを記入していた。

「変わった人ですね、彼女は」甲板を歩きながら、わたしはロジャーズに言った。

「いや、そんなに変わってはいませんよ、ミスター・ラスク」彼は答えた。「非常に忠誠心の強い人です。あなたが彼女に注意しようとどうしようと、今までどおりヴァンス・サーストンをかばったと思います」

「確かサーストンは今朝、船酔いだとか言っていませんでしたか？」

彼は遠く水面を見つめていた。それは滑らかな池のようだった。それから、わたしの方に向いた。目がきらきら輝いていた。

「ええ、そう言ったのを確かに覚えています」

ドリス・マーティンのオフィスで奇妙な朝を過ごした後、彼は何か話したそうにしていた。昇降口階段の入口のところで立ち止まった。

「さて、白紙に戻ったあなたの謎をどうするつもりですか、教授？　証拠がなくなってしまったとなれば？」

「まったくどうしてよいのか、わかりません」彼は深刻な顔で答えた。「エドウィーナの事故は何千人もの観客の目前で起こった。そのとき、誰がロープを切ったか見た者はいない。推測すると、午後の公演と夜の公演の合間だとは思いますが。その人間は、もちろん誰にも見られずに上に登って行ける時間帯を選ぶでしょう。一つ励みになるのは――犯人を見つけるという点で――犯人はこの船に乗っているということです。我々の中にいるはずだ。犯人は手の内を見せたことになります」彼はわたしの質問に充分答えてくれた。口をすぼめ、そして付け加えた。「ポール・ストラットンのところへ行って話をしてみようかと思っています。仕掛けがどうなったか、見てきます。追いかけてくる骸骨が彼に飛びかかってくるかどうか」

彼は昇降口階段を降りて姿を消した。正午の食事まで会わなかった。食事のとき、食堂のドアの外にいた。そこには掲示板があり、告知やサーカスの情報をやりとりできる。きれいな字で書かれた告知が新たに掲げられていた。わたしは眼鏡を取りだし、書かれている文字を読んだ。

全関係者へ——乗組員の中にギャンブラーがいることをここに警告する。その者は誰彼かまわずギャンブルに誘い込む機会を狙っている。そういった企みはわたくしの意志にまったく反することであり、直ちに慎むよう忠告する。

ドリス・マーティン

ロジャーズがわたしの方を向いた。口元にかすかな笑みが浮かんでいる。「随分と率直に告知したものですね」

「まったく。午後から昼寝でもしますか?」

「いえ、やめときます。鞄に本が入っているので、それを持って午後はデッキチェアで過ごします」

我々は一緒に個室に戻った。彼は荷物の中から本を取り、部屋を出ていった。わたしはエドウィーナの事故についての記事を練っていた。サンボアンガの新聞に載せるつもりだった。そして、座って考えているうちにだんだん眠くなってきて寝台に横になり、目を閉じた。どのくらい眠ったのか、わからない。そんなに長くはないが、三十分は寝たようだ。声がして目が覚めた。出所はわからない。ゆっくりと目を開け、また閉じた。わかっているのは誰か二人が話をしているということだ。よくわからぬ経路で音が伝わってくるとは何とも奇妙な事だった。声は頭上の甲板から流れ、開いた部屋の舷窓から入ってくるようだ。

「あなたのおじ様には大変な恩があるのです、ミス・マーティン」男の声が言った。「あなたにお仕えしてもお返しできないくらい大きな恩が。これから何年生きようとも決してお返しできないくらいです」ヴァンス・サーストンの声だった。歯切れの良いオーストラリアのアクセントだが、柔らかく低く説き伏せるような口調だった。声が続いた。「しかし、例えそうでも、私に対して完全には信頼を寄せてくれず、不当な扱いを受けていました。今回のギャンブルの件ですが、まったく知らされていなかったのです。本当です。聞いていたなら私も警戒し、このようなことであなたを困惑に陥れることもなかったかと」

盗聴は気分のいいものではなかった。普通なら声が聞こえないところに移るか、音を立てて声の主に聞こえていること知らせるのだが。しかし、眠気で体が動かなかった。空気は温かく、過酷な日々の疲れが体に残っており、横たわったまま聞いていた。ときどき聞こえないこともあったが、あまり重要な会話ではないと判断を下していた。

「それを防ぐことはできたのかしら？」

「間違いなく何か手を打ったはずです。わたしは船乗りではありません、ミス・マーティン。そして、ほんの数年前まではサーカスは未知の世界でした」

「ご職業は何でしたの？」

「銀行家です。上海でも有名な銀行の一つに勤務しておりました。オーストラリアで学業を終え、その後、銀行員として働き始めたのです。うまくやっていましたよ。その仕事に向いていたと思います。将来、出世する展望もありました。ガールフレンドもいました。彼女は陸軍将校の父親と一緒にイギリスからやってきたのですが――こういったお話をしてご迷惑じゃありませんか――こういった個人的なことを、ドリス？」

「いいえ、ミスター・サーストン、興味深いお話ですわ」

「あなた以外の誰にも話したことはありません。話したいと思ったことも。もちろん、上海の古い友人の中では――彼らは友人でした――この話はよく知られていました。裁判所の公的な記録として望む人は誰でも読めるように――」

「裁判所の記録？」

「あなたにお話しするまではゆっくり休むこともできません。あなたのおじ様は知っていました。ですから、当然、ここでお話ししておくべきでしょう。聞いたあとで、あなたがどのような対応にでようと不平を言うことはできません」束の間の沈黙のあと、彼は続けた。「刑務所に入っていた経歴があります。不当な訴えによって七年間刑に服しました。あなたたちアメリカ人にはそれに対する言い回しがあるようで――言い換えれば、『罪をきせられた』のです。罪を背負うべき老人を無罪にするために。若くあまりにも無垢なため、へまをやらかしたのです。まったく不慣れな洗練された複雑な社会において」

「どうしてわたくしに、そのことをお話しになるのですか？」ドリス・マーティンの声はかすかに冷たく響いた。

「なぜなら先程も申したように、おじさまも知っていたからです。このままここで働き続けるとすれば、自分を偽っているように感じるからです。あなたにお話ししない限りは」

「おっしゃりたいことはわかります」

「私にとってすべてが台なしになったことはお話しするまでもないでしょう。先の見通しや幸せになる希望、未来はすべて私のもとから転がり落ちていきました。当然、ガールフレンドも失いました。彼女は待ってくれるような人ではなかったのです――許してくれるような人でも。彼女が去って行くと、名ばかりの友人も去って行きました。ようやく七年の刑期を終えて出てくると、私にはなんの未来もありませんでした。助けてくれる人も希望も。けれども、あなたのおじ様が私の苦境を理解してくださいました。私を擁護し、仕事をくれて、自尊心を取り戻させてくれました。そして、希望を抱く勇気も。人生を取り戻し、今は誰も何も恐れずにいられるように。かつての勇気が自分の血管によみがえりました。今や若き日の夢以上の希望を手に入れることができたのです」

「よかったわ」

「ええ、確かに、ミス・マーティン――ドリス――それでですが、いいでしょうか?」深い沈黙があり、それから彼は話を続けた。「確かに昨夜あの素晴らしい曲芸師が落ちたのを目にして、あまりにも恐ろしく、もうだめかと思いすっかり動転してしまいました。人間味のある男は悲劇が起こったとき、凝視することができません。非常に恐ろしい光景でした。私はデリケートな人間でして。あなたの目にはどうのように映ったのでしょうか。固く突き通すことができない殻のようにデリケートな人間の心は苦しみに血を流し――」

「もしかして、ミスター・サーストン」ドリスは冷淡な、わたしも慣れつつあるかすかに皮肉を込めた声で話を遮った。「私を口説いているのかしら？」

「あなたは賢い方です、ドリス。様々な面において賢い女性です。あなたほど美しい方は見たことがありません。申し分のない宝石のようなお人柄。先程申したようにおじ様のおかげで私は今、希望を持つことができたんです。若い頃夢見た、さらにその上を。最初にお目にかかった瞬間からあなたを愛していました、ドリス。それを口にするのを恥ずかしとは思いません。反対にそう言える自分を誇りに思います。その点をおわかりいただけますか？」

「いかにも――それはあなたの問題でしょうが」

「まさか私の誠意を疑ってはいませんね！　誰にも疑うことなどできないはずです。当然、あなただって疑う理由など？」

「わたくしはあなたの誠意について訊いているのではありません、ミスター・サーストン。あなたのことは信じています。カービーおじが理解を示していたのは疑っていません。わたくしにはまだよくわかりませんが。おじがあなたをどう思っていたのか、知ってよかったです。破滅からご自分の身を救うことができて何よりですわ。でも――あなたとわたくしのあいだには雇用主と雇われ人という関係しか存在しません」

「一つ予想をしましょうか、ドリス？」

「いえ、その必要はありません」

「それでも予想してみましょう。こういうことです。あなたが私の話に耳を傾ける日がいつかやってくるでしょう。あなたの足元に私の愛を捧げます。そして、あなたはそれを決して笑ったりはしないでしょう。あなたを愛しています。そして、最終的にはあなたも私を愛するでしょう。何も問題はありません。私たち二人のあいだには。過去の後悔も失敗も、若さの悲劇も済んだことです——」

「すいませんが、ミスター・サーストン、これで失礼させていただきますわ。ミスター・インが話し合いをするのにわたくしを待っているはずですから」

第十六章

食堂のドアの外の掲示板に紙の切れ端が残っていた。それが何を意味するのか、食事のあいだにぼんやりと考えていたが、やがて気がついた。小さな細い紙の切れ端が真鍮のピンで留められたまま残っていたのだ。ドリス・マーティンがサーカスのメンバーにギャンブラーに注意するよう告知した名残だ。それは冷たい怒りの無言の宣言だった。昼食と夕食のあいだに誰かはわからぬが掲示板から告知を破りとったのだ。奇妙なことに、船長のテーブルではほとんどそのことが話題に上らなかった。

ドリスは静かに言った。

「あの場所にまた告知を貼ります」

彼女とスーザン・ポーターは他の何人かと一緒に船長のテーブルについていた。二人が食堂で食事をとるのは初めてだった。ロジャーズは事件について口を閉ざし、わたしも同様だった。ヴァンス・サーストンの席には誰もいなかった。イン・ユエン・シンは理解ある微笑みを浮かべ船長の左の席にいたが、何も述べなかった。ヘイル・キングスリーは少し離れた場所に曲芸師たちと座っていた。

「誰が破りとったのでしょうね?」スーザン・ポーターが疑問を投げかけた。

「私もそれが知りたいです」船長が固い声で言った。

「サーカスのオーナーの告知は尊重されるべきだと思いますわ」年配の小さな女性は強く訴えた。

「まったく不名誉なことです。ギャンブルも、それに手を染める者も好きではありません」

ドリス・マーティンはいとこの腕に手を乗せた。そして、ウッズ船長に話しかけた。船長の金のボタンのついた白いユニフォームは以前よりも色鮮やかで手入れが行き届いているように見えた。

「何時にサンボアンガに着くのでしょう？」

「明日の午後四時の予定です、ミス・マーティン」

外では太陽が燃える炎のように海の向こうに沈もうとしていた。薄れていく日差しが窓に差し込み、我々に赤々とした光を浴びせている。

「そのうち」デザートを待っていると、イン・ユエン・シンが話しだした。「〈サーカス・クイーン号〉をドックに入れ、新しいボイラーをつけて船底を磨いてみましょう。そうすれば、もっと早く走れますよ」彼女の方を向き、愛想の良い笑みを浮かべてきれいに揃った歯を見せた。

「そうする必要があるでしょうね。かなり汚れてきていますから」ウッズ船長が述べた。

ちょうどそのとき、スーザン・ポーターが席を立ってテーブルから離れようとした。

「どうしたの、スー？」ドリスが尋ねた。

「ハンカチを忘れてしまったわ」

「余分なのがあるわ、ほら！」

「自分のを持ってきます」スーザン・ポーターがつっけんどんに言い返した。そして、ドアの向こうに消えていった。

スーザン・ポーターは予想以上長くテーブルから離れていたため、用事ができたのだと単純に考えていた。戻ってきたとき、何か大変なことが起こったのだとわかった。彼女の茶色い瞳は光を放ち、かすかに頬に色が差していた。椅子の端に座り、彼女が問いかけるのが聞こえた。ドリスにだけ聞こえるように囁いていたが、こちらの耳にも入ってきた。

「寝室の化粧台の引き出しですけど、開けたままにしていたかしら？」

ドリスは頭を振った。

「そう、それじゃあ誰かがあそこに入って中の物を探ったのね」

ドリスの顔がわずかに青くなり、椅子を後ろに押し出した。テーブルのまわりを見つめ、最初にロジャーズを、それからわたしに目を留めた。我々は彼女に続いて食堂を出た。スーザン・ポーターも後ろからついてきて、デッキハウスへ向かった。ドアは閉まっていたが鍵はかかっていなかった。

「鍵をかけておくべきだったわ」苛立だしげに彼女は言った。

「どのくらいの時間、ここから離れていましたか？」ロジャーズが尋ねた。

「一時間以上です。スーとわたくしは夕食の前に下のデッキをぶらぶらしてましたの」

デッキハウスの中には慌てて何かを探した痕跡が残っていた。オフィスだけではなく、その上のキャビンも。引き出しは開けっ放しで衣類はそこから飛び出していた。雑多な装飾品が納まってあった小さな引き出しはテーブルの上に投げ出され、中身が散らばっている。ドリスはオフィスの大きな磨かれた机を迅速に徹底的に調べた。

「犯人はここにも入ったようね」ぶっきらぼうに彼女は言った。「すべてのものがひっくり返されている。何もなくなってはいないようだけれど――確かなことは言えないわ」

ウッズ船長は開いたドアに目をやった。今や太陽は沈み、熱帯地方の空にカーテンが降りるように闇が忍び寄っていた。

「何か手伝えることはありますか?」彼は尋ねた。

机の点検を終え、ドリスは彼を見上げた。「いえ、船長、その必要はありませんわ」

「ドアの鍵を閉めることをお勧めします。もちろん――」

「ありがとうございます。これからはそうします」返事は淡々としたものだった。

「今夜、ここに見張りの者をつけます――」

「中国人ですか?」スーザン・ポーターが尋ねた。寝室を片づけ、オフィスに入ってきたところだった。「まさか違うでしょうね、船長。中国人がドアの外に立っているとわかったら、一睡もできませんわ」

ウッズ船長は優しく微笑んだ。「安全は保障します、ミス・ポーター。もし、お望みでないのなら強要はいたしません。けれど、私の考えをお話しします。あなたの部屋は橋からそんなに離れてはいません。夜勤の船員にときどき見にきてもらってすべて問題ないか確認することができます」

「どうかお願いします、船長」ドリスが言った。「その方がスーもゆっくり休めます」

ロジャーズはさりげなくあたりを見まわし、手掛かりが何もないことに頭を振り、ドアのそばへ行ってボートデッキや考えられる隠れ場所を眺めていた。そしてケースから煙草を出し、火を点けた。

「何か不審なものがありましたか、教授?」わたしは訊いた。

彼は頭を振った。「何も。侵入者の身元を示すようなものは何も。けれど――」彼は話を終えないまま大きな手でお手上げだというしぐさを見せ、デッキハウスの外に出た。ウッズ船長は深い夕闇の中、橋の方へ歩き去っていった。「ここにいて大丈夫ですか、ドリス?」ロジャーズは部屋の中を覗きながら言った。

「怖くなんかないです」

「穏やかな夜です。マットレスをこのデッキに持ってきて、ときどき、あなたの部屋のドアに目を向けながら眠るのもいいかな、と」

「ばかなことをおっしゃらないで、教授」彼女は微笑んだ。「わたくし、怖くはありません。スーだって、怖いと思っていません。ただのこそ泥だと思います。そういった輩（やから）はわたくしたちが中にいるとき、入ってきたりしませんから」

「おそらく君の言うとおりだ。それじゃあ――おやすみ」

夜の帳が降りていた。我々は鍵がしっかりロックされるのを聞き、その場をあとにした。

落ち着かない夜だった。黒い地平線の向こうには雷が不穏に点滅している。舷窓からしばらくそれを眺め、未知のジャングルの島々に思いを巡らした。陸地から遠くはなれた寂しげな海に雨が降っていた。それからベッドに入り、落ち着かない不安な眠りに入ろうとした。少しして注意深く開けられるドアの音で目が覚めた。

「ああ、あなたでしたか」廊下の薄明りを背景にロジャーズの姿を認め、わたしは声をかけた。「何かありましたか?」

彼は後ろ手にドアをゆっくり閉めて、それから静かに答えた。「いいえ、何も。ただ、すべて問題ないか見てきた方がいいと思いまして」

数分後、またわたしは眠りに落ちていった。一方、ロジャーズは寝台で何度も寝返りを打っているようだった。再び目を覚ましたとき、また出ていったのがわかった。部屋に彼の気配はなかった、わたしも起き上がり、着替えを始めた。体全体に何となく落ち着かない感じが広がっていた。はっきりと感じる不安。それを払いのけることができなかった。ロジャーズは何をしようとしているのか？なぜ彼はウッズ船長が説得したにもかかわらず、二人の女性の安全に心をくだいているのか。橋の上に誰かがいれば、二人に目が届くはずだ。こそ泥は戻ってこようとは思わないだろう。

廊下に出ると、二週間前にカービー・マーティンの亡骸を海に葬ったあとと同じように、はっきりと誰かがいる気配を感じた。邪悪なものが船に乗っている。邪なことを企んでいる。ドアの外にじっと立ち、何かが起こるのを待った。わたしの視線は誰もいない廊下をさまよった。計り知れない何かを期待しながら。やがて、しびれを切らし、警戒しながら廊下を進み、デッキに出た。

夜はすっかり更け、地平線の闇の中で点滅していた明かりは消えていた。どの通路を追跡するべきか、わからなかった。ただ部屋から出なければと感じた。今、外に出ると、何かよからぬことが起こりそうな予感が重苦しく取りついていた。柵に背中をつけて寄りかかり、ぼんやりと明かりの灯るデッキの左舷を見つめ、それから自分がたった今出てきた廊下に続く出入り口に目をやった。わたしの他に誰一人いなかった。しかし、次の瞬間、私の耳に静かに囁く声がした。

「何か変わったものはありましたか？」

どこからともなく聞こえた声に驚き、膝がガクガクし、もう少しでデッキに崩れ落ちるところだった。それにしても、誰にも見つかることなく、どうやってロジャーズは近づいてきたのだろう。

「な、なにも」私は口ごもった。「どうしてですか？　何かあったのですか？」

「それを今、探ろうとしているのです。すべて問題はありません、二人の女性に関して――」

「それじゃあ、他に何が問題なんですか？」

「わかりません。いったい誰が忍び足で通路を歩き、夜中の三時に我々のドアの前で重苦しい息をしていたのか」

「そんな音がしたのですか？」

「外に出てみたら、いなくなっていました。何だったのかはわかりませんが」

　我々はしばらく無言でそこに立っていた。錆びついた船の側面に水が当たる音だけが響き、あたりは静まり返っていた。下にいる動物の檻の生ぬるい空気が通風孔から逆流し、鼻腔をくすぐった。

「今、何時だろう？」

　彼が答える前に鐘の音が鳴り響いた。鈍い金属の不気味な音が七回（１９４０年代、船では30分ごとに時鐘を鳴らしていた。０時30分が１点鐘、従って７点鐘は３時30分）。「もうそんな時間か？」わたしは言った。

「ミスター・ラスク、もしもかまわなければ、通路をもう一回りしてくれませんか？　そして前方のドアからデッキに出て、ここに戻ってきてください。先程はうまく逃げられたので今回はなんとか捕まえたい」

「誰を？」奇妙な囁き声を発していた。何て馬鹿げた質問なんだと思いながら。

　彼と別れ、わたしは通路に入っていった。できるだけ音を立てないように個室の薄いドアの前をゆっくりと通り過ぎた。ロジャーズもやっていたように自分が音を立てずに歩いていることで、すっかりいい気分になっていた。しかし、薄暗い廊下には誰もいなかった。聞こえるのは寝台にいる者たちが蒸し暑い空気の中でまどろもうとしている音だけだった。

　廊下の突き当たりまできて、戸口の敷居をまたいでデッキに出た。凸甲板と眠っている象の群れが見える地点まで移動した。暗がりの中、蛇のような鼻が何かを探すように伸び、そのあとで長く低い呼吸が聞こえ、鼻がまた下に降ろされた。踵を返し、使われていないデッキチェアが並ぶ前を通り過ぎ、ゆっくりと船尾の方へ進んだ。暗がりに注意深く入念に目を凝らした。ロジャーズの姿はまったく見えなかったが、右舷の方を警戒しながら進んでいるのだろうと推測した。

不意にロジャーズと別れた場所から五十フィートほどのところで動いている影が見えた。それはちらりと視界に入ってきて、通路の端の方からボートデッキに移動して消えた。すぐに足早に跡を追ったが、そのとき、その後の方にそっと同じようなペースで大きく黒い影が動くのがわかった。約束の地点に行くと、ロジャーズがいた。通路の陰から誰かを引っ張って来ている。

「さあ、こっちに」静かな声だった。「こっちに来いと、言ってるだろう」

何が起こったか確認する前に彼は獲物を捕らえ、廊下の端の明かりの方へと引き摺っていった。獲物は腕をバタバタと動かし、必死になって逃れようとしていた。わたしも瞬時にその場へ向かい腕を摑んだ。驚いたことに、それは弱々しい柔らかな女性の腕だった。

「いったい誰なのか見てみよう」ロジャーズは言った。「ほら」彼は獲物を明かりの中へ放った。「おや、これは、これは！　あなたでしたか！」

「ええ、私ですよ！」スーザン・ポーターは鋭く言い返した。初老の小さな女性は反抗的にロジャーズを見つめて立っていた。「腕を放してくださいな！」彼女は強く訴えた。「まったく、ちょっと歩いていただけなのに、こういった人に追いかけまわされるんですから」

「これは何ですか？」

「これとは何のことです？」怒りを込めてロジャーズを見つめた。

「あなたの手に握られているナイフですよ。どこでそれを？」

わたしは、はじめてナイフに気がついた。ロジャーズがスーザン・ポーターの抗う手を灯りにかざすと、長く薄い刃がすぐ目の前にあった。

「見つけたんですよ、このナイフは！」ロジャーズは信じられないといった様子で言葉を繰り返した。「どうしてでしょう、何かの染みがついてますね！　それは何ですか？」

「いいですか、たった今、階段の近くでこれを見つけたんです」スーザン・ポーターは言い張った。「これをあなたに向けて使いますよ、もし、放してくれないのなら」

不意にロジャーズは苛々と小さな老夫人の体を揺さぶった。「ばかなことは言わないように。誰もあなたを傷つけたりしません。なぜ、こんな夜中にデッキの上をさまよっていたのですか？　あなたがいないあいだ、ドリスはどうしているんですか？」

「彼女は大丈夫ですわ。鍵を閉めて閉じ込めましたから。私は眠れなかったのです。すると、誰かが後からついてきて。あなたでしたが――」

「とにかくナイフを見せてください」わたしは言った。

手を伸ばす前に、すぐそばの暗闇の個室から音が聞こえてきた。低いざわめきがドスドスというような音に変わり、次第に唸り声となった。薄暗く寝静まった船にそれは恐ろしく響いた。大きな拳が毛深い胸板を打ち、挑むような唸り声をあげ、やがてドラムのように轟いた。

「あれは何ですの？」スーザン・ポーターは驚いていた。

ロジャーズの手がナイフを握りしめた手に近づき、今や抵抗をやめた拳からそれを奪い取った。部屋の中の音はますます激しくなり、力強い拳が胸板を激しく連打していた。

「来てください、ミスター・ラスク！」ロジャーズはスーザン・ポーターのそばから離れた。「ジョーがどうしたのか、見に行きましょう」

「ジョー！　ああ、あのゴリラね！」初老の女性は畏怖の念に打たれたように息を呑んだ。

ロジャーズの後について角を曲がり廊下に出て、左手の最初のドアの前まで来た。彼はドアノブに手をかけてまわし、わたしの方を見た。奇妙な表情が目に浮かんでいた。ドアのハッチはカチカチ音がしたが、開かなかった。彼は肩でドアを押した。

「ドアの陰に何かいる」彼は言った。

「気をつけた方がいい。ジョーは檻から出ていないはずだ」

電気のスイッチを入れると、辺りはすぐ光に包まれた。

「ジョーじゃない」

見てすぐにわかった。ジョーは頭を前後に揺すり、口を開け、鋼鉄の檻の真ん中に立っていた。恐ろしい声を出している。一瞬、動きを止めてこちらを見た。

「何か他のものが」ドアを強く押しながらロジャーズは言った。「床の上に」

わたしは彼の横の小さな隙間から押し入った。床の足元に何かあり、二人分のスペースはなかった。下を見た。ロジャーズは屈み込んで動きを止めた。

「誰だろう？」わたしは問いを発した。「死んでいるのか？」

すぐに返事はなかった。ロジャーズは足を出し、白い服を纏った肩を突いた。

「間違いなく死んでいる」それが答えだった。「イン・ユエン・シンだ」

第十七章

〈サーカス・クイーン号〉がコバルト色のスル海を進んでゆくさなか、太陽は災いのように青白い空に浮かんでいた。ぼんやりと形を成す陸地は遥か地平線に浮かぶ雲の浅瀬のようだった。モロ族がたった一人で舷外浮材つきのカヌーで幻想的な海をさすらっている。我々の船を通り過ぎ、靄の中へと神秘的に漂っていく。その船がなければ、我々は孤独の中をたった一隻で旅していた。ウッズ船長によると、あと数時間で錆びついた船の舳先がサンボアンガに到着するとのことだった。

「埠頭に着く前に、この件をはっきりさせておきたいのです」船長は言った。声が部屋の壁に反響しているようだった。「警察に届けを出す際に筋の通った話が必要です。ロジャーズ教授はそういった経験がおありのようですね。昨夜、イン・ユエン・シンの死に関して実際に何が起こったか、到着の際、報告するのに私の手助けをしてくれることになりました」ウッズ船長の声が部屋に響いた。たくましい体がドリス・マーティンの机の前にあり、ハントン・ロジャーズがその隣にいた。ドリスは金色の髪を額の後ろでまとめて警戒した青い瞳で座っていた。

重苦しい朝だった。様々な意図を反映した噂が航海を続ける船の上で広まっていった。中国人の客室係は、まるで幽霊でも見たような顔をしていた。悪魔が背後にいるかのようにギクシャクと動きまわり、ほとんど自分たちの義務を果たしてはいなかった。爆竹の破裂する大きな音が午前半ばに前方の乗組員の部屋から響いてきた。ウッズ船長が駆けつけ、まだ火がついている爆竹をすぐ海に投げ入れるよう命じた。不安に駆られ動揺した者たちがデッキに集まり、自分たちの今後の安全を図るべく案を練っているようだった。恐怖が彼ら一人一人の瞳に宿っていた。夜明け前の暗い檻の中から聞こえてきたジョーの恐ろしい叫び声がすべての者の心に恐怖を植えつけていた。

イン・ユエン・シンの遺体は檻のドアの前の狭い場所から取り除かれた。ジョーはおとなしく自分の寝台に戻り、ボロボロの防水シートの下にもぐった。あと十二時間で港に着くということで、船長は海に埋葬することに反対し、遺体はイン自身の個室に鍵をかけて安置された。ロジャーズが遺体とその発見場所を調べた。服のポケットを探り、荷物を調べ、その中身が磨かれた机の上に置かれた。横にはスーザン・ポーターから奪い取った血のついたナイフがあった。

わたしはまわりの人間に目をやった。スーザン・ポーターは緊張した顔をして、少し疲れた様子でドリスの隣に座っていた。ジョーの雄叫びで最初に起こされたポール・ストラットンは遺体を個室に運ぶのを手伝い、今、我々の輪に加わった。それから、ヘイル・キングスリー。日に焼けた顔の窪んだ用心深い瞳は、慎み深くも頻繁にドリス・マーティンの姿を追っている。彼の横にはヴァンス・サーストン。片眼鏡越しに鋭い瞳で不満そうに進展具合を見つめている。彼の隣がジャック・フォーリーだった。

「事実をしっかり認識した方が、みなさんにとって、より対処しやすいのではないかと」ロジャーズはさりげなく言った。「まず、イン・ユエン・シン氏は心臓に刺さったナイフの傷が原因で亡くなったと思われます。もちろん、私には検視の知識はありません。それは私の管轄外です。しかし、検視を行えば、それが実証できると考えています。凶器は、はっきりしていますが、机の上に乗っている血のついたナイフです。指紋はついていません。いくつかはっきりしない染みが柄のところについています。

昨夜、何が起こったか、私自身の行動についてもお話しすべきでしょう。夕食の少し前にこそ泥がデッキハウスに侵入した。何を探していたかわかりませんが、不安を覚えました。夜中に二回、女性二人が無事かどうか確かめにきました。眠ろうと思い、ミスター・ラスクと共用している個室に戻り、午前三時頃に目が覚めました。重苦しい息遣いと足音が部屋の外の廊下に聞こえたからです。着替えて外に出ましたが、何も見えませんでした。こちらをうまくかわしている者の正体を探りだそうとしました。数分後、ミスター・ラスクと合流し、デッキで別れ、別々に捜査を始めました。何も変わったものは見つからなかった。ミス・ポーターが通路の後方で手にナイフを持ってうずくまっている以外は」彼は一瞬、口を閉ざし、血のついた武器を指さして微笑み、スーザン・ポーターを見つめた。

「きっと彼女がわかりやすく説明してくれるでしょう」

「もちろん、容易に説明できます」初老の小さな女性は言い返した。「私はずっと誰かにつけられていたんです。あなたかミスター・ラスクに」彼女の瞳はロジャーズの顔を覆っている無表情な仮面を真っ直ぐ見つめた。「暑くて眠れなくてデッキにいたんですよ。野獣のような得体の知れないものにこっそりつけられていると知ってぞっとしました。それで最初に見つけた隠れ場所に身を潜めました。そこで、デッキに突き刺さっているナイフを見つけたんです。暗闇に屈み込み、手で触れてみました。これがわたくしの言い分です」断固とした調子で話を終えた。

「ありがとうございます」ロジャーズは微笑んだ。そして、すぐに続けた。「ミス・ポーターは、ミスター・ラスクと私が握っている証拠を固めただけです——もちろん、ナイフについても。残りの部分は明らかな状況証拠によりすべてつながりました。ナイフの持ち主についてはまだ特定されていません。ナイフは犠牲者のものであったかもしれません。

不運にも、我々の調べでは犠牲者は内出血をしていました。遺体が発見された場所にはほとんど血痕は残っておりません。その結果、遺体発見場所で殺されたのか、他の場所で殺されて通路を通って運ばれてきたのか、わかりません。しかし、私は後者の可能性は少ないと思っております。彼がどこか他の場所で殺されたとするなら、考えられるルートには明らかに血痕は残っていませんでした。もし、どこか——例えば自分の部屋で殺されたのなら。ちなみに」彼は続けた。「殺人となんの関連性も見られませんが、ここに少なからず興味を引くものがあります」ポケットから折り畳んだ紙を取り出した。左上部の角が破れていた。丸めたときの皺がまだ残っていたが、平らに伸ばされていた。

「これは掲示板から破りとられた告知です——ミス・マーティンが貼ったギャンブルについて警告したものです。これが被害者のポケットに入っていました」

驚きの囁きが広がった。ヘイル・キングスリーは唇を湿らせたが、何も話さなかった。ドリス・マーティンは素早く彼を見たが、微笑むことなく視線を逸らした。

「ミスター・フォーリー」ロジャーズが綱渡りの曲芸師の方を向いた。「ドアの外で何か怪しげな音が聞こえましたか？　それともジョーとあなたの間にある部屋の壁を通して何か聞こえましたか？」

「いいえ」若者は真剣に答えた。「ジョーが騒ぐまでは何も聞こえませんでした。ぐっすり眠っていたので」

「ありがとう」ロジャーズは道化師の方を向いた。「君は船の反対側にいたね——つまり、右舷の方に——ストラットン？」

「はい」甲高い戸惑った声だった。「反対側にいましたよ」

「何が起こっているか、かなり早く気づいたようだが、起きていたのかね？」

「そうです。暑くてなかなか寝つけなくて。アイオワの中西部を思わせるような暑さでした。誰かが廊下を通るのが聞こえました。あなたかと思いますが、それともミスター・ラスクかも」

「おそらく君が聞いたのは私の音だと思うが。何か知っていることはあるかね？　推測でもかまわんが、ミスター・インの死に関して？」

「いいえ、ありません、教授。けれども賭博の件でインが告知を破いた犯人だとすれば、彼は乗組員の中国人に殺されたのではないでしょうか。内輪もめのようなものかもしれませんよ。口喧嘩から始まり、最後には殺しに至った可能性もあります。もちろん、詳しいことはわかりません。インがどうやって〈サーカス・クイーン号〉に乗り込んだのかも聞いていませんし」

「君の言う通りかもしれないな、ストラットン。このナイフを見たことがあるかね？」ロジャーズはその凶器を取り上げた。

「今、はじめて見ました。けれども出所を調べることはできるかもしれません」

「中国製かもしれないな。特徴から見てそう考えられる」

「そのことはサンボアンガで警察に委ねることはできませんか、教授？」ドリス・マーティンが問いかけた。

「そうですね、ことによると」教授は彼女に笑みを向けた。「けれども、我々が持ち主を特定できれば、それに越したことはありません。それから、少し説明が必要なことが他にもあります」彼はゆっくりと続けた。「私が見逃していた手掛かりがあるかもしれません――ここに一冊のノートがあります」彼は机からそれを拾いあげ、また置いた。「被害者のものです。だいたいは中国語で書かれていて私には訳すことができません。理解するには更なる研究が必要です」

「しかし、一つだけわかったことがあります――」彼は口ごもった。「この件について、このように取り上げるのは残念ですが」彼は小さな折り畳んだ紙をポケットから取りだし、机の方に寄り、ゆっくりと開いた。まるで、キニーネか何かの細かい粉末を包んだ紙をゆっくりと開くように。しかし、中身を出すと、それはまったく違うものだとわかった。たくさんのガラスの破片だった。それを大きな手で慎重につなぎ合わせ、砕ける前の元の形に戻した。わたしは彼がその朝早くに破片を拾っていたのを見ていた。ジョーも興味深げに檻から見つめていた。

「おそらく、こういうことでしょう」ロジャーズは最後の破片を合わせて言った。「これは床の上で見つけましたが、被害者の体の下敷きになっていたのではないかと」

「それはなんですの、教授？」ドリスが前に身を乗り出し、真剣に問いかけた。

「一目瞭然だと思いますね」ロジャーズは深刻な面持ちで答えた。「これは片眼鏡です、というよりも、もとは片眼鏡でした」

「片眼鏡！」彼女は驚き、息を呑んだ。「まあ、そんな！」

机の反対側で激しい動揺が起こった。ヴァンス・サーストンは顔面蒼白となり、粉々になったガラスの破片を見つめた。

「ばかな！」荒々しく叫んだ。「私にこんなことをする権利が、きみにあるのか！　罠にはめようったって無駄だ。あの中国人と反目し合ったことなどない。彼の死を望んではいない。殺人なんてこっちに関係ないことだ。私の性分としてそんなことはできない」彼は眼鏡越しに鋭い視線を送った。顔はこわばり真っ白で手は震えていた。

「これはあなたのものではないのですか？」机の上の粉々になったガラスを指してロジャーズが訊いた。

「そうだとも、そうじゃないとも、どちらも言うつもりはない」

「それが被害者の体の下にあったわけを説明できますか？」

「いや。ただマニラを発ってから誰かが私の部屋に侵入し、何かを探っていたようだ。何もなくなったものはなかったが、おそらく片眼鏡はそのときに盗られたのだと思う。でも、壊れたときのために余分に一つ持っていましたからね」

「それでは、それで説明がつくというわけですね？」ウッズ船長の固い声が統括マネジャーの早口の弁明を遮った。

「そうです――ええ、それで説明がつくはずです。殺人犯はわたしの部屋を捜索していた。彼は片眼鏡を持っていった。中国人を殺し、私に罪を負わせようとした。しかし、そうはいかない！　私は本当に殺人の罪を着せられるつもりはない――信じてくれますよね？」彼は必死に訴えた。その顔は不安と苦痛に歪んでいた。

「私はあなたを信じます、ヴァンス」ドリス・マーティンが静かに言った。青い瞳が怯えた男の顔をしっかりと見つめていた。

「ありがとう。ありがとう、ドリス」喉が渇いた瀕死の男が水を欲しがるがごとく、彼女の支えに必死にすがっていた。「ありがとう。ありがとう。あなたが私を信頼してくださったことは言葉にできないくらい重要なことです」彼は顔から片眼鏡を取り、ハンカチーフを出して顔を拭いた。

続く沈黙のなか、頭上の送風機の音だけが聞こえてきた。それから、ジャック・フォーリーがその場の緊張感を和らげようと足を動かし、椅子を後ろに数インチ押した。ロジャーズは壊れた片眼鏡の破片を拾いはじめた。再びそれを紙に包み、その小さな包みに輪ゴムをかけ、机の上にある他のもののあいだに押し込んだ。

「誰かここで説明したことに付け加えたいことがありますか?」教授は尋ねた。「何が起きたかについて見解はありますか? 直感でもかまいません。夢想でも? ミスター・インの殺人に光を投げかけるような、ほんのちょっとの情報でも」

すぐに返事はなかった。素早い視線があたりを巡った。うつろな顔つき、きつく引き結ばれた唇、あちらこちらで頭を振る姿が見られ、これ以上、何も出ないと思われた。わたしはふと、深く窪んだヘイル・キングスリーの警戒するような瞳を見た。その深い瞳には計り知れない何かが潜んでいた。その中に葛藤が見て取れた。日に焼けた細い顔にはそれがあらわれてはいなかったが。一瞬のうちに彼は我々に驚くべきことを言い放った。

「言うべきことがあります、教授」ロジャーズの瞳を真っ直ぐに見つめて彼は言った。「そのナイフは——凶器に使われたとあなたがおっしゃるナイフは——僕のものです」

「君のもの?——確かかね?」ロジャーズは少し驚いて訊いた。

「確かです。一年くらい、そのナイフを持ち歩いています。サンボアンガ南東のコタバト海岸でココナツを栽培していたときの記念品です。ある夜、三人のモロ族がリボルバーと弾薬を盗む目的で僕を殺そうと小屋に忍び込んできました。当然、一戦交えました。その中の一人が僕に向かってナイフを投げ付けてきたんです。的を外し、ナイフはそのまま壁につき刺さっていました。マニラでカービー・マーティンに会おうと決意して、ナイフを抜いて持ってきたんです」

彼はとてもわかりやすいはっきりとした説明をした。

「マニラを出てから、荷物の中に入っていたナイフがなくなったのかね?」ウッズ船長が訊いた。

「いいえ、違います」

「もう一つ、いいかね、ミスター・キングスリー」ロジャーズは言った。「君がミスター・インを殺したのかね?」

「いいえ」

第十八章

ヘイル・キングスリーがナイフは自分のものだと認めたあとにドリス・マーティンの顔に浮かんだ表情。のちの数日間、それがわたしの頭から離れなかった。今でも〈サーカス・クイーン号〉がサンボアンガの埠頭に横づけしたときのことを何度も思い返す。水上ではちょっとした混乱が巻き起こっていた。我々のまわりにカヌー、通船、ビンタ（モロ族が使うカヌー）など何艘もの物売りの船が群がってきた。果物売りは怪しげな商品を勧め、サロンを腰に巻いてギターを持った茶色い肌の少年や少女が何とか小銭をせしめようとしていた。埠頭では群衆を食い止めようと警察が勇ましく奮闘していた。

そういったすべての中にドリス・マーティンの顔が何度も浮かんできた。苦痛と困惑の表情、青い瞳には今にも涙が滲んで見えそうだった。わたしには我々の真ん中に座って話していたときのキングスリーの葛藤が充分理解できた。我々はサンボアンガに近づいていた。その名前は噂や会話の中で聞いてきた。そこで起こった殺人についてキングスリーは詳しく語っていた。ナイフが使われたということも。かすかな手掛かりによってドリス・マーティンの記憶がよみがえるかもしれない。数年前のサンボアンガでの一場面が。ヘイル・キングスリーがモロ族と揉み合い、狂ったモロ族の首を折り、小さな少女の瞳から英雄を崇拝する眼差しが消えていった当時の記憶が。少女はそれまで彼のことを世界一の曲芸師だと思っていたのに。

どうやってナイフを入手したかという簡潔かつ鮮明な説明は、まさにドリスの心を揺るがした。すべてが今、彼女の心によみがえった。我々の中で殺人が新たにおこなわれたことによって恐怖に拍車をかける結果となった。

キングスリーの方は取り乱して感情を爆発させることはなかった。信じてくれと懇願することも、ヴァンス・サーストンのようにはめられたと訴えることもなかった。キングスリーは結果を恐れることなく自分の話をし、信じてほしいとは言わなかった。話し終え、すべての質問に答えると、椅子から立ち上がってドアを出ていった。背の高いほっそりした姿が視界から消えていくときのドリス・マーティンの顔を見た。困惑や苦痛といった表情。唇をしっかりと噛みしめ、遠くを見るような眼差しには涙が溢れていた。

話し合いが終わった後、わたしは自分の部屋に戻った。キングスリーが机のところで、わたしが書いたエドウィーナ・ナイルズの事故とイン・ユエン・シンの死亡についての記事をサンボアンガの新聞社のためにスペイン語に訳していた。

「つらかったな、ヘイル」わたしは声をかけた。「ナイフのことだが」

「自業自得です、ミスター・ラスク。ナイフが僕のものだって認めたくなくて必死になっていたんです」

青く輝くスル海から港に入ったときに想像はしていたものの、サンボアンガでの三日間の滞在はサーカスの巡業というより警察とのやり取りに追われた。ロジャーズは一度だけ道化師の衣装をまとい、存在しないペドロを捜し求める機会に恵まれた。わたしは新聞社の仕事をキングスリーに託し、ロジャーズとウッズ船長、そして二人の警官とともに陸地と〈サーカス・クイーン号〉の船内でのイン殺害の事実について再考することに追われた。

通訳の助けを借りて、船に乗っていた中国人客室係たちの捜査もおこなわれた。インの死は中国人同士の抗争によってもたらされたと推測されたからだ。結果はほとんど得られなかったものの、その説を捨て去ることはできなかった。サンボアンガ当局は、インが同国人に殺されたと推測するのが妥当な線だと考えているようだった。

二日目の夜、ウッズ船長はロジャーズ、ドリス、そしてわたしを船の手摺りの横に呼び寄せた。彼は二人の捜査官がタラップを降りてゆくのを見つめていた。

「聞いてください」彼の固い声は低いささやきとなっていた。「単なる提案ですが。誰が犯人か解明されていません。彼らは事件について我々ほどもわかっていません。おそらくインを殺したのは中国人乗組員でしょう。また一方で、誰か他の人間かもしれない。しかし、ミス・マーティン、あなたは明日のショーのあと、サーカスを町から引き上げたいとお考えでしょう。これ以上ここに留まるほどの余裕もないはずです。もし、今回の件は中国人同士の抗争だと引き続き推測されるのでしたら、それが一番簡単な逃げ道です。当局は捜査を打ち切るはずです。これ以上の進展は望めないからです。そして、我々は計画通りに船を出す。中国人が中国人を殺した——なんの違いがありますか？　私の言っている意味がわかりますか？」

「ええ。でも、もしそれが他の誰かだったら？　犯人が中国人じゃないとすれば？」ドリスは異議を唱えた。

「彼らはロジャーズ教授より先に犯人を見つけることはないでしょう。そのあいだ、ここで足止めをくらっているわけにはいきません」

「あなたのおっしゃりたいことはわかります」ロジャーズが言った。「我々が誰かを欺いていることにならなければよいのですが」

「私も殺人犯を乗せたまま出航するようなことは避けたいと考えておりますが」ウッズ船長が言った。「しかし、他にどんな方法が？　そういった輩（やから）が六週間、いや六か月間船で働くかもしれない。しかし、他に解決策は見つかりそうもない。犯人は本で読んだことしか知らないはずです。そして、それは充分な知識ではない。他の奴はただぼんやりと歩きまわっている。私に任せてください。計画通りに出航しましょう」

「わかりました、船長」ドリスは微笑んだ。

しかし、ちょっと興味深いことがあった。調査の結果から出てきたことだ。ロジャーズが手に入れたインのノートを中国語に訳してもらうと、後ろの方に奇妙な英語でメモが書かれていた。二日目の午後遅く、船で座っているとき、彼はわたしに訳文を見せてくれた。「調査結果から、たった一つ重要なことがわかりました」彼はそう述べた。「ヴァンス・サーストンについての記入なんです。サーストンの名前が英語で殴り書きされているのはわかっていました。中国語の中に――ここです。なんて書いてあるか読んでみてください」その紙を渡され、読んでみた。

サーストン。片方だけ眼鏡をかけた男。口止め料に五百ペソ。毎月五パーセントの支払い。

「とても興味深い内容ですね」わたしは述べた。「彼は何も知らないと否定していたはずですから」

「彼は否定したんですか？」

わたしはロジャーズとイン殺害についての情報を共有していないことに気がついた。「船の上で計画されている賭博については何も知らないとサーストンがドリスに話しているのを耳にしました」そして、耳にした会話の他の内容についても話した。

「覚えておきます。インを殺した犯人とは関係がないかもしれませんが」彼は檻の向こう側を見つめ、しばらく黙っていた。やがて口を開いた。「ちょっと考えていたんです、奇妙な事実をいくつか」

「それは何か訊いてもよろしいですか？」

「まず、ジョーがインを殺した可能性は考えられないということです」

「ジョーだって！　もちろん、そんなはずはない！」なんて途方もない考えを抱いたのかとわたしはいぶかった。

「あり得ない。不可能だ」自分自身に論じるようにロジャーズは言った。「インがナイフを持ち歩いて檻の扉の前に立ちはだかる。自分を襲ってくるようにジョーをけしかける。急所を狙ってくるように。ジョーが電気のスイッチをつけたとは考えられない。だいいち檻からは届かない。そして、ナイフをデッキへ投げ捨てるなんて無理だ。覆いのかかった通風孔の向こうへ。そんなことはあり得ない。インの死はジョーのせいではない――」

「教授。あなたが何をおっしゃりたいのか、まだわからないのですが」

わたしをちらりと見つめたとき、かすかな笑みが彼の顔に浮かんだ。「私は明白な事実を一掃しようとしているのです。なぜインの遺体があの場所にあったか？」

「まったくわかりません」

「なぜなら、カービー・マーティンの遺体が発見されたのも檻の中だったからです」

わたしはロジャーズをつぶさに見つめた。日射病にでもかかったに違いない。彼の考えはまったく支離滅裂だった。

「しかし――」

「二番目の殺人が最初の殺人を確かなものにしました――」

「つまり、カービー・マーティンは殺されたと？」

「はい。殺人犯はそれを白状したことになります。そして、エドウィーナの事故も仕組まれたものだった――この三つはつながっています」

「エドウィーナは自分の身を危険にさらすほど余計なことを話し過ぎた」

「残念ながら、そのようです」

「確か彼女はあの夜、カービーの亡骸を海に葬ったときに話していた。わたしが男を追いかけ、その男がデッキチェアの上に転んだあの夜」

彼はじっと考え、鼻の横を人差し指でこすりながら私を見つめた。

「我々の仲間の一人が、むこう脛を擦りむいたということですね」

「ええ、そうですが？」

「マニラで二度、道化師を演じたとき、彼はポール・ストラットンのヨードチンキを借りにきました」

「サーストンだ！」わたしは叫んだ。その光景を思い出したのだ。

「そうです」

「しかし、彼はテントの支柱で擦りむいたと話してましたが」まるで彼を擁護する必要があるかのようにわたしは説明していた。

「そういうことかもしれませんね」ロジャーズはかすかに笑った。「もちろん、サーストンがどうやって擦りむいたかわかりませんが。それがテントの支柱だったと、どう説明するつもりなのかもわかりません。また、デッキチェアが原因だと、どうやったら説明できますかね、ミスター・ラスク」

「おそらく、説明できないでしょうね。その点については、彼の言葉を受け入れるしかありません――それとも受け入れないか、それは自由です」

「そのとおり。それでは」――彼は立ち上がった――「今夜はテントのレストランで食事をとろうかと思います。ここよりましな料理でしょうから。あなたも来ますか？」

第十九章

サンボアンガでの最終日、にぎやかとも言える雰囲気がサーカスの出演者たちのあいだに広がっていた。ドリスがマニラから受け取った電報によると、エドウィーナ・ナイルズの容態は危機を脱し、奇跡的に回復のチャンスが見込まれるということだった。わたしは、そのメッセージをみんなに知らせるべく、電報用紙を出演者のテントに貼ったが、効果はてきめんだった。

さらにサーカスのメンバーのあいだでは、イン・ユエン・シンの殺害は仲間内の抗争だという見方が濃厚となり、新入りの中国人乗組員を犯人とする説がほぼ確実視されていた。これにより殺人事件以来はびこっていた緊張感が和らげられた。

私服のウッズ船長が午後遅くにサーカスの陣営にあらわれ、なんの支障もなく船は荷物を積み込み次第出航できる旨を告げた。どのようなお膳立てが行われたのか、興味はなかったが、殺人は中国人によっておこなわれ、犯人を突き止めるのは不可能だという理論を捜査員が受け入れた公算は大きかった。

しかし、サーカスの陣営で夕食を終える頃、わたしはずっと気になっていた疑念をロジャーズに打ち明けずにはいられなかった。

「何が起こると考えられますか、教授」わたしは訊いた。「正体が特定できず、捕まっていない殺人犯を〈サーカス・クイーン号〉に乗せてサンボアンガから出航した場合に？」

　ロジャーズはその夜、いつもより静かに考え込んでいる様子で、すぐに返事はなかった。テーブルから立ち上がり、ついてくるように身振りで示した。テントの外に出て、他の者たちから離れた場所に向かった。そこなら誰にも聞かれず話ができる。「あそこは人が多すぎる」立ち止まると、彼はそう説明した。太陽は沈み、クモの巣のような長いオレンジ色の光線が東の空に伸び、遥かスル海にまで届こうとしていた。ロジャーズはじっとわたしを見つめた。「あなたは慎重な人間だと思います」彼は言った。「それから、これらの犯罪には一切かかわっていないと確信しています」

「ありがとう、教授。それが真実であることを保証しますよ」

「心配しているんです」彼は打ち明けた。この単純な一言で背筋がぞっとするのを感じた。「まさに、そのことが心配なんです」

「また殺人が起こると？」

「そう考えても間違いないでしょう。殺人犯の動機が何なのか、まったく予想もつきませんが。カービー・マーティンの死によって誰が利益を得るか？　ドリスだけだ。でも、彼が殺されたとき、ドリスはカリフォルニアにいた。いずれにしても、そんなこと自体考えられないが。復讐か？　それもわからない。金銭目的？　そんな証拠もまったくない。考えられるとすれば、その夜、何かを探している者がいた。そして、あなたがカービー・マーティンのデスクで、その侵入者を撃退した。また別の夜、こそ泥がデッキハウスに忍び込んだ。エドウィーナの事件ついてはおそらくはっきりしている――彼女は喋り過ぎた。インの殺害は、はっきりとした動機が見えない。殺害は慌てて無計画に行われ、殺人犯の本来の目的に付随して起こったと考えられる」

「マニラでのドリスに対する脅迫状については、どうお考えですか？」

ロジャーズは、しばらく何も答えなかった。ただひたすら日没を見つめていた。「一番心配しているのはそのことです」静かな声で言った。「殺人犯が唯一、脅迫してきたのが彼女です。あのメモを解釈すると、犯人は彼女がサーカスから手をひくことを望んでいる。さもないと何らかの行動に出るということです」

「別の手を使ってくると？」彼がそれ以上何も言わないので、わたしは尋ねた。

「その通り」

「それじゃあ、あまりにもひど過ぎる。我々がどうにかすべきでは？」

「何ができると？」

「彼女に一緒にくるのをあきらめるよう説得するんです。この問題が解決するまでここに留まるように。それから、ジャワに一緒に向かう」

「やってみてくれますか」と、ロジャーズは提案した。さらに何か言おうとしていたが、そのときドリス・マーティンの姿が見えた。一緒にいるのはヘイル・キングスリーだ。我々は中央テントから少し離れた脇に立っていた。二人がそばまでやってくると、ドリスはまばゆい笑顔を向けた。我々二人が口を開く前に彼女は言った。

「この場所にヘイルを連れてきたのは、かつてここで何があったか、彼が覚えているか確かめるためなんです」

キングスリーの黒い瞳は落ち着かなげな光を放ち、唇を噛みしめている。彼は何も話さず、ドリスは話を続けた。

「間違いありません。この場所です。向こうのヤシの木や古い建物を覚えています。そして、それらに沿って走る道路も。私はたった十二歳で、カービーおじがあの年、一緒に巡業に連れていってくれました。モロ族が群衆の中で暴れ出し、もしヘイルがいなかったら、私は殺されていたでしょう」

「いや、それは――」キングスリーが異を唱えた。

「本当よ！　それを証明する手紙をカービーおじからもらったことがあるの。私はあまりにも幼かったので危険を把握できなくて――」

「悪かったよ、スピ。あんなことしてしまって。人を殺したのはあのときだけだ――あれは事故だった。つまり――」

「他に何ができたと？」ロジャーズは興味深そうに訊いた。「そういった事態は起こり得ることだ――あとで後悔するかもしれんが」

「あのことが頭から離れないんです」厳しい顔でキングスリーは言った。

「なぜ、ヘイル！」ドリスが声をあげた。

「あれは殺人だ、どう考えても。でも、それ以上に、スピ」彼は必死に崖から飛び降りるみたいに言った。「それ以上に、君のあのときの瞳がずっと忘れられなかった。君の中の何かを殺してしまった。君は僕のことを世界で一番の曲芸師だと思ってくれた。僕は――ちょっと得意になっていた。でも、それですべてが終わった――僕はただの未熟者で喧嘩っ早くて薄汚れていて――」

「ヘイル！　そんなの間違ってるわ。それが理由じゃないのよ」真剣に彼女は言った。「死を間近に感じたのはあれが初めてだった。現実のものとして受け止めたのはあれが初めてだった。輝いている人生のすぐ横に死のような恐ろしい暴力的なものが存在してようとは夢にも思わなかった。だから、私は怯えたのよ。そういうことだったの。そのあと、あなたは二度と私の前に姿をあらわさなかった。私は泣いたわ。だって、あなたが私を探しに来てはくれなかったから。でも、おじには理由を言わなかった。それで翌週、サーカスを去ったの、マニラで――」

薄れていくライトの下で、ヘイル・キングスリーの顔は不自然なほどやつれて見えた。唇の下で歯をかみしめているのがわかった。

「すまなかった」不意にそう言って背を向けると、素早く去っていった。ドリスは彼の後ろ姿を目で追っていた。素早く瞬きをしながら。

「どうしてしまったの、いったい彼は？」彼女は不思議そうな顔をしていた。

「いつかあなたに話します、ドリス」わたしは言った。「ヘイルに何が起こったかを。彼が話さないのなら、わたしが。ところで、もしお時間がありましたら――我々の話を聞く時間をぜひとっていただきたいのです。ロジャーズ教授とわたしは状況をもう一度検討してみました。我々の中にいる――まだ捕まっていない――殺人犯について。教授は確信しています。あなたがマニラで受け取った脅迫状、エドウィーナの事故、インの殺害、そして、あなたのおじ様の死――すべては一人の人間の仕業だと」

「そんな！」鋭い声で彼女は言った。「そんなことって！　カービーおじも殺されたと？　本当に？本当にそんなことが起きたと、教授？」彼女はロジャーズの方を向いた。

「私はそう考えているんだ、ドリス」穏やかな声だった。「それから、マニラで脅迫状を受け取ったあとに君が下した決断を考え直すべきだとも思っている」

「カリフォルニアへ帰るべきだと？」

「カリフォルニアへ帰る必要はない。サンボアンガにしばらく滞在してみてはどうかね？　そのあと、ジャワで我々と合流するというのは？〈サーカス・クイーン号〉が次の寄港地に着く前に事件は山場を迎えると思う。君は別の船に乗るといい。次の船に――あの脅迫状に書かれたような危険から身を守るためにやれることはすべてやるべきだ」

「いいえ」きっぱりと彼女は言い返した。「わたくしは脅しに負けるつもりはありません」

「それはあまりにも愚かな判断ですよ、ドリス」わたしは言った。

　彼女は答えなかった。しかし、ハンドバッグを開き、中を探って折り畳んだ四角い紙を取り出し、それをロジャーズに渡した。日は既に沈んでいた。しかし、サーカスのまわりの明かりは点いていた。その明かりのもとでロジャーズは紙に書かれた内容に目を通した。読み終えると何も言わず、わたしにまわした。眼鏡を掛け直し、鉛筆で書かれたブロック体の文字を読んだ。以前目にした文字だ。


そなたは忠告に従わなかった。時間がない。考え直すように。


「どうやって、これを？」ロジャーズは尋ねた。わたしからその紙を受け取り、ポケットから札入れを抜き出した。そのメモをもう一つのメモと一緒に入れてポケットに戻した。

「今朝、目を覚ましたとき、それがドアの下に置いてあったんです」

「このことを誰かに話しましたか？　ウッズ船長には？　それともヴァンス・サーストンに話したのですか？」

「いいえ、いとこのスーにも話してません」

「賢明です。けれども、あなたは他の船でジャワに発つべきです！」

「いいえ、それはできません！」断固として彼女は言った。青い瞳の奥に危険な光が宿っていた。「卑怯な脅しに負けたりはしません。わたくしのサーカスです。こんな状況で、見捨てるつもりはありません」

ロジャーズはため息をつき、視線を逸らした。そして、また彼女に視線を戻した。ほっそりした体に決意を滲ませ、彼女は目の前に立っていた。

「よろしい、それではドリス。我々にできることはたった一つ。君のそばに常に見張りを一人つけましょう。言わせてもらうと、君は殺人犯を過小評価しています」

「見張りを？」

「ミスター・ラスクと私が信頼できる誰かを。決して一人にならないように。いとこと二人だけでも容認できません」

「でも――」

「つまりですね、ドリス」彼は主張した。「一か八か賭けてみるなんて愚かなことです」

「わかりましたわ、それでは」彼女は降伏した。「そういうことでしたら、わたくしは〈サーカス・クイーン号〉が出航する際、あとに残される必要はありませんね。では、真っ先に参りましょう」

我々はドリスを真ん中に挟んで中央入口へ向かった。

「ヘイルの仕事はうまくいってますか、ミスター・ラスク？」彼女が尋ねた。

「とてもうまい具合にいってます。サンボアンガでの仕事はほとんど彼がやりました。わたしの時間は殺人事件の件でほとんど捜査当局に取られていましたから」

「よかったわ。彼はサーカスについてかなり多くのことを知ってるようですね」

「前にも言いましたが、ドリス、彼は東洋一の多才なサーカスマンです。彼なら道化師から統括マネジャーの仕事までこなせます。うまくやり遂げますよ」

彼女は何も答えなかった。我々は入口まで来た。早めに来た何人かがチケットを買っていた。見せ物小屋のテントに入り、ゆっくりと檻の前を進んでいった。まるで、もう何年もサーカスの動物を見ていないかのように。最後の公演から次に移る前に、わたしは、はっきりと何かの前ぶれのようなものを感じ取っていた。ジョーの檻の前まで来た。特別な効果のライトを受けて鉄の柵がキラキラ輝いていた。

ゴリラは薄汚い防水シートを肩までかけて寝台の上で動かずにいた。熱帯地方の気候にもかかわらず、寒そうで明らかに震えていた。まるで風邪をひいて震え、重い毛布が揺さぶられているようだった。ドリスが呼びかけたが、動きがなかった。彼女の声でジョン・トーベットが檻の後ろからあらわれ、こちらに近づいてきた。帽子に手をやり、うやうやしくサーカスのオーナーを見つめた。

「ジョン、ジョーはどうしたのかしら?」彼女はゴリラの方に頷きながら尋ねた。

「ジョーは病気なんです、ミス・マーティン」

「病気?　本当に病気なの?」

「はい、そうです」

「どこが悪いのかしら?」

「昨日からまったく何も食べようとしないのです。水を少しだけで食べ物には手を触れません。今日の午後、観客に見せようと、ちょっと刺激してみたのですが、寝台から降りてこないのです」

「何が原因かわかりますか?」

「そうですね」――男は動物の檻から目を離した――「正直なところ僕が思いますに、胸を痛めているのではないでしょうか。あなたのおじ様が亡くなってからずっと調子が悪く、それ以来何に対しても興味を失ってしまったみたいでした。それから、ミス・ナイルズもいなくなって寂しいのでしょう。でもちろん、僕ができるだけそばにいるようにしています。ジョーもそばにいてほしい様子でした。でも、僕はカービー・マーティンの代わりにはなれません。ジョーもそれをわかっているのです」

「私たちに何ができるかしら、ジョン?」心のこもった声だった。

飼育係は首を振った。「僕にもわかりません。何が必要なのか、ジョー自身にしかわからないのです。残念ながら。ジャワに着いたとき、元気になってくれるといいのですが」

「私もそう願うわ、心から。今夜はそっとしておいてあげましょう。もし、それが一番いいのなら」

「わかりました。そうしましょう」

第二十章

我々がサーカスの人けのない場所を歩いていると、ヴァンス・サーストンが出演者のテントからこっそり出てきた。数名の客がすでに一般席に入り、場所を探していた。統括マネジャーは我々を見つけて足を速めてやってきた。そばにくると、片眼鏡を取ってポケットからハンカチを取り出し、素早く磨いてまた目の上に戻した。

「ウッズ船長から伺っております」いつもの歯切れのよいアクセントで言った。「今夜、何の問題もなく出航できると」

「運よく問題は解決したようです」ドリスは答えた。

「それではすぐに乗船ということですね。遅れる理由は何もないと？」

「私の知る限り、何もありません」

「あなたも出発する準備が整ったのですね？」

「わたくしですか？　もちろん。みなさんが乗船しましたらすぐに」

「すみません」彼は言った。「ここでの滞在時間を充分取ることができなくて、ドリス。ウッズ船長があなたのいとこを存分におもてなししているようですが。あなたにもこの辺を少しご案内する時間があったらよかったのですが」

「ありがとうございます。充分拝見しました。ところで、ジョーが病気なんです。ジョン・トーベットが話していました。最初に乗せる動物たちと一緒にジョーを船に戻した方がよいでしょう」

「そのように手配いたします」

他に話すこともなく、サーストンはその場を離れ、自分の用事へと向かった。ポール・ストラットンが舞台の中央に出てきて、小道具を点検しながら歩きまわっていた。ロジャーズもそれに気づいたようだ。我々が出演者の入口のところに立っていると、引き摺るように大股で我々の方へやってきた。

「どうも、こんばんは」恥ずかしそうに早口で言った。まだ外出着のままだった。

「やあ、ポール」わたしは答えた。

「ちょっと小道具を調べていたんです」彼は説明した。

「骸骨は、もう飛び出す準備をしているかしら、ミスター・ストラットン？」ドリスはおもしろそうに尋ねた。

「ええ、準備万端です、ミス・マーティン。バイオリンもいつも通り爆発的な音を出しますよ」

ロジャーズが笑った。「骸骨が飛びかかってくる仕組みはどんな調子だい、ストラットン？」

「ええ、もうすぐ完成すると思います」彼は答えた。いつもよりどこか躊躇した様子だった。「スマランに着くまでには完成しているといいのですが。鍛冶屋の職人に頼まなければなりません。金属の管で竿を作ってもらおうかと。あなたは今夜、テント内を徘徊する予定ですか、ミスター・ロジャーズ？」

「いや、今夜はどうも調子が乗らないようでね」ロジャーズはゆっくりと答えた。

ドリスが先へ進みだした。ストラットンは何か話したそうにしていた。ロジャーズが彼女の後を追った。あまり離れた場所に行かせたくないようだった。

「カービー・マーティンを埋葬した夜に僕が言ったことを覚えていますか、ミスター・ラスク?」

「色々なことについて話したと思うが、ポール」

「ええ、そうです。自分が言った言葉を考えていたんです。女の子と中国人がいたと」

「そうだな。それがどうかしたのか?」

「いいえ、別に。ただあなた方が今やってくるのを見て思ったんです。女の子だけが残ったのだと。中国人はいなくなってしまった」

「言うまでもなく」

「でも、ミス・マーティンは本当によくやっています。あの夜、僕たちが心配していたのを覚えていますか。サーカスはどうなってしまうんだろうと。マニラで解散になってしまうかどうかと。けれども、物事を掌握する彼女の能力はとても頼もしいものです。僕が予想していたのは決断力がなくサーストンに丸め込まれてしまうような女の子です。でも、最初からサーカスのみんなの心を摑みました。みんな彼女が好きです。ミス・マーティンのやり方は至る所でカービー・マーティンを思い出させます。誰も彼女を出し抜くなどできません」

「そのとおりだよ、ポール。すべてそのとおりだ。何事も今までどおりにいくとわかって我々は幸運だと思うよ」

「僕もです」彼は束の間口を閉ざし、それから目を細めてこちらを見た。「あなたはサーストンを信用していますか、ミスター・ラスク?」

「サーストンを信用しているか? どういう意味だい?」

彼は答える前にためらっているようだった。「彼は有能な興行師だと思いますか?」

「よくわかってるよ、君の言いたいことは」

「そうですね——話はここまでにしておきます、ミスター・ラスク。もう行って衣装に着替えなければ」ポール・ストラットンは歩き去った。わたしは一人、彼は何を言いたかったのかと考えた。サーストンについてもっと何か言いたかったようだが。彼の姿が見えなくなり、わたしはロジャーズとドリスに合流した。

夜の公演はこれといった事件もなく終わった。理由もなく、わたしはほっとした。今や大テントを解体し、数えきれないほどの道具を〈サーカス・クイーン号〉に積み込み、その船首を迷路のような南の島々に向けて出発できるのだ。フィリピンが遂に背後の地平線へと消えてゆくと、つきまとっていた災難は消えていくかのように感じた。我々は殺人や突然の死といったものに乱されることなく穏やかな熱帯の海へと漕ぎ出していけると思っていたのだ。なんと無知だったことか! 何が待ち受けているかも知らずに。四つの支柱が大テントから外され、側壁の柱が引き抜かれ、テントが薄暗闇のなか、壊れた風船のように地面に落ちてゆくのを見守った。まわりではサーカスの喧騒がまだ続いていた。

もっと早く船に乗ることもできた。あるいは、ジャワに着く前に町のどこかのバーへ行き、この最後の文明の辺境で誰かと一杯やってもよかった。しかし、ドリスは急いでこの場から離れる様子はなく、ロジャーズとわたしは行ったり来たりする彼女の護衛に全力を傾けていた。ヘイル・キングスリーも加わり、タイミングを見て、ドリスが受け取った最近の脅迫状について話をした。そして、脅しに屈しないという彼女の挑戦と決意についても彼は何も言わなかったが、車道の明かりの下、一瞬、細い顎をしっかりと食いしばり、全身に力が入ったのがわかった。

　動物の檻はすべて運ばれ、テントはトラックに載せられ、支柱を積んだトラックが軋みながら出発し、ようやくドリスは船に戻ることに同意した。埠頭に着くと、ウッズ船長とスーザン・ポーターがちょうど戻ってくるところに出くわした。彼らはサーカスを観にきてはいなかったが、夜に二人でどこかへ出かけていた。

「とても楽しく過ごしたようね、あなたもウッズ船長も」一緒にタラップを上りながらドリスがいとこに言った。

「出航するまでかなり時間がありましたからね」明るい瞳で初老の小さな女性は答えた。「どんな船でも船長なしでは出航できませんでしょう。それに見たかった映画をやっていたんです。これから先、いつ映画が見られるか、わかりませんもの」

　船長はその場を離れたが、わたしとロジャーズは二人の女性とともにボートデッキの外れにある個室へと向かった。個室のドアは開いていて灯りが点いていた。留守のあいだに何が起こったか、誰が最初に気づいたかは覚えていない。ドリスが立ち止まり、オフィスにばらまかれた残骸を見て驚愕の声をあげた。

「どうして、何が起こったの?」徐々に憤りと驚きを強め、スーザン・ポーターが言った。「何が――」

「また誰かが、こそ泥にでも入ったようだ」まわりを見つめながら、わたしは言った。

「誰かがオフィスを滅茶苦茶にしたということですね、ミスター・ラスク?」厳しい表情でロジャーズが言った。彼は寝室に入り、すぐにまた出てきた。「窓から侵入したようだ。こじ開けられている」

「私の書類が！　何もかも荒されている！」ドリスが泣き声をあげた。「床じゅうに破られて踏みつぶされて。それから見て！　あの机！　仕切りも全部滅茶苦茶だわ。誰かが壊したのよ！　完全に破壊したのよ！」束の間、涙混じりの声になっていた。彼女は寝室に入り、バッグをベッドに放り、破壊されたオフィスへ戻ってきた。

そこはまるで解体業者によって取り壊されたかのようだった。机の引き出しはすべて引き抜かれ、中身が床にぶちまけられ、内部の羽目板もバラバラに砕けていた。その傷跡は叩き壊されたというより棒でこじ開けられ削り取られたかのようだった。ロジャーズも同じように考えたようだ。そこらじゅうを探し回り、やがて短いバールを見つけた。

「今夜このデッキにいた人は、こんなことが起きているのに何も聞こえなかったのかしら？　見張りはいなかったの？　誰も、何も？　誰がこんなことを？　こそ泥だったらこんなことはしないわ。そうでしょう、教授？」

「そうだ、ドリス。これはこそ泥とは違う」彼は戸口に立ち、頷いた。背中をボートデッキの暗闇に向け、悲惨な状況を目にしながら。

「ここに何をしに来たのかしら？　何を探していたのかしら？」スーザン・ポーターが訴えた。「わたくしは中国人がどうも好きになれませんわ。どこかこそこそしていてずる賢い様子で。あの人たちをこの船から追い出すべきですよ、ドリス。一人残らず。ウッズ船長にそのようにお話しします」

「やめて、スー」ドリスが抗議した。「余計ことが複雑になるだけだわ。私が自分で船長にお話しします。でも、中国人について話すつもりはないわ」

「私にご用ですか？」ドアの外で固苦しい声がした。振り返ると、まだ帽子も被らず、私服のウッズ船長がいた。

「この様を見てください、船長！」ドリスが訴えた。もはや湧き上がる憤りを抑えることができないようだった。

船長は口笛を吹いた。中に入り、散らばった机の引き出しをまたぎ、床の上の書類を踏まないように慎重に歩きまわった。

「私が知りたいのは」ドリスが辛辣に言い放った。「みんなどこへ行ったのか？　どうして誰もここで何が起こったかも知らず、止めることができなかったのか？」

　ウッズ船長は目の前に挑むように立っているほっそりとした娘を見つめた。そっと唇を噛み締め、ドリスからスーザン・ポーターへと視線を移し、またドリスを見た。

「まさに私もそれを知りたいと思っています、ミス・マーティン。調べてみるつもりです。ここを出て調査を始めてもよろしいでしょうか？」

「ええ、もちろん」

　船長は踵を返し暗闇の中に消えた。我々はその後もしばらく部屋の中を動きまわり、煮え切らないままどうにか部屋を元どおりにしようとした。ロジャーズは犯人の手掛かりを見つけようと苦心していた。そのあいだ全員が無言だった。下の方からサーカスの荷物が積み込まれる音がした。巻き上げ機（ウィンチ）のうなる音、作業員たちの叫び声。

　留守中に行われた破壊行為に心を奪われ、起こり得る危険についてすっかり忘れていた。襲撃からドリスを守ろうと、ロジャーズとわたしは公言していたはずなのに、ドアも窓も開けたまま明かりを点け、ボートデッキのあらゆる潜伏場所からの完全な攻撃のターゲットとなっていた。

このことを痛感したとたん、わたしは落ち着かなくなった。ドリスの姿は開いた戸口からはっきりと見えている。彼女の影が背後の壁に大きく映っていた。ロジャーズは机の奥の床で何かを拾っていた。わたしは隅の方でスーザン・ポーターと話をしていた。

「お手伝いしますわ、教授」ドリスはそう言って不意に身を屈めた。

その瞬間、耳元で鞭のような鋭いうなり音が響いた。そして、不快な鈍い音。壁の方からは金属が小刻みに震えるような音がして静まった。

わたしは思い切りドアを閉めた。

「なんだろう?」ロジャーズが立ち上がりながら言った。

「そこの壁に。たった今、ドリスの影が映った場所に」そう言ったとき、首の後ろから毛が逆立つのを感じた。

「なんてこと、ナイフが!」驚愕しながらドリスが声をあげた。

「間違いない!」ロジャーズが言った。「ナイフだ!」乱暴にドアを開け、彼はデッキの闇の中へ駆けていった。

第二十一章

ドリス・マーティンは、しばらく壁に突き刺さったナイフを凝視していた。それからこちらを見つめたが、何も言わなかった。一瞬、唇を引き結び、そして緩めた。怖がっている様子はなかった。床から拾い上げた書類の束に目をやり、それを机の上に置いた。
「よく聞いてください、ドリス」わたしは張り詰めた声で彼女に説いた。「あなたは何が起きているか、わかっていないようです。殺されるところだったのですよ」
「ナイフの刃のところに何か刺さっているわ」彼女は言った。「紙切れが」まだ壁に突き刺さったままのナイフのところへ行き、四角く折り畳んだ小さな紙切れを引きちぎった。破れた紙を開いて見つめ、こちらに手渡した。すっかり馴染となった書体には次のような文言が書かれていた。

これが最後だ。次は外さない。これはそなたと逆らう者すべてに対し発する警告だ。

「来てください！」メモをポケットに入れて、わたしは言った。「あなたもミス・ポーターも一緒に。二人を船橋まで連れて行きます。護衛を手配するまでそこで待っていてください。わたしはロジャーズ教授を手伝って、この件を調べてみます。急いで！」

逆らうことなく、二人の女性はわたしと共に橋までやってきた。ウッズ船長はそこにいなかったが、一等航海士に何が起こったかを簡単に説明し、二人を託した。それから急いでボートデッキの船尾を目指した。

デッキの暗闇から不意に襲い掛かってきた脅迫は、あまりにも悪意に満ちたものだった。まったく想像もしていなかった。最後通告という、その過激な暴力行為に身の毛もよだつ思いだった。出航まで一時間を切り、サーカスを手放してカリフォルニアに帰れとの二度の脅しにも、ドリスは耳を傾け従うような素振りを示さなかった。デッキハウスであのような破壊行為を行った犯人は、この状況に痺れを切らしたのかもしれない。

ボートデッキの暗がりを走り抜けながら、そのような考えが心によぎった。ハントン・ロジャーズを援護するつもりだった。彼はまだナイフが振動で揺れているうちに外へ飛び出していった。もしかすると、暗闇に逃げ込む前にナイフを投げた犯人を見つけたかもしれない。捕まえて今頃は死闘を繰り広げているかもしれない。そんなことも考えていた。

しかし、闇の中で自分が一人きりだとすぐに気がついた。ふと思いたって、ライフボートの点検をおこなった。どこも乱れた形跡はなかった。誰もボートに隠れてはいない。デッキと階下をつなぐ背の高い通気口にそっと近づいた。背後に人がいるのではないかと思ったが、誰もいなかった。理論的に考えて、どうやら殺人犯はロジャーズから逃げおおせたようだ。それとも、まだデッキに潜んでいるのか。ロジャーズは下の階に向かったはずだ。犯人はボートデッキにはいないと確信し、捜査を諦めて昇降口階段を降りていった。

デッキの左舷に人影はなかった。すっかり夜も更けて、曲芸師たちは個室に入っているはずだ。人けのないデッキチェアーの後ろの暗がりへ目を向けながら先へ進んだ。中国人のボーイがどこからともなくあらわれ、近づくといなくなっていた。凹甲板の柵のところに誰かいる。象の群れを見つめているようだ。柵に近づいていった。

「やあ、ジャック」

「どうも――今晩は、ミスター・ラスク」若者は答えた。

「もうベッドに入っていると思ったよ」

「ええ」ぎこちない返事だった。「そうすべきなんですが。僕はとんでもない愚か者だと思いませんか、ミスター・ラスク?」

「いや――そんなことは。どうしてそう思うんだ?」

「ベッドに入るよう自分に言い聞かせていたんです。今から始まるゲームには参加しないで。ミス・マーティンに約束しましたから。ギャンブルはしないと――」

「どうして約束を守らないんだ?」

「守るようにします」彼は背中を向けた。

「どこかでロジャーズ教授を見かけたかい?」

「いいえ。ヘイル・キングスリーがちょっと前までここにいました。今夜も何か仕事をしていたようです。ウッズ船長は誰かを探していました――」

「サーストンはどうした? 彼はここに?」

「今夜の公演以来見かけていません、ミスター・ラスク」

象の背後の暗がりを考え込むように見つめている綱渡りの男を残して、右舷の船尾へと向かった。

あちらこちらの個室に灯りがともっている。時折、会話の断片が開いた舷窓から聞こえてきたが、船の大部分は眠りについていた。作業をしている者のくぐもった声、ウインチの唸る音、船が揺れ、帆桁がかすかに軋む音がして、まだ起きている者がいるのだと感じた。

ナイフが飛んできたのは信じられないことだった。ドリス・マーティンは間一髪で死を免れた。ハントン・ロジャーズは犯人を追って急いで出ていった。二人の女性を守るために即座に船橋の甲板室へ連れていき、自分は犯人を捕まえるロジャーズに加勢するつもりだったが、何も起こらなかった。ジャック・フォーリー以外誰もいない。特異なものには何一つ遭遇しなかった。

不意に進路を変え、高い段差をまたいで右舷の廊下を進み、船尾へ向かった。かすかな銀色の光が戸口の隙間から漏れていた。そして、紛れもなくカードをシャッフルする音が聞こえ、わたしは足を止めた。ドアノブを摑み、中へ入った。不意にたくさんの目が不審げにこちらを見た。

緑のカバーで覆われたテーブルのまわりには、ヴァンス・サーストン、ポール・ストラットン、マーフィーと言う名のサーカスの小人、エド・マクファーランというライオンの調教師、ユリのような繊細な肌の色をした丸い顔の若そうな中国人がいた。その中国人がカードを扱っている。立ったまま、これから始まる夜の娯楽を見つめているのが、ウッズ船長とハントン・ロジャーズだった。

「どうぞ、ミスター・ラスク」場所を空けてポール・ストラットンが言った。「入ってください。今、始まったばかりです」

「いや、けっこうだ、ポール」わたしは答えた。「今夜は遠慮する。ロジャーズ教授を探しにきたんだ」

ロジャーズが素早くこちらを見た。唇が開いて少し笑みが見えた。明らかにわたしは邪魔に入ったようだった。

「ちょうど質問しようと思っていたんです」ロジャーズが言った。彼の視線はテーブルに戻ったが、彼が指しているのがサーストンなのか、ストラットンなのかはわかりかねた。「曲芸師の中にナイフ投げのできる人がいるのかどうか」

それは突拍子もない質問で危険でもあった。必死な言い訳のようにも聞こえた。彼の追及はうまくいっていないようだ。推測するにわたしと同じように、これから夜を徹してギャンブルに打ち込もうとする集まりにたまたま出くわしたようだった。

「ナイフ投げ?」ポール・ストラットンが繰り返した。高くおずおずとした声だった。「さあ、知らないな。もちろん、サーカスにはどんな才能の持ち主がいるかわかったもんじゃないですが。知ってるかい、サーストン?」

「いや」オーストラリア人は素っ気なく答えた。「知らない。どうしてそんなことを? まあ探しだすこともできますがね」

「ただ、その本人に会いたいんだ」ロジャーズはさりげなく答えた。「どんな人間か知りたいんだ」

小人は自分のカードをちらりと見て、チップを何枚かテーブルの中央へ放った。

「どうしてそんな話に?」手札を捨てながらサーストンは訊いた。

「ボートデッキで見事なナイフ投げを披露した人間がいるんだよ。運よく誰も怪我はしなかったが。プロのナイフ投げなら同等の芸当ができるかどうか、ぜひ知りたいんだ」

「何があったんです?」ウッズ船長が訊いた。

「今、言った通りですよ。誰がやったか知らないが、女性を一人殺していたかもしれない――ミス・

マーティンか、彼女のいとこか」

ゲームに興じていた手が止まった。中国人を除いて誰もがロジャーズを見つめた。中国人は煙草に火を点け、ゲームが再開するまで辛抱強く待った。

「それじゃあ、つまり」片眼鏡の向こうからロジャーズを鋭く見つめながらサーストンが尋ねた。

「本当にそんなことが？」

「壁に突き刺さったナイフを見にいってくれ、もし、私を疑うのなら」

「疑ってなんかいません。信じられないのです！　本当にそんなことが！　いつですか？」

「少し前のことだ」

「ええと、あの」小人が煙草の灰を床に落としながら甲高い声を出した。「まさか、その殺人犯がまた襲いかかってくるとでも？」

「その通りだ」食ってかかるようにロジャーズは言った。

「それで、どうするつもりなんですか？」ポール・ストラットンが真剣な顔で訊いた。「何か身を守る術はあるのですか？　警察の力を借りるとしてもジャワまでは遠いですよ。そうじゃないですか、ウッズ船長」

「まだかなり遠いな」船長の言葉は雹のように部屋の中に降り注いだ――「もし、犯人を見つけられなかった場合は。でも、見つけたら」彼は自分の言葉を推し量りながら言い添えた。「船から投げ出し、サメの餌にするべきだと思う」

「それは当然の報いですね」サーストンは不吉な声で、まわりの顔をじっくり見まわしながら言った。

中国人ギャンブラーは、他の者がゲームを続ける準備ができたと知らせるまで辛抱強く待っていた。

柔らかなベルベットのような指に煙草を挟み、他の指で目の前のテーブルにあるカードの束をそっとさわっている。小人はもったいぶったように煙草を吸いながら、テーブルの反対側に立つ我々をフクロウのような眼差しで見つめていた。

「それでは、誰も怪我をしなかったのですね？」ライオン使いのエド・マクファーランドが尋ねた。顔を上げると、こめかみから顎まで続いている長い傷跡に光が当たった。ライオンの檻の中で注意を怠ったためできた傷だ。

「運よく、誰も」ロジャーズは言った。彼の任務が終わったのは明らかだった。質問をし、返答を得た。彼は誰かはわからない殺人犯に挑戦状を叩きつけたのだ。

「二人の女性を船橋の甲板室に連れていきました、船長」わたしはようやくそれだけ言った。「そして、一等航海士に託しました。そろそろ戻った方がいいでしょう」

ロジャーズとわたしはそろって通路へ出た。ウッズ船長はすぐあとで戻ると言った。

「教授、犯人はどうやって逃げたのでしょう？」船橋に向かいながら、わたしは尋ねた。すぐには答えがなかった。話しだしたときには、ほとんど聞こえないような声だった。「わかりません」そのあと、打ち明けるように続けた。「わかってることもあります。通路でヘイル・キングスリーに投げ飛ばされたんです」

「キングスリー？　なんだってそんなことを？」

「いや、彼は悪くない。デッキハウスから出ていったとき、誰の姿も見えなかった。ナイフが投げられたと考えられる地点にすぐに行ったはずなんですが、誰もいなかった。もう少しあたりを探すべきだった。手摺りのそばにいると、男がタラップから埠頭へ入ってゆくのが見えたんです。犯人だと思った。彼は柵を乗り越えて、下のデッキに降り陸に走っていった。私は追いかけた。埠頭でもう少しで追いつくというとき、それがキングスリーだとわかった。彼は単に荷積みをしている親方を手伝おうとしていただけだとあとで言いました。まったく失敗でした。夢中になり過ぎて犯人を見失ってしまったんです」

「わたしはデッキを探しました。おそらく五分程あとに。しかし、何も――」

「ええ、そうでしょうね。私は戻ってきて右舷の通路を進み、四人の男が個室に入っていくのを見たんです。なぜか偶然、同じ場所に同じ時間に四人が入っていった。彼らについていきました。あなたが入ってきたとき、ちょうど尋問を始めようとしていたんです」

「彼らとは?」

「ますはストラットン」しばし躊躇し、続けた。「もう一人がサーストン、残りはウッズ船長とジャック・フォーリー」

「外のデッキでジャック・フォーリーと出くわしたよ」

「フォーリーはすぐに出ていった。何か気にかかることがあったようです。考え込んで神経質になっていた」

「それじゃあ」橋へ続く梯子の下で立ち止まった。「四人のあいだに何かあるのでしょうか?」

「いえ、その可能性はないと思います。普通に考えると、ナイフを投げた犯人は個室に引っ込んで出てこないはずです。もちろん、大胆不敵にすぐにギャンブルのテーブルにあらわれることも考えられますが」そこで話を中断し、振り返って橋を上り始めた。

数分後、ウッズ船長もやってきた。橋で待っていたドリス・マーティンとスーザン・ポーターと我々は何も言わず埠頭を見下ろしていた。船長が入ってくると、下の埠頭から叫ぶ声がした。

「すべて荷物は片づきました」一等航海士が報告した。

「全部積み終えたのかね、ミスター・デイヴィス？」

「はい、積みました。綱を解きましょうか？」

今や事態が表面化し、我々の心を大きく占めていた。ロジャーズとわたしは、すでにサーカスの敷地で夕暮れ時にドリス・マーティンと話し合っていたが、それは死と隣り合わせの経験をする前のことだ。我々の視線は自然と彼女の顔に向けられた。彼女は窓から顔を逸らして中の方を向いた。穏やかな表情だったが、固い意志が見受けられた。

「ミス・マーティン」ウッズ船長が切りだした。黒くキョロキョロ動く瞳は鋭く非情で、声は壁とガラスで閉ざされた寒々とした空間に鳴り響いた。「何が起きたか知っています。どんなに危ない目にあったか。そして、私はその意味をあなたよりもよく理解していると思います。ただちにこの船を降りることをお勧めします。今回の件がはっきり片づいてからどこかの巡業先で我々と合流することもできます。その方が安全でしょう。しかし当然、あなたが〈サーカス・クイーン号〉に乗船している限りはあなたを守るために私のすべての力を駆使するつもりです。サーカスはあなたのものです。船から降りるよう命令を下すことはできません。でも、信じてください、かなり危険が大きいということを。それゆえあなた自身が選択しなければならない。陸に上がりますか、それとも我々と一緒に出航しますか？」

返事は即座に返ってきた。何のためらいもなく落ち着いた声に恐怖は感じられなかった。彼女は真っ直ぐ挑むように立っていた。青い瞳は船長の顔をしっかり見据えている。

「どうか綱を解いてください」彼女は言った。「わたくしはサーカスと一緒に参ります」

第二十二章

単調なエンジン音とともに船が動き出し、港を離れ、しばらく経ってロジャーズとわたしは部屋に戻りベッドの準備をした。船橋を去る前に、ドリスと年配のいとこを守るための取り決めが必要だった。デッキハウスの内部は混乱したままだった。壊れた窓の掛け金は、女性たちの、そして我々の心の平穏を乱した。しかし、ウッズ船長の提案がすべての不安要素を取り除いた。つまり、船橋と直接通じる船長のキャビンを女性たちが使うという内容だ。彼はその夜、そこから離れたデッキハウスに移ることとなった。

我々が近づくと、デッキハウスにはまだ明かりが灯っていた。部屋の後方にパジャマを腕に抱え歯ブラシを手に持ったウッズ船長がいた。女性たちは寝室で、夜を過ごすのに必要な持ち物を揃えていた。船長はオフィスの入口に立ち、デスクの後ろの壁を見つめていた。

「確かナイフは壁に刺さったままだと聞いていたが」彼は述べた。

「確かに。わからない——誰が取っていったんだ？　どこに？」わたしは今や何もない壁を見つめ、机のうしろにまわってその場所を調べた。ナイフが突き刺さった跡は、はっきりわかった。しかし、ナイフはどこかへいってしまった。「何かご存知ですか、教授？」

「いや、まったくわからない。ナイフが今どこにあるのか」

「どんなナイフだったのですか?」船長が訊いた。

「インを殺したのと同じナイフです」

「そんなばかな!　インが殺害されてからナイフは私の机の上に置かれたままだった。誰がそれを?」

「殺人犯です」ロジャーズが厳しい表情で答えた。「犯人を追いかける前に壁に刺さったナイフを見ました」

　ロジャーズの発言は揺るぎなかった。それはインの命を奪ったのと同じナイフだと断言した。女性たちの準備が整うと、我々は船長のキャビンまで戻り、ウッズ船長は自分の机を調べた。そして混乱し、不安を感じながら戻ってきた。船長がそこにあると信じていたナイフは消えていた。

　しばらく経って、ロジャーズが頭上の寝台で安らかな寝息をたてる中、わたしは寝返りを打っていた。犯人はまず船長が留守のあいだにナイフを盗んだに違いない。そして、デッキハウスに戻り、壁からそれを持ち去った。眠りについてもそのことが夢の中に出てきた。暗く翳った不審な人影がデッキを駆け抜け、意のままに壁をすり抜け、ドアを閉め、血に染まったヘイル・キングスリーのナイフを手にしている姿が。朝の日差しが差し込むと、安堵を覚えた。赤く燃える鉄のボールのような太陽がココナツの茂る小さな島の向こうの海の縁に顔を出していた。

　朝食のあと、ハリー・バートレットが大工の仕事場からやってきて、デッキハウスの壊れた机と窓の留め金を直した。ドリス・マーティンは再びその部屋に戻った。一人にならない限り、日中にまた襲撃される可能性は低いと考えられた。出入口はロジャーズの信用できる人間に見張らせることになっていた。彼女は個室で朝食をとったが、他の食事は食堂に行くことを主張した。

午前も半ばとなり、手摺りにもたれかかり、東の地平線に浮かぶ島々の迷路を眺めていた。前夜の恐怖は現実のこととは思えなかった。〈サーカス・クイーン号〉の錆びついた船首はマカッサル海峡へ向けて着実に進み、時間の経過とともに問題の場面は後ろへ遠ざかっていった。その日の明け方に抱いていた陰鬱な思いをようやく頭から払いのけた。

ロジャーズがやってきて、そのすぐあとにヘイル・キングスリーも加わった。まぶしい光を避けるように窪んだ瞳が半分閉じられ、細い体の線が長い間熱帯地方に暮らしていたことを物語り、細い顔にもあらわれていた。まだ三十歳にもなってはいないのに。我々はマニラやサンボアンガ、マカッサル、スラバヤ、ペナンなどについてあらゆることを話した。抱えている問題については互いに避けていた。会話はいつのまにかヴァンス・サーストンにおよんだ。彼は会話が届かない船尾のデッキチェアに腰をおろしていた。

「あの男のことは、さっぱり理解できないです」ロジャーズが言った。「頭を悩ませているところです」

「彼に会って二年くらいになりますが、教授」とわたしも続けて言った。「まだまだ理解できませんよ」

ヘイル・キングスリーは何も言わなかった。ただ海の向こうを眺めていた。やがて煙草を取り出し、まわりに勧めた。

「君は我々以上に彼のことを知っているだろう、ヘイル?」会話に引き込むようにロジャーズが尋ねた。

「ええ、彼のことなら知っていると思います」しばし沈黙したあと、キングスリーは答えた。「カービー・マーティンが亡くなって、今や哀れな様子ですが。東洋じゅう探したってあれほど落胆している人間はいません」ロジャーズが促すまで、それ以上詳しいことは言わなかった。「彼はまるで主人を亡くした犬みたいです。同情します。今は誰も彼を救ってくれる人はいませんから。初めからカービー・マーティンが間違っていたのかもしれない。彼を追い出すべきだったんです。遅かれ早かれ終わりはやってきたはずです」

「それはどういう意味かね、ヘイル?」わたしは問い詰めた。

「彼はかなり落ちぶれていた。あの浜辺で——あんなにみすぼらしく汚れたチンピラは見たことがないくらい。サーストンは長い間、刑務所暮らしをしていた——銀行の金を着服して——釈放されたときにはかなり身を落としていた。彼は見事なピアノの腕前を持っています。コンサートを開けるほどの音楽家になっていたかもしれない。身も心も保っていられる最後の方法は酒場でピアノを弾くことだった——そのいくつかは腐りきった酒場です。サーストンが乞食同然になる前のことですが。遂に、いかがわしい酒場でさえ彼を受け入れなくなり、放り出した。それから、どうやって生きてきたか誰も知らない。最初にカービー・マーティンが見つけたときは飢えた犬のようでした——」

「それはどこでだい、ヘイル?」

「上海です。カービーと僕はバブリング・ウェル・ロードを歩いていました。そいつは僕らに飲み物をねだりました。カービーがはねつけると泣き出しました——ひどく酔っぱらっていたんです。神経がすっかりいかれていました。カービーは取引のある仲介業者のところへ真珠を買いに行くところでした。約束があったので、そいつに費やしてる時間はなかった。でも、カービーは言いました。『いいか、もし、おまえさんが逮捕されていなかったら、ここで今から一時間後にまた会おう。何か食べるものとまともな服を買ってやるよ』

「戻ってくると、そいつは待っていました。まさかいるとは思っていませんでしたが」キングスリーは話を続けた。「カービーは約束通りのことをしてあげました。奴が心からの感謝をあらわしたのはそのときだけですよ。カービーは僕にはわからない何かを彼の中に見出したようです。立派な家柄の出身であるということを。汚れたボロボロの外見の下にそれを見て取ったのです。それから、彼の名前はサーストンではありません。本当の名前は知りませんが、カービーは知っていました。

新しい服を着て、まともなものを食べると、彼の見映えは随分とよくなりました。カービーに礼を言い、人生の新たなスタートを切ることができると言いました。戻るつもりだったのかもしれません。しかし、カービーは止めました。『おまえさんには何もできやしないよ。もし今行かせたとしても、暗くなる前に酔っぱらうのがおちだ。そして朝になれば、また浜辺に舞い戻っているさ』カービーには頑なところがあった。そして、サーストンに固執しているようだった。奴の皮膚の下には、そうさせる何かが染みついていた。奴は約束した。そうはならないと。『それは、わかっている』カービーは言った。『わしと一緒に〈サーカス・クイーン号〉に乗るんだ』カービーはもう一度奴を見た。何か気にかかることがあるようだった。『おまえさんには何かが欠けている。骨格となるようなものが。おまえさんの持っている劣等感を埋め合わせるようなものが』

通りの先にある宝石店に行き、カービーは片眼鏡を買い、それを彼に与えました。『さあ。これをつけろ』と。それがもたらした変化は驚くべきものでした。彼は〈サーカス・クイーン号〉で我々と一緒に海を渡りました。彼を雑役係として使い、ビジネスを教え込もうとしました。呑み込みの早い方でした。カービーがボスとしてそばにいる限り有能でした。自分一人では何一つできませんでしたが。飲酒からも遠ざかっていました。カービーが一切許さなかったからです。わざと酒を出して、じらして苦しめることさえしました。酒場へ連れてゆき、飲み物を買ってやってわざと触れさせないようにしたんです。悪癖を直すために。サーストンにとっては地獄の苦しみでした。彼が酒を懇願しているのを目にしました。顔から汗を流し舌をだらりと垂らし、酒をくれないならいつか必ず殺してやると脅しているのも耳にしました。香港でのことでしたが。しかし、それが今どういうことになっているか、おわかりでしょう」

キングスリーはそう締めくくった。

「マニラでの最後の夜、サーストンは酔っぱらっていた。また酒を始めるまでどれくらいもつでしょうか？　昨夜、サンボアンガではすっかり怠けていた。僕が気づいて見にいかなければ、トラック二台分の帆布がサーカスの陣営に残されたままでした。統括マネジャーがサーカスの実権を握ったり、荷積みの監督を行ったりすることは期待できませんが、一度でも組織の威信を傷つけることがあれば、すぐにサーカスは没落します。彼はあっという間に団員たちを統制する力を失いました。みんなそう話しています。僕がマニラで彼を助けたことも、昨夜、僕が何をしたかも彼は知っています。サーストンはいつも僕を嫌っていました、僕も彼を好きではありません。まったくおかしな商売です」

会話は知らず知らず、違う方向へと向かい、やがて正午へ近づいていった。ロジャーズとわたしは何も問題がないか確認するため、デッキハウスの方へ向かった。スーザン・ポーターは日陰のデッキチェアで本を読んでいた。ドリスは床から拾いあげた書類を整理し、机に戻していた。我々の影が開いた戸口にあらわれると、彼女は顔を上げて微笑み、中へ招き入れた。

「見張り番が決められた時間に見回りをしています」ロジャーズが説明した。

「入ってください」ドリスは言った。「ちょっと理解できないものがあって見ていただきたいのです」

我々は机の前に並んで座り、彼女は記録簿の中から二枚の細長い紙切れを取りだした。わたしはそれらを眺め、ロジャーズに渡した。彼はじっくりと目を通し、厳かにドリスに戻した。

「二十万ドルとは、かなりの金額ですね」彼は言った。

「そうなんです！　でも、理解できませんわ。カービーおじはミスター・インに二十万ドルの借りがあるということでしょうか？」

「そうとは思えませんな」わたしは答えた。何かがわたしの記憶の扉を叩いていた。「そういった請求書というのは、金が支払われた際になんの印も付けられないで振出人に戻されることがある。振出人はそれを破ったり、支払われた印をつけたり、どうにでも好きなようにできるはずです。それら二枚の請求書については説明できると思います、ドリス。マニラでヘイル・キングスリーから話を聞いたんです」わたしは続けた。カービー・マーティンとイン・ユエン・シンがギャンブルでサーカスを賭けて、その際に手形が振り出された。そして、カービー・マーティンが勝ち、どのようにそれを財布にしまったかを。おみやげとして取っておくと言っていたはずだ。

「それじゃあ、ここを荒らされた説明がつかないのでは？」ロジャーズが遮った。

「しかし、インは死んでいた」わたしは異議を唱えた。「昨夜、この場所が荒らされたときには」

「その通りですね、ミスター・ラスク」彼は頷いた。「しかし、こそ泥が侵入した際にはまだ生きていた。バールさえ持っていたら、彼は目的の書類を見つけだしたと思うが。昨夜、荒らした者は見つけだした。どこか秘密の仕切りの中にでも入っていたのかもしれない。でも狙いはそれではなかった。必要なかった。他の物を探していたんだ」

ドリスはそっと唇を噛みしめ、机をペンで叩いた。「ミスター・インはとても紳士に見えたのに」

「彼はやり手のギャンブラーだった。あなたのおじ様と同様に。そして、手強い男だった。なぜ我々と一緒に来たのでしょう、サンボアンガの島を巡る蒸気船には乗らずに？」わたしは問いを投げかけた。

「それは、きっとどこかに当てはまるパズルの一部だと思います」すぐにロジャーズが答えた。

会話はウッズ船長の登場によって中断された。船橋からデッキに足音を響かせてやってくる音が聞こえた。彼は帽子を取り、額の汗を拭って座った。

「昨夜の件に関して根本からお話ししなくてはなりません、ミス・マーティン」彼は話しはじめた。

「乗組員に関係のあることですから」

「何があったか話してください」

「昨夜、誰が船に残るか、一等航海士と二等航海士のあいだで誤解が生じたようです。その結果、両者とも船を降りてしまいました。例えそうであっても、操舵手が船橋で見張りをしているべきでした。しかし、彼は下の階でギャンブルに興じていたと白状しました。それで、責任者が誰も七時から十一時までのあいだデッキに残っていないという事態となってしまったのです。もちろん、適切な処分を課すつもりです。それは私の管轄ですから。ちなみに一等航海士のミスター・デイヴィスが梯子を上がってきたとき、ここの灯りが点いているのを見たそうです。しかし、特に不審に思わなかった。あなたがサーカスから戻ってきたと考えたようです。それが十時半ごろのことです。けれども、ここのオフィスで何かが壊れる音がして何をしているのかと声をかけると、男が出てきて船尾の暗がりへと歩いていったそうです。ミスター・デイヴィスは追いかけなかった。そのときでさえ、そんなに不審には思わなかったらしい。音が聞こえたのは気のせいかもしれない、と。男が歩き去ったこともそんなに重要なことと は思わなかった」

「その男の正体はわかったのですか?」ロジャーズが訊いた。

「いいえ。彼に訊きましたが、答えられませんでした」

「追跡して見つけていれば、事件解決に結びついたかもしれませんね」ロジャーズが訴えた。「また、その後のドリスへの攻撃を妨げることになったかもしれません」

「十分承知しております。職務怠慢だとミスター・デイヴィスに厳しく言い聞かせました」

「船橋に誰もいなかったことを考慮すると」ロジャーズが指摘した。「インを殺したナイフはその時間にあなたのキャビンから盗まれたのではないでしょうか」

「ええ、もちろん。橋に出るドアには鍵がかかっていませんでした。いつも見張りがついていましたので——昨夜、はじめて手落ちがありましたが——個室にある私の私物を守るには常に十分な予防策が取られていました。ロジャーズ教授、あなたの予想では昨夜この机を破壊するのにどのくらいの時間がかかったと思われますか?」

「三十分あれば充分でしょう——それほどかからなかったかも。誰でも公演のあとすぐにサーカスの設営地からやってくれば、思いどおりにする時間は充分あったでしょう」

「それでは」ドリスは真面目な顔で言った。「すべてがはっきりしたのですね。誰がやったか、なぜやったか以外は」

「そのとおりです」わたしは答えた。

わたしが背中をドアに向けて座るのを見ていたドリスは、外の敷居に足音を聞き、そちらに視線を移した。

「おはよう、ジョン」彼女が呼びかけた。「お入りください。何かご用ですか?」

ジョン・トーベットが入ってきて、帽子を取り、腕の下に押し込んだ。咳をして足をもぞもぞ落ち着かなげに動かした。「あの——ミス・マーティン」彼は戸惑ったように口を開いた。「悪いお知らせなんです。すいません。あんなことが起こった後でお話しするのは気が引けますが——」

「なんですか、ジョン?」

「ええ——ジョーが死んでしまったのです」

第二十三章

「ジョーが？　死んだ？」信じられない様子でドリス・マーティンは繰り返した。

「そうなんです。死んでしまったんです」

「どうして、何があったの、ジョン？」

「昨夜、サンボアンガでジョーが病気だとお話ししたことを覚えておいででしょうか？」

「ええ、もちろん」

「つまり、そういうことなんです。突然死んでしまったんです。たぶん生きることをやめたかったんだと思います。何とか言って聞かせようとしたんですが――ジョーは僕の言葉を理解していましたから――でも、顔を壁に向けてカバーをかけて、後ろ手で僕をそっと押しのけ――一人にしてほしいようでした。今朝、何か食べさせようとしたときはまだ生きていたんです。でも、たった今見に行くと、死んでいました」

「かわいそうに」遠くを見つめながらドリスが言った。飼育係を通り越し、ずっと遠くの船の一部を見ているようだった。「本当にかわいそうに――」

「はい。僕にとってジョーは友達のような存在でした。カービー・マーティンほど僕のことを気に入ってはいないようでしたが、僕は別に気にしていませんでした。カービー・マーティンは特別でしたから。できる限りのことはしました。でも、生き続ける気力を与えることはできなかったようです。最善を尽くさなかったと思われるかもしれません。でも、本当にできる限りのことはしたんです」

ドリスは彼に微笑んだ。彼女の言葉には心からの慰めが込められていた。「ええ、あなたは確かによくやってくれたと思います、ジョン。とてもよくジョーの世話をしてくれました。誰よりも熱心に。あなたにはとても感謝しています――」

「ミス・マーティン」申し訳なさそうに彼は言葉を挟んだ。「お願いを聞いていただけるか考えていたのです――ジョーのことで」

「ええ、もちろん。なんですか?」

「ジョーの埋葬のことです。ただ海に放り投げてサメの餌食にしてしまうのは正義にかなったことではないと思っています――ジョーは死んでしまったのですから。手厚く葬ってあげたいのです。全身を帆布でくるみ、足の部分を紐で縛ってサメの群れがいる場所よりももっと深いところに沈めるように。ジョーは話すことはできませんでした。自分の考えを伝えることもできませんでした。でも、ジョーは――ほとんど人間のようでした。海に埋葬してあげることはできませんか、船長に聖書の句を読んでもらって? 僕らの何人かが讃美歌を歌います――あの、ミス・マーティン――僕の提案が罰当たりな行為とならなければいいのですが――もちろん、ジョーはそういった立場にないかもしれません。そんなことをしても何の違いもないかもしれません――でも、それがあとに残された者にできることです。すべてが終わったとき、正しいことをしたと思いたいのです」

ドリス・マーティンはすぐに答えを返した。とても真摯に受け止め、その瞳には親愛と共感が宿っていた。「あなたの意見は道理にかなったものだと思います、ジョン。ぜひそのような手配をしてください。船長は――」彼女はウッズ船長の方を向いた。「祈りの言葉を捧げてくださいますか、船長？」

異議を訴える表情がちらりと彼の顔に浮かんだ。「わかりました。そうしましょう」船長は答えた。

「ありごとうございます。やってくださると思いました――」

「それから、ミス・マーティン、カービーに捧げたのと同じ讃美歌を歌ってもよろしいですか？」

「ええ、いいですわ。それはどんな歌でしょう？」

「『我とともに』です。それならよく知っていますし、カービーを好きだった者にとってはとても意味のあるものです」男の目に涙が浮かび、日に焼けた頬に流れ落ちた。彼は固い手のひらでそれを拭った。

「とてもふさわしいことだと思います、ジョン。準備を進めてください。礼拝は何時におこなったらよろしいですか？」

「午後遅い時間でお願いします。あなたと船長がよろしければ」

「ええ、それでいいでしょう」彼女は船長を見た。彼は軽く頷いた。

「ありがとうございます」――ジョンは言葉につまり、まだ落ち着かない様子だった。「ありがとうございます。承諾してくださるだろうと思っていました。あなたはおじ様のカービーと同じくらい心の広い方です」

飼育員が退いて急いでデッキを歩いていくと、我々は目を見合わせた。きっとみんな同じことを考えたはずだ。しかし、ウッズ船長が余計な言葉を挟んできた。

「驚きましたね、ミスター・ラスク」彼はわざとらしく深刻な顔をした。「サーカスの広報係でありながら、そういったことを最初に考えなかったなんて」

そのとき、細く白い手が机の上の吸い取り紙を強打した。座っていた者たちはみな驚いた。青い瞳は燃え、口をきつく引き結んでいた。「やめてください！」彼女は怒りを爆発させた。「あの飼育係は誠意ある方です。からかうべきではありません。ジョーは人間も同然でした。ちゃんと埋葬される必要があります。私が代わりに祈りを捧げてもよいと思っていますわ」

ウッズ船長は慌てて立ち上がった。彼女の非難に顔を赤らめていた。「すいません、ミス・マーティン」張り詰めた耳障りな声だった。「今、言ったことに対し心からお詫びします。祈りを捧げる約束をしましたので私がおこないます」彼はぎくしゃくと頭を下げて、オフィスから出ていった。ドリスは探るように彼を見つめ、机の上の吸い取り紙に視線を戻した。一枚の大きな紙を取り出し、そこに何か書きこんだ。

「ミスター・ラスク」彼女はわたしにその紙を手渡して言った。「下の階に行くとき、これを持っていってくださいますか？　掲示板に貼ってください」

「はい、わかりました」

ロジャーズも同行しようと立ち上がった。ドリスがまた口を開いた。

「それから、もし途中でミスター・サーストンを見かけたら、オフィスへ来るよう伝えていただけますか？」

「ええ、喜んで」

ロジャーズとわたしはデッキの船尾へ向かった。階段の降り口で立ち止まって、彼女の告知を読んだ。

「またギャンブルに関する告知ですかね？」彼はさりげなく訊いた。

「そうです。ギャンブルをやめるようにとの警告です」

「彼女らしいですね」ロジャーズが言った。「カリフォルニアの大学でも、そういった熱意をよく見せていました」

掲示板に告知を貼ったあとデッキに出ると、ヴァンス・サーストンがまだデッキチェアに座っていた。わたしはドリスのメッセージを伝えた。片眼鏡越しにこちらを睨みつけ、言葉もなく立ちあがると、急いで昇降口階段へ向かった。酒のにおいがしていたが、足取りはしっかりしていた。ヘイル・キングスリーが語った彼の姿を思い出さずにはいられなかった。それから、この先待ち受けている彼の暗い未来も。

昼食のあと、再びサーストンを見かけたが、煮えたぎる怒りが体からあふれ出ているようだった。彼の怒りの理由は推測するしかなかったが、ドリス・マーティンが何かについて自分の気持ちを伝えたのは十分考えられることだった。キングスリーがマニラでのサーストンの失態やサンボアンガでの怠惰ぶりを話したとは思えないが、そのようなことが彼女の耳に入らないのは不可能だった。

昼食の後、ポール・ストラットンが掲示板の前でギャンブルについての告知を見ていた。彼は何も言わなかったが、振り返ってわたし達を見ると、顔を輝かせた。「そうだ、ちょっといいですか」ロジャーズに向かって言った。「僕の部屋に来てください。お見せしたい物があるんです。ミスター・ラスク、あなたも」

不思議に思いながら彼の後に続いた。彼はドアを大きく開けて中へ招き入れた。天井からぶら下がっている張り子の骸骨がニヤッと笑っているのを見て、わたしは一瞬ぎょっとした。

「そいつのことは気にしないでください」彼は笑った。「あなたに見てもらいたいのが、それなんです。あなたの提案に従って骸骨の背骨に軽い竿を取り付けたのがおわかりいただけるでしょう、ミスター・ロジャーズ。竿の長さを膝の位置まで伸ばしたんです。そうしないと足はちゃんと動きませんから。ここの竿を見てください」――そして、長く黒い金属の管を取り出した。そこにいくつかの器具がボルトで取りつけられたり、ハンダで接合されたりしていた。その上をワイヤーが通っている。「これを骸骨の背骨の長さに合わせた竿の上部に取り付けてワイヤーで留め、動くようにしています。鍛冶屋の男の子に概略を説明すると、うまくいくように手伝ってくれたんです」彼は恥ずかしそうに高い声で話し続けた。途中で実演してみせようと口を閉ざした。「ああ、ところで今日の午後、敬意を払ってジョーを埋葬すると聞きました。僕もテノールのパートを歌うことになっているんです。これを今からデッキに持っていってどうやって動くかお見せしましょう」

　ストラットンに続いてデッキへ出た。そこで最終的な仕掛けの点検を行い、一式を肩にかけ、少し離れた場所へ移動した。「それでは見ていてください。お二人の前を走っていきますので、どのようになっているか」

　彼は短距離走者のように駆けだし、骸骨はいつものように背中にぶら下がっていた。しかし、ちょうど目の前に来たとき、ストラットンは中空管のハンドルをひねり、骸骨の足が地面から離れた。すべての仕掛けがデッキと平行に並び、骸骨の腕が逃げる男を捕まえようとするかのように伸びた。わたしが見る限り完璧な動きだった。彼が立ち止まり戻ってくると、そう告げた。しかし、ロジャーズはまだ称賛する用意はなかったようだ。

「なかなかいいと思うが、もっと改善の余地があると思うよ、ストラットン」考えながら彼は言った。

「そんなに大きく手を加えることはない。もう少し使いこなす練習が必要なだけだ。たぶん、このワイヤーをもう少しきつくすれば」彼はワイヤーの一つに手を伸ばした。「骸骨がもう少し、生きてるみたいに飛び上がるようにしたらいいと思う」

「ええ、そうですね、ありがとうございます、ミスター・ロジャーズ」ストラットンが言った。「あなたがマニラで提案してくださったおかげで、それを参考に適した方法を考えることができたんです。もう少しよく調べてみます」

我々はストラットンの個室へと戻った。

「筒の先に金属のキャップを付けるべきじゃないか――君が握っている先の部分に？」ロジャーズが尋ねた。「先端が鋭くなっている。手を傷つけるかもしれないし、握るときもその方が楽じゃないかね？」

「その通りですね。先端に糸をつけてキャップを締めるようにします――ちょうどいいのが見つかったら」

我々は個室に留まり、仕掛けについて話しあった。やがてロジャーズが一枚の紙をテーブルに出し、鉛筆でスケッチを描き始めた。

「私は機械工ほど詳しくはないが」彼は言った。「これが改善できると言った部分だ」紙に線を描き始め、わたしにはさっぱりわからないが、ポールと彼には理解できるようだった。「わかるかね、ストラットン？」

「ええ、やってみようと思います。でも、このようにできないでしょうか？」彼はテーブルの上の物をかき分けた。「これが最後の紙だと思います。このあいだ、ジャック・フォーリーが何枚かくれたのです。彼はいつもホテルの書類庫から紙をくすねてくるんです。ここが――」彼は紙を裏返し、そこにスケッチを描いた。オーケストラの人間がゴリラの埋葬で歌う讃美歌のリハーサルに呼びにくるまで、二人は議論を交わした。それから部屋を出た。

太陽は西の空に燃え落ち、ボルネオ湾のうっすらと青い輪郭が次第に暗さを帯び、恐ろしげな様相を呈し、やがて、ジョーに別れの挨拶を告げるため我々は後部デッキに集まった。ほとんどのサーカスのメンバーがデッキに集合し、ウッズ船長が小さな黒表紙の本を手に橋から降りてきた。ドリス・マーティンとスーザン・ポーターが彼の横につき、三人が群衆の真ん中に立った。そばには今や帆布に包まれたジョーの亡骸が横たわっていた。包まれた亡骸は奇妙なことに人間の体のように見えた。それは取り外した個室のドアの上に乗せられていた。片端が柵の上に、もう片端が木の台の上に置かれた。

船長は無帽のまま不意にあらわれ、本を開き、該当箇所を探しはじめた。集まった者の中から咳払いが聞こえた。後方ではサーカスの巨人が一際高く群衆の中にそびえ立っていた。両肩には小人が乗っている。ヴァンス・サーストンは最前列で片眼鏡越しにすべてを非難がましく見つめていた。ヘイル・キングスリーとその向こうにポール・ストラットンがいた。他にも礼拝に参加しようと待っている者がいた。これはサーカスでのみ起こり得る奇妙な出来事の一つだった。我々が生きている小さな虚構の世界に住み慣れた者だけが考え得る発想だ。ジョーは何年ものあいだ、カービー・マーティン・サーカスの誇りだった。ジョーと我々のあいだには固い絆があった。サーカスにとっては象やライオン以上に意味ある存在だ。ジョン・トーベットがドリスに言っていたように、ジョーは人間も同然だった。それゆえ、我々はお互いの栄誉をたたえ、相応の敬意を払っていた。ジョーが死んだ今となっても。

船長は目的のページを見つけ、読み始めた。礼拝の静けさがあたりを包んだ。堅苦しく辛辣とも言える船長の声が聖書の句を朗々と語り、過去におこなった埋葬を思い出さずにはいられなかった。あのときも日没後、カービー・マーティンの亡骸を海に沈める前にこれと同じ言葉が読み上げられた。まるで繰り返しているように感じた。わたしの心は一瞬あの場面に舞い戻り、目の前の包まれた亡骸が、海底に深く沈んでゆくときを待つカービー・マーティンであるような錯覚をおこした。わたしの瞳はドリスの方へとさまよった。かすかに緊張し、唇を引き結び、わたしと同様の反応を示していることに好感を覚えた。最後の祈りがささげられているとき、彼女はそこにおじの姿を見ていたのだ。

不意に船長の声が途切れ、讃美歌を歌う四人組に目が向けられた。男たちは前へ進み出た。彼らの後ろでオーケストラの演奏者たちがこのときを待っていた。バイオリン、チェロ、フレンチ・ホルン、フルート。『我とともに』のメロディが空に漂い、カルテットの歌声が高らかに響いていった。わたしは喉がふさがって息が出来ないような気分になった。真っ青なセレベス海の遥か遠くへ、そして、暗く恐ろしげなボルネオ湾の沿岸へと目をはせた。このような素晴らしい讃美歌が、異国の者によってこのような壮大な景色の中で歌われたことが、かつてあろうかと思いを巡らせていた。

素晴らしい歌声だった。ポール・ストラットンの高いテノールと他の声が美しく重なりあっていた。讃美歌が終わり、ドリスを見た。涙が頰を伝っていた。彼女の向こう側ではヴァンス・サーストンが首をこわばらせたように手摺りの向こうを見つめ、この儀式に参加することを拒んでいた。ウッズ船長は粗末な棺台に近づき、手を掲げて最後の言葉を発すると、四人組はドアでできた棺台をつかみ、それを静かに持ち上げた。台が大きく傾き、帆布で覆われた亡骸が滑り落ち、やがて海の底へと沈んでいった。静けさの後、水飛沫の音が響き、スーザン・ポーターに抱きかかえられるように立っているドリス・マーティンのすすり泣きだけが聞こえてきた。

第二十四章

夕食のあいだも、まだ厳粛な空気が我々を包んでいた。デッキハウスの二人の女性は夕食を個室でとり、残りの者は食堂で会話を続けようとしたがうまくいかなかった。「あれは、まるで」わたしはのちに後部デッキでロジャーズにそう話していた。「カービー・マーティンを再び葬ったかのようでした。ジョーはカービーの人生の一部だった。そして今、ジョーはいなくなり、カービーを二度失ったかのようだ」

空は暗く、細い三日月が太陽のあとから素早く地平線の上に降りたった。ヘイル・キングスリーが近くで煙草を吸っていた。ずっと黙ったままで数フィート先ではヴァンス・サーストンが同じように無言で佇んでいた。統括マネジャーは午後のあいだずっと怒りで煮えたぎっているかのようだった。まだその怒りはおさまっていない。

「忘れてはならない出来事ですね」キングスリーが重々しく言った。

不意にサーストンの歯切れのいいオーストラリアのアクセントがキングスリーに向かって攻撃をはじめ、わたしは驚いた。

「キングスリー、さぞや君は」冷ややかな声だった。「ぞっとするような茶番をしでかして満足してることだろう」

キングスリーはしばらく何も言わなかった。ただ統括マネジャーを見つめ、また煙草を吸いはじめた。

「君がジョン・トーベットにああするよう仕向けたんだろう。終わってから彼に訊いたんだ。そうしたら君の提案だと言ってたよ」

「そうです」キングスリーは静かな声で認めた。「彼が僕のところにやってきて、自分の気持ちを話してくれたんです。彼と話し合って提案しました。どんなに深く彼が愛情を注いでいたかわかったので。彼はミス・マーティンのところへ行って、ジョーを人間と同じように海に埋葬してよいかと頼んだのです——」

「安っぽい広報係の策略だ——君は今や広報係だからな」サーストンがあざけるように言った。

「出まかせを言うな」キングスリーはさりげなく怒りを見せずに応じた。

「私を嘘つき呼ばわりするな！」サーストンが反撃に出た。脅すようにキングスリーに向かってきた。

「いや、嘘つきだ。このことについて新聞に話を提供しようなどとはまったく考えてもいなかった」

「そんなこと、信じられるか！」サーストンは拳でキングスリーを脅しながら叫んだ。「おまえの言うことなんか一つも信じないぞ。こそこそしやがって。おまえがなぜ船に乗ったか知ってるぞ。マニラで何をしたか、サンボアンガでも。それからドリス・マーティンに何を漏らしたか、ばれてるんだぞ。私の立場を傷つけようとしているんだ。私の仕事を奪おうと」

「それも嘘だね！」

「おまえは私のことが嫌いだろう？　私のことをことごとく——」

「好きじゃないのは確かです。そんなに気になるならお教えしますが」キングスリーの声が鋭くなった。

「こっちもおまえが嫌いだ——忌々しい野郎め！」

キングスリーは不意に腕を伸ばし。手を真っ直ぐに男の胸にあてて押しやった。サーストンは怒り狂って向かってきた。

「殴ってみろ。おまえを殺してやる。コソコソしたひよっこが！　サーカスについて何を知ってるって言うんだ？　知ってることがあるってのか？」怒りでほとんど言葉にならず、か細い金切り声となった。サーストンの怒りに誘引されたのか、薄暗いデッキにどこからか人影が歩み寄ってきた。「いいか——おまえなんか——」彼は後ろに下がってから獰猛な一撃を振り下ろした。キングスリーは横に避け、一撃を免れた。次の瞬間ロジャーズが真ん中に入り、二人を荒々しく引き剝がした。

「もう充分だろう」鋭く彼は言った。「やめるんだ！」

「あんたはいったい何者だ？」サーストンが訊いた。

「やめろと言ってるんだ！」

ポール・ストラットンが二人を囲んでいる人の輪をかき分け、中に入った。「どうしたんですか？」

「ちょっとした諍いだ、ポール。キングスリーとサーストンの」わたしは言った。「けど、もう終わったよ」

「じゃあ、誰も怪我をしてないってことですね？」

「ああ、殴り合いもなしだ」

ストラットンも他の者も興味を無くしたようで、皆その場を離れていった。サーストンは不意に踵を返し、素早く去っていった。キングスリーは煙草を吸いつくし、吸殻を手摺りの向こう側へと放った。

「これからドリスに会いに行く」彼はそう告げた。「今日の午後、ジョーのことでひどく悲しんでいたから。葬儀が話のタネの冗談だったなんて思われたくないんだ。それじゃあ」

ロジャーズが口を開く前に彼の足音は消えていった。ロジャーズの声は低く囁き声のようで、秘密を打ち明けるときの口ぶりだった。

「これほど奇妙な事件はありませんね。これまでもちょっと関わりがあって未熟な知識で犯罪捜査をおこなったことがありますが。これほど不可解で解決不能で——奇想天外で。やがて目が覚めて、すべては夢だったとわかるのかもしれません」

「これまで手掛かりは何もなしですか？」

「手掛かり？」彼は繰り返した。まるで、その言葉が奇妙に響いたかのように。「手掛かりなどありません。カービー・マーティンは自分の杖で殴り殺された。そして、遺体も杖も海へ投げ捨てられた。エドウィーナ・ナイルズは普通なら死に至ってたであろうほど強く地面に叩きつけられた。なぜなら犯人は彼女の出演中に致命的と言えるほどロープを切り裂いていた。そして、滑車もロープも海の底。イン・ユエン・シンは明らかにヘイル・キングスリーのものと思われるナイフで殺害された。ウッズ船長が所有していたと思われるその凶器は最後通告としてドリスに向かって投げつけられたものだった。そして、消えた。現在も所在は不明のまま。そして今度はジョーが死んで葬られ——」

「そこにどんな意味があるのですか？」

「何もない。ジョーは誰がカービー・マーティンを殺したか知っていた。それとも誰が死んだカービーを檻に入れたのかを知っていた。しかし、ジョーは話せない。ジョーの反応を研究していれば可能だったかもしれない。誰に対して怒りをあらわすかを見れば。もちろん、それが証拠とはならないが、殺人犯を特定する際の強力な目安となるでしょう」

ロジャーズが先に足音に気がついた。会話がそこで中断した。薄暗がりの中にぼんやりと見える姿がこちらにやってくるのを待った。すぐにジャック・フォーリーだとわかった。頭を垂れて背後で両手を握りしめている。我々の存在に気づく前に、こちらに辿り着いたようだ。

「ああ――こんな暗がりにいるなんて気づきませんでした、ミスター・ラスク」彼は言った。どこか不安気な様子だった。「歩きながら考えていたんですよ。最近起こったことを」

「特にどの件について?」ロジャーズが探りを入れた。

「ええと――すべてについてです」彼は近づいてきて声を低めた。「船長のこと、信頼していますか、ミスター・ラスク?」

「なぜ、そんなことを?」

「今日の午後、ジョーを埋葬したときに船長のことを見ていたんです。まったく深刻に受け止めてはいなかった。祈りの言葉のときも口を歪めていましたよ。何もかもが冗談であるかのように」

「まあ、そうかもしれないな」ロジャーズが述べた。

「もう一つ気になっているのが、彼がミス・マーティンに思いを寄せていることです――」

「思いを寄せている? そんなこと、まったく知らなかった」わたしは思わず口を挟んだ。

「確かです。彼女はあまり相手にしていないようですが、彼女に何ができると? 彼は船長だし――」

「だが、自分の気持ちを彼女に押しつけるのはどうかと」

「ええ、そうですね、でも、彼はそうしますよ。彼女に話しているのを二度ほど聞きましたから。たった今、上のデッキでまた話してました。十分か十五分ほど前に。自分がどんな男か自慢してましたよ。すべて自分一人で成し遂げたと——困難を一人で切り抜けた——とかなんとか。あの老婦人を連れまわすのだってばかげたことです。それで、ミス・マーティンに近づくチャンスを狙ってたんだ。抜け目ない奴だ。好かないね。信用もできない」

「何か彼のことで知っているのかい——何か——疑わしいとか？」

「疑わしい？　ええ、充分、疑わしいですよ、ミスター・ロジャーズ、一度、彼がカービー・マーティンに腹を立てていたのを知っています、カービーが亡くなる前に。カービーの喉を掻っ切ってやるって脅してるのを聞きました。あれは本気だった。彼がミス・マーティンとの結婚を考えている唯一の理由はサーカスのオーナーになるためですよ。そうしたら残りの人生悠々と暮らせますからね。普通の船長より、かなりいい生活が送れますよ、当然ながら」

「ああ、そうだろう」わたしは答えた。

もうしばらく話をし、それからフォーリーはうなだれるように手を後ろに組み、理解できないことについて考えを巡らせながら立ち去った。

「そんなことってあるでしょうか、教授」足音が消えると、わたしは話の続きをはじめた。「ジャックが指摘したことですが」

ロジャーズは答える前に長い時間を要した。おそらくわたしの質問に答えるつもりはないだろうと思っていたのだが。「容疑者は常に複数存在する」やがて彼は言った。「一つの疑惑が一定の方向に向かい、それからまた別の方向に向く。嵐の中の風向計のように。しかし、我々が話しているのは手掛かりと証拠についてです」

「ドリスへの、あの三通の脅迫状については？」

「あれは極めて重要です。それぞれに使われていた紙について、船上でできる限り調べてみました。船長の個人的な文房具からサーカスの事務所で使われている用紙、他の曲芸師たちの私物なども。どれかと合致するのではないかと思い、目につく限りすべてを見ました。脅迫状はおそらくマニラのどこか小さなホテルの文書室から失敬してきたものではないかと」

「今日の午後、ポール・ストラットンの使っていた用紙も持ってきたのですか？」

沈黙が続いた。「ああ、そうだよ」

「脅迫状が書かれたのと同じものでしたか？」

「いや」

「それでは、一体誰がマニラのホテルでドアの下にメモを差し込んだのでしょう？」

「サーストンですが」ロジャーズは名前をあげはじめた。「あのとき、彼はホテルに泊まっていた。キングスリーもホテルに出入りしていた。非常階段に上ることができるのを証明して見せたのも彼だ。それからウッズ船長もホテル周辺にいた」

「でも、彼がキングスリーのように非常階段を上ることができるでしょうか？」

「朝食時にミス・ポーターが話していたのを忘れたのですか？　船長がサルのように似たような非常階段を上がってスリを追いかけたと」

「そうですね。イン・ユエン・シンは外のタクシーの中で船長を待っていた」

「インは最初の脅迫状を書いた容疑者かもしれない。しかし、ドリスが二通目を受け取ったときには死んでいた。三通は同じ人間によって書かれたはずです」

「この件に関してサーストンの疑惑は常に残りますね、教授」わたしは念を押した。

「そうですね。脛を怪我していたことも。覚えているでしょう、もちろん」

「わたしの頭にずっとあるのは、カービー・マーティンを埋葬したあの夜、机をあさっていたのはサーストンではないかということです。ところで、サーストンがどのようにドリスに言い寄っていたか詳しくお話ししたと思いますが」

「ええ、覚えていますよ」

「もし、たった今、ジャック・フォーリーが語った話で、船長の代わりにサーストンの名前を入れると――ドリスと結婚して残りの人生を安泰に暮らすという――もっともな理由があると考えられませんか？　よく練られた計画だと？」

「しかし、それがカービー・マーティンの死と関係あると言えるでしょうか？」ロジャーズは疑問を呈した。

「もちろん――あります――」

「サーストンは知っていたのでしょうか？　カービー・マーティンの遺言の内容を？」

「いいえ――あなたの言う通り、彼が知っていたはずはありません。おそらくドリスの存在さえ知らなかったでしょう。しかし、ポール・ストラットンは知っていた。彼はホノルルでカービーに替わって遺言を書いた。ドリスの存在についても、彼女がサーカスを継ぐであろうことも知っていた」

「彼はドリスに思いを寄せていたのだろうか？」

「わたしの知る限り、それはないと思います。それに彼にはアイオワに妻がいます。巡業についてくることはありませんが、別れることもないでしょう。確かです。ということは、動機に関して言えばストラットンは除外されます」

「そのとおり」

わたしは腕時計を見た。蛍光色の針が、かなり遅い時刻を示していた。様々な出来事の中から混沌とした手掛かりを選び出すという不毛な計画に乗り出したかのように思えた。しかし、ロジャーズの言葉や態度の中に落胆している様子は感じられなかった。彼にとっては充分考慮した上で尽力し、克服すべき課題なのだろう。反対に彼の興味が次第に増してゆくのを感じた。まるで高いギアへと心をシフトさせ、より強い力とスピードで前へ進んでいくかのように。

突然、ロジャーズに腕を摑まれた。緊迫した何かが感じられた。しかし、彼の口調は落ち着いていた。

「サーストンに話しにいこう。警告してやらないと！」

「警告？」わたしは繰り返した。「何について？」

「彼が次の犠牲者だ！　来てください！」

ロジャーズは素早く動きだした。わたしはついていくだけで精一杯だった。彼の発言は、とうてい理解できなかった。これはずっと続いている不可解な事件のほんの一部分に過ぎない。なぜ我々が殺人犯の可能性がある男に警告を与えようと走っているのか？　しかし、デッキを走っているうちに奇妙な情景が頭に浮かんできた。以前にも同じことを体験したような夢の中の出来事のような。個室のドアの前に人が集まっている。ストラットンとキングスリーとウッズ船長が部屋の中にいる。曲芸師と他の者はドアの外にいて恐怖を抱きながらうろうろしている。

「いいかい、ロジャーズ」通路の入口の高い敷居を飛び越えながら、わたしは声をあげた。「こんなことはまったく見当外れだ！」

自分が何を言おうとしているのか、わからなかった。しかし、それが事実になろうとしていた。この不可解な暴走が夢の中の出来事ではなく、現実味を増してきた。通路の向こうでは個室のドアの前に人だかりができていた。数人の曲芸師が反対側の通路からも流れ出てきて我々と合流した。

「何もかもが狂っている――つまり、これは現実だ、教授！」ロジャーズの後ろでわたしは喘いだ。

彼は答えなかったが、人だかりの中に押し入り、ドアを開けた。キングスリーの姿が見えた。そして、わかっていたことだが、ウッズ船長とポール・ストラットンもいた。

「ここで何があったんだ？」わたしは問いただした。前方をふさいでいたロジャーズの大きな体を押しのけて前へ出た。答えたのはウッズ船長だった。腕を半分上げ、寝台を指さした。そこに、ぞっとするほど力ない姿が横たわっていた。美しい曲線を描いた額、右目の上には片眼鏡、しかし、巨大な磁石に引き寄せられるように、わたしの目線は恐ろしい光景に釘付けとなった。細い胴体に突き刺さった柄のついたナイフ。

「彼がやられた！」船長は固く苦々しい言葉を吐いた。「まだ船が寝静まってもいないのに」

第二十五章

部屋に入り、殺害されたヴァンス・サーストンの遺体が横たわっているのを見ても、ハントン・ロジャーズは何も言わなかった。数歩進み出て、自分が救おうとして無駄に終わった男の顔を見下ろしていた。

「気の毒だった」やっと彼は口を開いた。自分自身に話しかけているようだった。「もっと早く気づいていれば」

「彼を助けようと思って、慌ててここに来たんだが」わたしは説明した。ぎらぎら光る電球の下の顔を一人一人確認しながら。「ロジャーズ教授が言ったんだ。彼に警告しなければと——」

「彼が殺害されると、どうしてわかったのですか?」船長が尋ねた。その声は冷たくよそよそしかった。小さな瞳にさらなる敵意を滲ませていた。その男の態度はロジャーズ自身が犯人であるかのような、告発者の態度そのものだった。

「ちょうどいい言葉が見つからないが、直感とでもいいますかね」ロジャーズは静かに言った。

「その通りだ、船長」わたしは念を押した。「我々はデッキで一時間以上話をしていたんだ——サーストンとキングスリーが言い争いを始める前から。突然、ロジャーズ教授がわたしの腕を摑んで言ったんだ。『次はサーストンだ!　警告してやらないと!』と」

「それじゃあ、きっと教授は誰がやったかも直感でわかるのでしょうね」皮肉を込めた声だった。

「残念ですが、それはわかりません、船長。でも、そのうち犯人の名前をあげて見せますよ――」

「そのうち？　いつですか？」

「ジャワに着く前に」

「そのあいだ、もし他の誰かが殺されたらどうするんですか？」

「おそらく誰もそんなことにはならない――私自身を除いては」

「なぜ、あなたが？」

「なぜなら、私がこの事件を解決しようとしているからです――カービー・マーティンの殺害、エドウィーナ・ナイルズとドリス・マーティンの殺害未遂、インとサーストンの殺害」

この大胆な発言にわたしは息を呑んだ。これまでそれぞれの疑惑についてあからさまに口にすることはなかった。何の予告もなくこの機密を公にし、今や自分の考えを声の届く範囲にいる者たちと共有することになったのだ。ウッズ船長の態度が急に変化し、顔の表情が和らいだ。

「そんなほら話を口にするなんて、あなたはとんでもない愚か者ですね、教授」

「ありがとう。さて、ここで具体的な話に入りましょうか？　集まった連中を追い払おう。廊下に出てください」

船長のたくましい体が動きだし、通路の人だかりの中に入っていった。固い声を張り上げ、解散するよう命じた。「何か貴重な情報でも持っていない限り、この場を去って我々だけにしてください。何か知っている者はここに来て質問に答える用意をするように」

動きまわったり、押し合ったりする合間があり、混み合った通路にざわめきが起こった。すべてが終わるとドアがロックされ、この作戦の網にかかった人数を数え上げた。死んだ男の部屋に集まったのはウッズ船長、ロジャーズ、ポール・ストラットン、ヘイル・キングスリー、ジャック・フォーリー、ジョン・トーベット、マーフィーという名の小人、そしてわたしだ。誰も彼も今や沈黙を続け、恐ろしく静まり返った寝台から目をそむけていた。

「事務所に行った方がいいのでは？」わたしは提案した。「ここから――離れた方が」

船長はサーストンの部屋と隣の部屋のあいだにあるドアを開けた。そこは事務所として使われていた。送風機をまわし、みんなはテーブルのまわりの落ち着ける席を探した。

「あなたが質問しますか、教授？　それとも私が？」船長がロジャーズに尋ねた。

「お好きなように」

「それではあなたにお願いします。もし充分な答えが得られなければ、私がいくつか質問を挟みます」

我々全員の視線がロジャーズの穏やかな顔に向けられた。柔らかな青い瞳、かなり大きな鼻、薄くなった髪、突き出た耳、それらが混じり合って善良な要素を作りだしていた。検事というよりも判事の方がぴったりに思えた。彼はすぐに話しはじめた。

「一つ二つ気づいたことがあります。それに注目していただきたい」彼は頭を傾け、隣の部屋の死んだ男を示した。「凶器はイン・ユエン・シンの息の根を止めたものと同じです。それから、ドリス・マーティンを狙い、そのあと壁から消えたものでもあります。サーストンはその殺害者と向かい合っているときに襲われた。たった一突きで死に至った。部屋に争ったような形跡はない。つまり、サーストンは自分の命がその瞬間危険にさらされていることに気づいていなかった。さらにそれによって、殺された男は殺人者を友人と見なしていたことが想定される。少なくとも友好的な関係にある人物だと。それで、自己防衛をした形跡なく死に至った。証拠となった死人の血液の量から、サーストンが自室で殺されたのは明らかです。他のどこでもない。彼は致命的な傷を負わされ、寝台の上に崩れ落ちたか、よろめきながらその上に大の字に倒れた、またはそうなるように仕向けられた」

「さて、それでは」——ロジャーズは探るようにまわりを見た——「誰が最初に知っていることを話してくれますか？　どうですか、船長？」柔らかな青い瞳が、椅子に体をはみ出して座っている大柄のウッズ船長に向けられた。

「実際はですね、教授」船長は慎重に話しだした。「現実にここで何が起きたか、私は知りません。ただ通路を通ったときに部屋の中から声が聞こえたんです。『なんてことだ、彼は死んでる！』とかそんな声です。私は——自分の耳が信じられませんでした。どうしてそんな事態となってしまったのか。それから誰かが言いました。『誰が彼を殺したんだ？』そこで私はドアを開け、中に入りました」

「誰が部屋にいましたか？」

「キングスリーがいました。それから、ポール・ストラットンとジャック・フォーリー。私が聞いたのはフォーリーの声だと思います」

ロジャーズは若者の方へ向き直った。「君の声だったのかね？」

「はい、そうです、ミスター・ロジャーズ。僕は通路を歩いていました——すると、ドアの下から灯りが見えたんです。ちょうどサーストンと話がしたいと思っていたのでノックをしました。すると誰かが言いました。『どうぞ』と。それで中に入って——」

「誰が入るように言ったのだろう？　サーストンかね？」

「いえ、違います。入るように言ったのはポール・ストラットンだと思います」

「なぜサーストンに会おうと思ったんだい？」

「ええと――あの、ミスター・ロジャーズ、こういうことなんです。ショーの中での自分の役割に満足していませんでした。もっといい役をもらえるのではないかと。このあいだサンボアンガでサーストンにそのように話しました。彼は、そのうち自分が暇になったら会いにくるようにと言いました。それで、ちょうどいいと思ったんです。そして――最初はベッドに彼の姿は見えませんでした。何が起こっているかもわからなかった。ストラットンとキングスリーのあいだで何か奇妙なことが起こったようだと。キングスリーが動いたとき、ナイフがサーストンの体に突き刺さっているのが見えました。そして、そのとき声をあげたんです。それをウッズ船長が聞いたようです」

「ありがとう、ジャック。キングスリーとストラットンだね」ロジャーズは考え込みながら、一人一人の顔を眺めた。「範囲がだんだん狭まってきたようだ。君たちのどちらか、サーストンの遺体のそばに誰かが一人きりでいるのを見たかね」

「僕が見ました」早口のおどおどした声でストラットンが答えた。「わかってほしいのですが、教授」彼は慌てて言い添えた。「サーストン殺害についてキングスリーを告発しているわけではありません。そんなつもりは全然ありませんから。でも、彼は今、僕が犯人について告発をしていると思っていることでしょう。まず、どうして部屋に入ったか説明しましょう。ご存知のとおり、骸骨の動きのメカニズムを完成させました。それについてサーストンに話したところ、彼は興味を抱いてどんな具合か教えてほしいと言われました。それを見せたいと一日中考えていました。とりあえず、完成したことを伝え、実演するので見てほしいと頼むことにしました。キャビンでそんなことを考え、竿を持って見せにいくことにしたのです。

部屋の明かりは点いているようでしたが、ノックをしても返事がなく、再びノックをすると、誰かが動きまわっているような、どこか怪しげな音が聞こえました。僕はサーストンの名を呼び、自分の名を告げました。サーストンが答えると思ったのですが、答えはなく、何かおかしいと感じ、掛け金が外れていたのでドアを開けて中に入りました。キングスリーが一人、遺体とともにそこにいて、僕はすぐに何が起こったか理解しました。とても奇妙な光景でした。彼はそこに屈み込み、何かに夢中になっているようだった。中に入ると、非常に驚き混乱しているように見えました。話しかけても黙ったままだったので、何が起きたか説明するように言いました。どうして怪しげだと感じたのか、うまく説明できませんが、でも、そう思ったのです。どうしてサーストンを殺すことになったのかと。それでも彼は黙ったままでした。それから、ジャック・フォーリーがノックをしたので入るように言いました。僕が話せるのはこれで全部です」

「ありがとう、ストラットン」ロジャーズが再び話し出すまで少し間があった。そのあいだ我々の視線は集中してヘイル・キングスリーの細く日に焼けた顔に注がれた。彼は居心地悪そうにわたしの横の椅子に座っていた。薄い唇をしっかり引き結んで、まるで鋼(はがね)でできているかのように体全体を強張らせていた。警戒している窪んだ目は自分を脅かそうとしている危険を敏感に察知していた。

「ヘイル」ロジャーズはさりげなく声をかけた。「君がミスター・ラスクと僕をデッキに残して去っていったあと、何が起こったか話してくれないか」

若者はしばらく沈黙を続けた。それから、不意に話しだした。「僕がドリスに会いにいく、と言って去っていったのを覚えていますか？　どうしてジョーがキリスト教のやり方で埋葬されることになったか説明するつもりでした」

「ああ」

「僕はそうしました。サーストンは先に部屋に戻っていました。デッキを歩いているとき、彼の部屋の電気が点いているのが見えたんです。ドリスとミス・ポーターは橋の上にいて、二人と三十分くらい話しました。それから、また下に降りてきました。今夜、彼が僕に嚙みついてきたのを知っていると思いますが」彼はそこで口を閉ざし、最初にロジャーズ、それからわたしを見た。「僕が彼の名誉を傷つけるようなことをしていると言って非難してきたんです。僕は彼のことを嘘つきだと言いました。サーストンは殴りかかってきましたが、ミスター・ロジャーズ、あなたに止められました」

「そうだ、その通り」

「サーストンのこと、今までずっと好きではありませんでした。でも、僕のボスでしたから、彼がどんな人間であろうとうまくやろうと努力はしました。意見が合わないからといって気まずくなるのは嫌でした。そうなったら、後に厄介なことになるだけです。それで、彼の部屋に行って、会って問題を解決できないかと思ったのです。うまくやっていくために歩み寄ろうと考えていました。ドアを叩きましたが、何も聞こえませんでした。それから、唸るような声を聞いたんです――唸るというよりも苦しそうな息遣いを。怖くなって思い切りドアを開けて中に入り、何が起こっているか目にしました。サーストンは寝台に横たわり、息を引き取ろうとしていた。僕のことがわかったと思います。口を開きましたが、言葉になりませんでした。唇は動きましたが、声は発しなかった。ナイフで刺されているのが見えて、ナイフを抜こうかとも思いましたが、それが一番いい方法とは思えず、思い直しました。目が次第にうつろになり、話すことをあきらめたようだった。彼は答えを知っていた。犯人が誰かを知っていた。でも、名前をあげることはできなかった。そして——僕が知っていることはこれで全部です。ノックの音は聞こえなかったのですが、そのときストラットンが入ってきました。サーストンが何を言おうとしているのか、なんとか聞き取ろうとしていたんです。だから、ストラットンが話しかけてくるまで彼がいることは知りませんでした」

「ありがとう、ヘイル」ロジャーズが静かに言った。「もう一つ、訊きたいことがあるんだ。通路に犯行現場から逃げていったと思われるような誰かの姿が見えたかね？　君が部屋に入る前に犯人が逃げていったような形跡はあっただろうか？」

「いいえ。誰も見ませんでした——間違いなく。つまり——通路の向こう端に誰かいたかもしれないけど、はっきりとはわからなかった。例え見たとしても誰だったかまではわからなかったかと」

「部屋の中にいたのはサーストン一人だけだったかね？」

「ええ、そうです——人が隠れるような場所もありませんでした」

「わかりました。ああ——ストラットン、もう一つ質問が——」

「はい？」

「君は自分の部屋に戻ったのかね？　キングスリーがサーストンの遺体のそばにいるのを見つけて、その場を離れた？」

「いいえ、そうはしませんでした。そのままその場に留まりました」

「ありがとう。それではジョン」——ロジャーズはジョーの飼育係の方を向いた——「君が知っていることは？」

「ええと、こういうことです、ミスター・ロジャーズ」男はおずおずと話しだした。「僕が何も知らないとお思いでしょうね。まあ、その通りかもしれませんが。僕はジョーの檻のところにいました。ジョーのことを思いながら見てまわっていたのです。ちょっと感傷的になっていまして。灯りはもちろん点けていました。ジョーの代わりに他のゴリラが来ないのなら、この檻を何に使おうかと考えていました。突然、誰かがドアを摑んで、慌てて入ってこようとしました。そのとき、僕の姿が見えたようです。ドアがピシャリと閉まり、そして――それで全部です。話せることは」

「誰だったか見ましたか？」

「ドアに背中を向けていたので。振り返る前にドアが閉まりました。けれども、そんなに大きな音ではなく、バタンというような、力の入ったしっかりとした音でした。僕は檻から出て通路を見ました。でも、誰の姿もありませんでした」

「そのあと、どれくらい経ってサーストンの部屋で騒ぎが起こりましたか？」

「なんとも言えないです、ミスター・ロジャーズ」

「ありがとう、ジョン。それから」――ロジャーズの視線が、テーブルの上に肘を突き、椅子の上に立っている小人に向けられた――「ミスター・マーフィー、お話しされることは？」

小さな男はすぐに尊大ぶった態度に出た。ポケットから大きな葉巻を取り出し、真珠の柄のポケットナイフで端を切り取った。葉巻を口にくわえ、すんなり返事をする前に探るようにロジャーズを見つめ、甲高い声をだした。

「ここで起こったことは何も目にしていないよ。最初に殺人について知ったのは誰かが俺の部屋のドアの前を通り過ぎていくのが聞こえたからだ。また殺人事件が起こったと話している声が聞こえた。それから通路に出て、何が起きたか見にいこうかと歩き出し、サーストンが殺されているのを見つけたんだ」

「なるほど」小人が言葉を切ると、ロジャーズが言った。「ここで起こったこととそれがどう関係するのですか？」

小人は答える前に葉巻に火を点けた。「今まで動機については誰も語っていないようだが、ロジャーズ。殺人においては、いつだって動機があるものだろう」

「私もそう思います。この件の動機について何か知っているのですか？」

「まあね――いいかい、重要なことだよ。今日の夜、夕食のあと、ウッズ船長がサーストンに話しているのを聞いたんだ。ドリス・マーティンにつきまとって言い寄るのはやめろと。さもないと首をへし折ると。サーストンは船長を口汚くなじり、ほっといてくれと言った。船長は殴りかかろうとして――」

「なんだって、このちびの裏切り者！」ウッズ船長は怒りを爆発させ、小人に摑みかかろうとした。小人はうろたえ、椅子から慌てて飛びだした。「おまえの首を絞めてやる――」

「本当なんですか、船長？」きびきびとしたロジャーズの声が割って入った。

「その――」部屋の隅の安全な場所へ移った小人を見つめながら船長は答えた。「はい、本当のことです。サーストンは彼女に対してははっきり意思表示していました。彼のような男は彼女にはふさわしくない。彼は浜辺にいた浮浪者に過ぎない。私ははっきりそう言ってやった。でも、そう言っただけだ。それ以上のことはやっていない」

第二十六章

　ウッズ船長は遺体をそのままにして個室のドアを閉め、鍵をポケットに入れた。凶器は引き抜かれ、船長はその恐ろしいものを手に、この最新のニュースを船橋にいるドリス・マーティンに伝えにいくところだった。慎重に彼女の横を通り、自分の部屋に入った。すぐに金庫の扉が閉まる音がしてダイヤル錠がまわされた。それから、我々が待っている場所へと事件を伝えるために戻ってきた。

　彼女は取り乱すことなく真剣な顔で話を聞いていた。口をしっかり引き結び、黒い窓に向かって真っ直ぐに立っていた。窓からは生ぬるい熱帯地方の風が入ってきた。船長が依頼すると、ロジャーズは既に行われた調査について概略を話した。小人が船長を糾弾したことも省かずに伝えた。サーストンが彼女に言い寄ったという話になると、一瞬、彼女の顔に困惑が浮かんだが、すぐに消えた。

「ヘイルから聞きました。サーストンと口論になったと」彼女は述べた。「そして、仲直りするつもりだと言っていました」

「キングスリーが真実を述べているといいのですが」狡猾な口調でウッズ船長が言った。それによって何かを示唆しようとしていた。

「そうではないと考える理由があるのですか？」ドリスが尋ねた。

「うむ——いや。ただ彼がもっとも厄介な立場にいるということです、ミス・マーティン。遺体の上に屈み込んでいるキングスリーをポール・ストラットンが目にする前に何が起きたかは、キングスリーの言葉を信じるしかありません。ストラットンの意見は違うようですが――実際、彼は否定しました――私が思うに、ストラットンはキングスリーが殺したと信じているに違いありません」その固い声にはためらいが感じられた。ウッズ船長の態度は他にも暴露することがあるのを暗にほのめかしていた。

「続けてください」ドリスが穏やかに指示をだした。「他に何を知っているか話してください、船長」

「キングスリーのことです」嫌々ながら、というように彼は話しだした。「偶然ですが、マニラであることが私の注意を引いたのです。そのことについてはずっと黙っていました。なぜなら、私はキングスリーに反感など抱いたこともありませんから。いったいどういうことなのか、私にはよく理解できませんでした――イン・ユエン・シンが殺害されるまでは。そのときですら信じられませんでした。事実、どうしてそのようなことになったのか、今でもわかりません。しかし、もちろん、我々はしっかりと目を向けなくてはなりません――真実にです――」

「要点をお話しくださいませんか、船長？」ドリスが要求した。

「わかりました。お話ししましょう。私はマニラでインのオフィスに座っていました――正確にはオフィスの外に――ある件について〈サーカス・クイーン号〉の船長と所有者が話し合う必要があったのです。誰かが中でインと言い争っているようでした。その人物は脅しの言葉を吐き、インの不正について糾弾していました。最後にドアが開き、ひどく憤慨したヘイル・キングスリーが出てきました。インと話すために座って待っていた私の方を見ずに、彼はオフィスから出ていきました」

「そのことがどう関係するのですか、船長？」ドリスの声は穏やかなままだった。

「どうやらキングスリーはインから金を借りていたようです――のちにインからそのことを聞きました。ミンダナオ島でココナツ農園を経営するための金です。彼は利息の支払いを怠っていました。それで、インは抵当となっている農園を処分するしかなかったのです。キングスリーには全額を返済するなど不可能でしたから。それで、彼はインを脅していたのです。ののしり、暴力的な言葉を吐き、そして――」

「そして、なんですか?」

「そして――インは死にましたよね? サーストンとキングスリーも敵対していたじゃないですか? そして、サーストンは死んだ。どちらの場合もナイフはキングスリーのものだった。それはキングスリーも認めている。そうですよね?」

「言い換えると、あなたはキングスリーを殺人の罪で告発しているのですね」

「お願いです――ミス・マーティン、私は告発しているのではありません。ただ、あなたが事実に注目するよう計らっているのです。厳しくも断固たる事実に。それをどう解釈するかは私の仕事ではありません。ここにいる教授の仕事です。私に言えるのはこれだけです。ロジャーズ教授が犯人を突き止めたら、私が足枷(あしかせ)をはめる。それがキングスリーでないことを願っています」

どこまでも気取った、もったいぶった言葉だった。まるで隠していることがあるとほのめかしているような。他にもとんでもない事実を知っているが、それを我々に教えるつもりはないと言っているようなものだった。

「ヘイル・キングスリーがマニラでインを脅迫していたなんて、わたしには信じられません、教授」

わたしは口を出した。

船長は両手を大きく広げて言った。「どうぞお好きなようにお考えください、ミスター・ラスク。私が聞いたことは事実ですから」いやに愛想の良い声だった。

「何の解決にも至らないようですね」ドリスの言葉は簡潔だった。

スーザン・ポーターはこういったやり取りのあいだ、そばで立って聞いていたが、ずっと口を閉ざしていた。やがて、少しそばに寄り、口を開いた。「それで、どうするつもりですの、船長？ドリスはどうなるのでしょう、もし犯人がまだ捕まっていないのなら？　すぐに逮捕して海に投げ入れ、サメの餌にでもしたらどうなんですか？」

「それはできません、ミス・ポーター。ロジャーズ教授が真犯人を見つけるまでは。今のところ誰にも被害は及ばないと教授は考えています。教授自身の他には――」

「それは本当ですか、教授？」ドリスは鋭く問いを投げかけたが、その声はかすかに不安を帯びていた。

「それが本当かどうかはわからないが、ドリス、君とウッズ船長は今夜も寝室を取り替えた方が賢明だと思う」

「でも、教授は？」

「私のことは心配しなくてもいい。危険が差し迫っているわけではないから。事実、単なる脅しに留まるかもしれない。これまでの計画が成功していることで犯人はかなり自信をもっていると思う。犯人は切り札を出して、私を出し抜こうとするだろう。自分の方が一枚上手だと示すために。ただ犯人が失敗したときには危険が私に及ぶだろう」

「それでは、用心なさっていらっしゃることでしょう、教授？」スーザン・ポーターは心配そうに訊いた。

「当然です」

会話はしばらく他の問題へと移っていった。ドリスは何か考え込んでいる様子で不意にウッズ船長の方を向いた。

「ミスター・サーストンのお葬式はどうなさるのですか?」

「明日の朝、埋葬します。遅くならないうちに。ここは熱帯地方ですから、ジャワに着くまで遺体を適切に処置することはできません」

「海に埋葬を?」ドリスが訊いた。その声は奇妙なほど不安気だった。

「はい」

「だめです、そんなこと! また繰り返すなんて」彼女は抗議した。「今日の午後で、わたくしにはもうたくさんです。これ以上耐えられません。今は無理です。お願いします」

「私にどうしろとおっしゃるのですか、ミス・マーティン?」船長が尋ねた。「そうする必要があることは、はっきりしています」

「ええ、わかってます」追い詰められたような眼差しだった。「でも、何か他に方法はありませんか?」

「これ以上、彼女は耐えられないのです、船長」スーザン・ポーターが取り成した。「サーカスのオーナーとして彼女は立ち会わなければなりません。みんながそれを望んでいます。彼女は疲れ切っています。ちょうどゴリラのお葬式が終わったばかりで。お葬式のあいだじゅうも、ずっとカービー・マーティンのことを考えずにはいられなかったはずです。ええ、わたくしもそうでしたわ」

「あんなに深い、恐ろしいほど深いところに葬られるなんて。人が永遠の眠りにつくときには深い水のなかではなく木々や花があるべきだわ。それから土も。どこかそういった場所を見つけられないでしょうか、船長？　ヴァンス・サーストンのために」ドリスは懇願した。

「そうですね——」

「島がありますわ。今日、たくさんの島を見ました。その一つに明日立ち寄ることはできませんか？彼を岸に上げて通常の形で埋葬できないでしょうか？」

「ええ——できると思いますが」

「どうかそうしてください、船長。わたくしたちが彼にしてあげられる最後の配慮です。お願いです」

「いいでしょう、ミス・マーティン。あなたがそうお望みなら」

この奇妙な航海において、また一つ奇妙なことがおこなわれようとしていた。詳細が詰められた。ドリスとスーザン・ポーターが船長のキャビンを使用することを確認し、我々はデッキをあとにした。船長とデッキハウスで別れ、彼の依頼でロジャーズと下の階に行き、ヴァンス・サーストンのために棺を注文することになった。

ハリー・バートレットを寝床から起こし、船底にある木工場へ向かった。適した材料があるか、大工は頭を悩ませているようだった。作業場に着くと、新しい未使用の木材が充分にないことがわかった。ギラギラと光る裸電球の下に立ち、我々は状況について思案した。

「俺の考えを説明しよう、ミスター・ラスク」隅の暗がりに目を凝らして木材を突きまわしたあと、大工が提案した。「ここに、ライオンの檻に使っていた古い板切れがある。上質の木材だ——マホガニーだ——ここにある中では最高のものだな。素晴らしい棺になるはずだ。ただ、葬式の前にペンキを塗り替える時間がない。ペンキが乾かないだろうから」

「現在は何色なのですか？」ロジャーズ教授が尋ねた。

「赤地に黄色い文字が書かれている。いつもサーカスで使われているものだ」

ロジャーズは身振りで決定権をわたしに委ねた。

「立派な棺ができるぞ、ミスター・ラスク」大工が言った。「ここにある短い板を使うよりはな。マニラでいくつか新しい木材を仕入れる予定だったが、カービー・マーティンがなくなってゴタゴタしてたからね。サマランで調達することになるだろう。埋葬するのはサーストンかい？」

「そうです」

「なるほど、マニラで木材を調達させてくれなかったのは彼だ。だから、間に合わせのもので我慢しなきゃね。彼自身の責任だ」

「彼はサーカスの人間だった」目を輝かせてロジャーズが口を挟んだ。「反対はしないでしょう。派手なライオンの檻で作った箱に入れられても」

「反対する権利はないはずだ」ハリー・バートレットは真剣な顔で意見を述べた。「俺がもしその箱に入れられても誇らしく思うよ」

「わかりました、ハリー」多少懸念を抱きながらもわたしは同意した。「そうしましょう。なんとかミス・マーティンに説明してみます」

「サーストンの身長はどのくらいだったかね、ミスター・ラスク？」

「ええと——彼は背が高かった」漠然とわたしは告げた。

「だいたい、わたしと同じくらいでした」ロジャーズが言った。

ハリー・バートレットはロジャーズの大きな体に視線を投げかけた。

「あんたほど体重はなかっただろうが、測ってみてもいいかね?」ロジャーズが抗議する間もなく、大工は物差しを取り出し、ロジャーズの肩幅を測った。「大きさは充分足りるだろう」

「すまなかったね、ハリー。寝ているところを邪魔して」この痛ましい仕事を彼に委ねながらわたしは謝った。

「そんなことはないよ。眠っていなかったからね。どういうわけか朝まで続けて眠ることができないんだ。とにかく、誰がやったんだ? サーストンを殺すなんて」電動のこぎりのスイッチを入れながら彼は問いかけた。

「それが、まさに我々が知りたいと思っていることなんです」ロジャーズが答えた。「この船の上で何か怪しげなものを目にしませんでしたか?」

「そうだな――見たとも言えるし、見なかったとも」けばけばしい色の板にのこぎりを入れ、無残にも端まで裂いていった。

「それは、どういう意味ですか?」

「まあ見たのかもしれないし、見なかったのかもしれない。どう捉えるかによるなあ。カービー・マーティンは、あの真珠を全部どこへやったんだろう?」

「真珠?」わたしは尋ねた、ロジャーズは瞬時に興味を抱いたようだった。

「いくつか大きな真珠を持っていたはずだよ。もし、このただれ目のせいで見間違えたんじゃなければ!」

「つまり、真珠とは宝石の真珠のことですか？　それをたくさん持っていたと？」キビキビとした声だった。

「それ以外の真珠なんてありゃしないよ、ミスター・ロジャーズ。もちろん、俺は見たことなどないがね。でも、マイク・ペイトンという男が見ているはずだ。その男はサーカスの小道具係の親方で、バタビヤで酔っぱらって港に落ちておぼれ死んだが。まあ、事故だ。カービー・マーティンが机の上に真珠を出しているとき、マイクが偶然それを目にしたんだと。目をつぶるほど眩しかったって。太陽を見たときみたいに。マイクがそう言ってた。しかし、それはどうなったんだろう？　カービーが売ってしまったんだろうか？」

「まったく知らなかったよ、ハリー」わたしはそう答えた。

「売ってしまったとは思わないが、この古い船のどこかに隠したのかもしれん。それを見つけようと目を光らせてる奴もいるからな」彼は厚板にもう一本の線を記し、再びのこぎりが無残に固い板を裂いていった。甲高い音を立て、その端の自由を目指して走るように。

「誰が？」

「大勢さ——全員の名前をあげることはできないくらい。昨日、あのマーフィーという小人を作業場から放り出したところだ。用のないところをあちこちあさっていた。あいつが何を探しているかはわかってたからね。ああ、もう一人いた。エドウィーナ・ナイルズのキャッチャーだ。マニラに残ったが、奴らも密かにマニラに着く前に探していたようだ。ライオンの調教師、エド・マクファーランド、彼も何もしてないような顔でうろついていた。綱渡りのジャック・フォーリー。一人でデッキをうろついてたな。一時間ほど前キャビンに降りてゆくと、ジョーが入っていた個室から出てくるところだった。わしに見られていたとわかると、ばつの悪そうな顔でコソコソと立ち去ったよ！　それから、フォーリーのことだが――この船でナイフ投げをやってたことがある。なかなかの腕前だ。二十フィート離れたところから壁にとまったハエを仕留めたのを見たことがある。見事だった。あいつを見張っていた方がよさそうだ」

棺がそれらしい形となるまで我々は大工のそばに立っていた。やがて時計を見ると、十二時を過ぎていた。ロジャーズはすっかり黙り込んでいた。まるで派手な棺に魅了されたかのように。ようやく引き返すことになり、個室へ上がった。そのとき、わたしは白状した。

「すいません、宝石のことですが。マニラでエドウィーナ・ナイルズからそのことを聞いていたのですが、伝えるのを忘れていて――」

「いえ、謝る必要はないです」彼は言った。「道化師になった夜から、そのことは知っていました。エドウィーナから聞いたんです。何と言ったらいいか」彼は深く息をついた。「そのうち目が覚めて、この奇妙な出来事すべてが結局は夢だったと気づくのではないだろうかって、そんな風に思えてきたんです」

第二十七章

暗い海岸線の彼方から太陽が燃えあがり、長い指に似た雲が火を灯すかのように、その頂点へと伸びて消えていった。目が覚めたとき、ロジャーズは鏡の前で静かに髭を剃りながら、ときおり起きているかどうか確かめるようにこちらへ視線を送っていた。髭剃りを終えると、わたしは熱を帯びたマットレスを丸めて大きなあくびをした。

「いいですか」彼が話しはじめた。「昨夜の棺のことですが、板の裏側は確か派手な赤ではなかったはずです。黄色い文字も入っていなかった」

「それが何か?」

「どちら側を棺の上にするか、ちゃんと取り決めをしなかったので。そうすべきだったかもしれない」

「ええと、そうですね、まあ問題ないでしょう。ハリー・バートレットはそのような件に関してちゃんと分別を持って対応できるかと」わたしは再びあくびをした。「今朝早いうちにドリスに会ってきます。そして、その件について話しておきます」

ロジャーズは舷窓から外を見た。「今のところ、こちら側には島影らしきものは見えないな。他の方角はわからないけれど」

「いずれにせよ、朝食が終わるまでは船を停めることはないでしょう」

そして、その通りとなった。船が停泊したのは午前も半ばを過ぎてからだった。それまでのあいだ憂慮すべき展開があり、それが朝の時間を彩った。ジョン・トーベットが食堂のドアの外で待っていた。わたしは空腹だったため、いつも個室でとるコーヒーとロールパンでは物足りなく食堂へ出ていた。

「ちょっとお時間をよろしいですか、ミスター・ラスク？」淡い青色の瞳に深刻そうな表情を浮かべて彼が言った。

「ああ、もちろん、どうしたんだい？」

彼は手に負えない秘密を抱えているかのように落ち着かない様子だった。「ちょっとお見せしたいものがあるんです。意味がよくわからなくて」

「この船で起こっていることと関係があることかね？ つまり――」他に漏れないように声を落とした。

「どうも奇妙なんです」

「それではロジャーズ教授を探して、そのあとで見に行くよ」

「ええ、わかりました」

ロジャーズはコーヒーを飲み終え、すぐに出てきた。ジョン・トーベットを筆頭に三人で左舷の階段を降り、ゴリラがいた檻のあるドアに向かった。

「ここなんですが」ジョンは後ろのドアを閉め、鍵をかけてから説明した。今度はスチール製の檻のドアを開けた。鍵はかかってなかったため、そのまま中に入った。すべてが不可解だった。「今朝さっそく檻を洗おうとしていたら、これを見つけたんです」

「何を見つけたのかね、ジョン？　いったいどういったことなんだい？」わたしは問いかけた。

「ええとですね、本当に不可解なんです」落ち着いて彼は答えた。「この檻には数えきれないほど足を運んでいますし、何百回も洗っているはずなんですが、床に秘密の仕切り部屋があるなんて今まで知らなかったんです」

「秘密の仕切り部屋？　どういうことかね？」ロジャーズは足元を見下ろし、固く無機質な金属製の床に目をやった。「檻は台座か基礎の上に適切に設置されているようだが。下にそういったものを作るスペースは充分ありそうだ」

「そうなんです、ロジャーズ教授。ここにいるあいだ、そんなことは考えもつきませんでしたが。でも今朝、ほら、ここです」彼はスチールの寝台が置かれた床の隅の方に身を屈めた。「脚掛けの下になっている、このプレートがわかりますか？」

「ああ」

「この足掛けは実際は使われていなかったんです。寝台の角を天井のバーで吊っているんです。ですから、プレートに降りているこのバーは偽物みたいなものです。ちょっとは支えにはなってますが、でも、見てください」彼は足掛けになっているバーを上にあげ、ひねって向きを変えて外し、二本の指を穴に入れた。そこはバーが入っていた受け口だった。六インチ四方のプレートを持ちあげて床から取り出すと、ぽっかり浅い穴が空いていた。「今朝、床を洗おうとやってきたら、こんな風に開いていたんです」

「うーむ！」ロジャーズは唸りながら屈み込んだ。

「いつもここに出入りして、この脚の部分を見てましたが、ここが秘密の隠し場所だなんて考えたこともありませんでしたよ。誰もそんなこと思いつかないでしょう?」

「その通りだな、ジョン」この奇妙な発見によって様々な考えが頭によぎった。「それで、中に何か見つかったのかね?」

「何もないでしょうね」ロジャーズは予言した。

「ええ、何もありませんでした」ジョン・トーベットがはっきり告げた。「中を見たら、空っぽでした」

ロジャーズが穴の方へ身を乗りだし、端から端まで点検し、深さを手で確認した。一度手を引っ込め、それから大きな指で赤い糸をつまみ上げた。金属製の穴の小さな割れ目に挟まっていたものだった。注意深く指で挟みながら札入れの紙のあいだにしまった。

「それがあらゆる可能性を示しているのではないでしょうか、教授?」わたしは意見を述べた。

「同感です。それにしても、カービー・マーティンにはまたしても驚かされた。貴重なものを隠すには完璧な場所だ。たいていの者はゴリラを恐れるからね。誰がゴリラの檻に入ろうとするでしょうか? カービー・マーティンやジョンの他に?」

「ええと、そんなに多くはいませんよ、教授」ジョン・トーベットが請け合った。「あなたの言う通りみんな怖がっていましたから。実際は無害なのに」

「そのうえ」ロジャーズは考え込んでいた。「どの角度から檻を見てもほとんど何もないように見える。あるのは寝台だけ。床はどう見てもなめらかな鋼板にしか見えない。檻の中に宝の隠し場所があるなんて誰が想像するだろう。まわりの様子から見ても宝物があるような気配も感じられない」

「なぜカービー・マーティンが夜中に一人でここにきたのか、おそらく、これで説明がつく。表向きはジョーを見にきていたが、実際は必要に応じて金庫を開けにきていたんだ」

「その通りです、ミスター・ラスク。理にかなった説明です。しかし」彼は口をすぼめ、立ち上がった。「ここに何があったかわからないが、今やなくなってしまった。現時点で重要なのはそのことですね」

「わかってます」

どのような決定がくだされるか、ジョン・トーベットはその場で待っていた。そして、ロジャーズから指示が下された。「そこを閉じてくれないか、ジョン？　それから」一瞬口を閉ざし、言葉を慎重に選んでいるようだった。「このことは誰にも決して言わないように」

「言いません、決して」

隠し穴を閉じるまで待ち、それから檻を出た。トーベットは檻を洗うためにそこに残り、ロジャーズとわたしは外に出た。

「まずはヘイル・キングスリーを探して、それからドリスのところへ行こう」歩きながら考えにふけっているようだった。キングスリーはデッキにいた。手摺りに寄りかかり、十五フィートほど向こうの海に浮かび上がった小さな島の輪郭を目で追っていた。

「一緒に来てくれないか、ヘイル」ロジャーズが要請した。「一緒にボスのところへ行こう」

「はい、もちろん」怪訝そうな顔でキングスリーは答えたが、何も訊かず、一緒に歩きだした。

ドリスはオフィスにいた。我々は開いたドアに近づいていった。スーザン・ポーターは外の日陰になったデッキチェアに座っていた。本を読んでいる振りをしていたが、実際は若いいとこを危険から遠ざけようと見張っていた。

「どうぞ」我々の姿が見えると、ドリスが言った。「入って座ってください。何があったのかすべて話してくださいますか。時間やら賃金やらについて議論しにきた派遣団のようですわね」

「あなたの個人的な問題について議論しにきたのです、ドリス」ロジャーズが話しだした。「あなたの気に障らないといいのですが、しかし、いずれにせよ、お話しした方がよいでしょう。避けては通れないことですから。もちろん、我々はみな知っています、あなたがおじ様からサーカスを受け継いだことは。我々が知りたいのは、サーカスの他にどのような財産があったのかということです。どこかの銀行に預金があったと思いますが――」

「ええ、ありました、だいたい――」

「いえ、金額を聞く必要はありません。ただ貸金庫はありましたか？」

「いいえ、教授。一つも見つかりませんでした。マニラのミスター・ハバードが知る限り一つも。すべての銀行を調べましたが」

「一つも見つからなかったのは当然だと今ならわかります。おじ様は財産の目録を残しておられましたか？　サーカスや銀行の預金以外で金銭的価値のある物について書かれた書類はありましたか？」

彼女は頭を横に振った。「サーカスと銀行預金がすべてです。財産の一覧などはどこにもありませんでした」

「あなたの弁護士は他の財産について何一つ知らなかったのですか？」

「ええ、何も」

「よくわかりました」ロジャーズはかすかな笑みを浮かべて言ったが、それから口元を引き締めた。

「あなたへの質問はこれで終わりです。今度はキングスリーの話を聞いてみましょう。彼は情報の宝庫ですから」

「すいませんが、ロジャーズ教授」追い詰められたようにキングスリーが言った。「そういったことについて僕は何も知りません」きっぱりと彼は宣言した。

「昨日」目を細めてドアの向こうの海を見つめながらロジャーズが話しだした。「会話の中でカービー・マーティンと上海のバブリング・ウェル・ロードを歩いていたときの話をしていたね。数年前、カービー・マーティンが長年取引をしているブローカーから真珠を買いに行くところだったと。覚えているかね?」

「ええ、真珠を買ったのは覚えています。かなり高価なものだったってことも」

「君が知る限り、他にも買っていたかね?」

「いいえ、他に買っているのを見たことはありません。でも、別のときに買った話を聞いたことはあります。真珠だけではなく、ルビーやエメラルドの石なんかを。一度、そこのデスクに座っていたとき、赤い紐で結わえたセーム革のバッグをカービーが撫でていたのを覚えています。カービーは言ってました。『ヘイル、この中に入っているものを見たら、きっと目玉が飛び出すぞ。でも、今日はまだ見せるつもりはない。これはちょっとした切り札だからな、老いぼれたサーカスが苦境に追い込まれたときの』僕が知っていることはそれだけです」キングスリーはそう締めくくった。「もう少し詳しくお話しできるといいのですが。どこにそれをしまったのかもわかりません。二年も会ってなかったので。売ってしまったのかもしれませんが。カービーは色々なことを話してくれましたが、決して全部話してくれたわけではありません」

ドリス・マーティンの瞳が好奇心とかすかな理解と当惑で輝いていた。キングスリーが話し終えても何も言わなかった。ロジャーズがもう一度その話題にふれた。

「真偽のほどはわからないが、昨夜、木工場でハリー・バートレットが――ほら、大工の男さ――話してくれたんだ。前にサーカスにいた者が、ヘイルが今話したように宝のコレクションを見たことがあると打ち明けたそうだ。目が飛び出るほどの代物だったと言っていたらしい。それで、私もそのような貴重なコレクションが存在すると確信している。確かに存在するんだ――船の上に」

「それはどこにあるのですか?」ドリスの問いは切実だった。

「それについてはどうやら広範囲に及ぶ捜索がおこなわれたようです。船は隅々まで調べられた――君の机が引っ掻きまわされたのはそのためです。ハリー・バートレットが宝を積極的に探し求めている人物の名前を何人かあげました。無礼なことは言いたくないが、もちろん亡くなった人も含めて。ミスター・カービーが海に葬られた夜、ヴァンス・サーストンがこの机を調べていたのはもっともな理由があったからだと思います。サーストンの部屋も同様に捜索されました。ヘイルの部屋も調べられ、ナイフが盗まれました。なぜか? こういった捜索はなんのためか? そういったコレクションが存在するという噂が船中に駆け巡っていたのです。そして、ついさっきジョン・トーベットが教えてくれました。君のおじ様がどこに真珠を隠したか――」

「どこだったのですか?」

「誰も想像がつかないようなところです。そして、サーカスに関わるあらゆる場所の中でもっとも理にかなった場所です。もっとも注意が行き届き、大事に守られ、常時監視されていた――彼が亡くなるまで」

「まあ、ジョーのことを言っているの？」

「そうです。そこが隠し場所です。いわば貸金庫の役目を果たしていたのです。檻の床の部分が」ロジャーズは説明を続け、ドリスは熱心に聞き入っていた。

「それで、真珠は？」やがて彼女が尋ねた。

「なくなっていました」

「いったい誰が？」

「それがわかればいいのですがね。多くの人間が探していました。しかし今、誰が手にしているか、わからないのです」

現在の状況について可能性をあれこれ探っていたとき、エンジンが不意に停まった。船は青い海の中で勢いを失い静かに漂っていた。

「船が停まるわ！　どうして――」

「島がすぐ向こうに」キングスリーが指摘した。

「ああ、そうだった――ヴァンス・サーストンのためね」

第二十八章

小さな島の海岸からおよそ二マイルほど離れたところで船は静かに停まった。とても小さな島で、深く青い海の上を漂う泡のように見えた。人間の頭蓋骨のように丸く滑らかな陸地の北側の斜面にはココヤシが女性の帽子の房のように突き出ていた。明るい緑色の浅瀬がそこを取り囲み、砂浜に打ち寄せる白波のラインが上陸地点を示していた。

ウッズ船長がデッキにあらわれた。「ここが我々の目的にかなった場所だと思います、ミス・マーティン」彼はそう告げた。「双眼鏡越しに見る限り申し分ないようです。無人島です」双眼鏡を渡されると、ドリスは無人と思われる小さな島を調べた。深い海底に基礎を成す小山の頂を見ているようだった。

「そうですね」ようやく彼女が言った。「そう思います」

すでに救命ボートから帆布のカバーが取り除かれていた。静まり返った中で吊り柱が揺れ、滑車がきしみ、我々を待つ棺のようにボートがそこに置かれていた。

「何人、上陸する予定ですか?」ロジャーズが尋ねた。

「かなりの人数だと思います」ドリスが答えた。「ボートは数隻あります。出席したい人には全員、来ていただきたいと思います」

救命ボートが一隻一隻水面に降ろされた。棒に群がるゴキブリのように、〈サーカス・クイーン号〉の錆びた側面にそっと寄り添っていた。凹甲板の下のウインチが轟き、棺に入ったヴァンス・サーストンの亡骸が船の横に揺れながら降ろされた。すでにサーカスの面々は梯子の先頭に集まりはじめていた。ヘイル・キングスリーの姿は見えなかった。一階下のデッキに降りると、ウッズ船長がいた。黒表紙の本を白い制服のコートのサイドポケットに入れている。リボルバーの入ったホルスターをバックルで留めた格好でキングスリーがあらわれた。

「蛇がいるかもしれないから――もしかしたら」そう言って銃をポンと叩いた。「念のため」

その瞬間、ウインチが本格的に音を立て、その轟音で水面が揺れ、釣り糸の先端にぶら下がった棺が降ろされた。わたしの横で動揺して喘ぐような声が聞こえた。

「まあ!」ドリスが叫んだ。「まあ! なんて恐ろしいことをするの!」

「お話ししたはずです」彼女に言い聞かせた。「ハリー・バートレットに用意できる木材はあれしかなかったのです」

「でも、こんなことになるなんて思ってもみませんでしたわ――こんな――本当に恐ろしい」派手な棺を見て彼女は嘆いた。しかし、間に合ってさえいたら文字の書かれた側を内側にするよう要求できたかもしれないとは説明しなかった。大工の良識を当てにしていたのだが、それは見事にはずれた。棺はゆっくりと揺れながら、待機しているボートへと降ろされた。側面に見える最後の三文字がカービー・マーティンの名前であることがわかった。『サーカス』という文字が、明るい赤を背景にくっきりとした黄色いブロック体で書かれている。

「なぜ、いけないのですか?」スーザン・ポーターが現実的な評価を下した上で、問いを口にした。

「ここはサーカスですよ。彼はサーカスの人間でした。何の違いがあると言うんです、棺が赤であろうと黒であろうと？」

ドリスは答えなかった。遠くの海を見つめていた。青く平らに伸びる地平線の上に熱帯地方の白い靄があがっていた。

棺はボートの漕ぎ座の高い部分に乗せられ、ライフボードとその漕ぎ手は後ろに乗り込み、墓穴掘りというぞっとするような仕事のために鋤やつるはしがまわりに積み込まれた――そして〈サーカス・クイーン号〉から離れ、白波の打ち寄せる砂浜に向かっていった。さらに三艘の救命ボートが降ろされ、棺を積んだ船のあとに続いた。哀れな男の亡骸に最後の敬意を払うため一列縦隊のもの悲しげな葬列が岸へと向かった。カービー・マーティンが上海の貧民街から救い出し、更生させようとした男だ。彼の人生もまた、主人の死という悲劇の後を追うように奪われたのだった。

ボートを漕いで岸に向かうあいだ、ほとんど会話はなかった。わたしはただまわりを見つめていた。ボートに乗っているたくさんの人々の中にドリス・マーティン、スーザン・ポーター、ヘイル・キングスリー、ハントン・ロジャーズ、ウッズ船長がいた。前方に漂っている船の右舷にポール・ストラットンの姿が見て取れた。彼の横で、楽隊の男が抱えるフレンチ・ホルンが日差しを浴びて光っていた。そのボートにはジャック・フォーリーも乗っており、隣でマーフィーという小人が煙草を吸っている。

〈サーカス・クイーン号〉は徐々に後ろへ遠ざかり、あくせくボートを漕いでゆくと、小さな島がだんだん目の前に浮かび上がってきた。波の音が激しさを増して襲いかかってくる。島に近づくにつれて、わたしは落ち着かなくなってきた。やがて漕ぎ手は動きを止め、船は緑色の海面に漂った。他の船が波をかき分けやってくるのを待った。ちょうど波が割れる場所を目指して巧みに船を操り、うねる波頭に乗り、勢いよく岸へ近づいていく。煮立つような波を抜け、波が引く前にうまく砂の上に乗り上げた。

小山のような島はごく薄い芝に覆われていた。我々のボートが浜辺に着くと、すでに砂浜から数百ヤード離れた場所で、つるはしやシャベルが柔らかな火山性土に突き立てられていた。残りの者は墓所ができるまで待った。海辺でぼんやりと、小さな貝殻や珍しい小石を見つけて楽しむ者もいた。キングスリーはざっと辺りを調べ、どうやら蛇はいないようだと述べた。そしてボートに戻り、ホルスターを外し、コートと一緒に漕ぎ座の上に置いた。太陽は容赦なく照りつけ、ジメジメした空気があたりを包んでいた。

ドリスは深く考えているようだった。陸に上がってからほとんど口を開くことはなかった。小さな子供のように貝殻を集めるいとこのそばを離れ、わたしのところへやってきた。そして、前ぶれもなく不意に話しはじめた。

「ヴァンス・サーストンが亡くなったからには」切実な声で彼女は言った。「統括マネジャーとして、彼の代わりを誰かに努めてもらわなくては。サーカスをよく知っている人間、とりわけカービー・マーティン・サーカスについて熟知している人間に。それから特別な問題に対処できるような人に」

「わたしの意見はすでにおわかりだと思いますが、ドリス」

彼女はかすかに眉をひそめ、エメラルド色の島の向こうに見える、青い海に浮かぶ〈サーカス・クイーン号〉を眺めていた。「サーカスで過ごした年月を考えると、あなたはサーカスを隅から隅まで知っているはずです、ミスター・ラスク。このサーカスに来てからもう二年ですね。すべての巡業先を経験したことでしょう。間違いなく今では完全に知り尽くしていると思います」

「聞いてください、ドリス」彼女が何を言いたいのか、うすうす感じ、わたしは異を唱えた。「この件に関して、あなたが考えていることは――」

「私はあなたにその役目を担ってほしいと提案しているのです。ミスター・ラスク」

「しかし、ドリス――わたしは広報係です。これまでもずっと広報係で他のことをするつもりなどまったくありません。ヘイル・キングスリーの何が問題なのですか？　彼はあなたの意向に従うはずです。サーカスのことを知っています。このサーカスを誰よりも――」

「どうか、ミスター・ラスク」彼女は苛立ったように私の言葉を遮った。「どうか、わたくしの申し出について考えてみてください」

　ドリスは愕然としているわたしを残して背を向けて浜辺を歩いていった。突如様子がおかしくなった彼女の背中に向かって、叫びたい気持ちだった。まったく驚くべき展開だった。彼女は完全に間違った方向へ進もうとしている。今、空いている統括マネジャーのポストには、ヘイル・キングスリー以外ふさわしい人物はいないというのに。わたしにはさっぱり理解できなかった。すっかり動揺し、ロジャーズがくつろいでいる場所へと急いだ。何があったかを彼に話した。彼は何の説明も推測も口にしなかった。ヘイル・キングスリーが墓を掘っていた場所からこちらへ向かってくるところだった。わたしは彼を捕まえ、ただ漠然と起こったことを伝えようとしたが、そうする前に墓所ができ、葬式が始まることを彼が告げた。

　ウッズ船長もその言葉を聞き、すぐに葬儀に取り掛かった。棺の担ぎ手が救命ボートから派手な色彩の棺を持ちあげ、できたばかりの墓を目指し坂道を運んでいった。この場で再びウッズ船長が小さな黒い本に挟まれた薄い葉っぱを指で辿り、ページを開いて大きな手のひらに載せ、祈りを捧げた。誰もが実際は好きではなかった男のために、最後の儀礼として集まっていた。たまたま我々の中に彼という人間がいた、それだけの理由だった。

讃美歌の最後の震えるような調べを耳にしても、ドリス・マーティンの頬にはジョーが海に葬られたときのような涙は流れなかった。卵型の顔には張り詰めたような皺が見られ、瞳は不安気だった。最後の言葉が終わると、端にいた人々が離れていき、シャベルの脇に立っていた男たちが動き出して墓穴を埋め、ドリスが前へ出て話しだした。

「血に飢えた悪しき者の犠牲者を、わたくしたちは、また一人葬ったのです」静かな声だったが、葬儀に出席した一行の端々にまで届いた。「その者は、おそらくわたくしの声の届く範囲にいるはずです。これらの恐ろしい犯行を手掛けた者を何としてでも見つけるつもりです。犯人がわかるまでそう長くはかからないと確信しています。でも、もし見つからず、犯した邪な行為を罰することができなかったとしても、神が決してお許しにならないでしょう。そして、その者が息をひきとる最後の瞬間、きっとこの寂しい無人島の墓を思い出すはずです。恐ろしく人里離れた、この寂しげな場所が、その者の心に最後まで暗い影を落とすでしょう」

ドリス・マーティンがそこで言葉を止めると、墓穴のような静けさが辺りを支配した。彼女は背を向け、去っていった。居合わせた観衆はやっと解放され、すぐに散り散りになった。墓穴を埋める憂鬱な仕事を課された墓掘人は、ヴァンス・サーストンの亡骸をそこに埋め、派手な棺を永遠に隠すように土をかけた。

その場から離れ、わたしはキングスリーと歩調を揃えて歩き始めた。薄い芝の上にカサカサと足音が鳴り、埋葬の祈りとドリスの言葉がまだ耳に残っていた。「彼女は芝居がかったことを言うつもりはなかったと思います。ミスター・ラスク」彼は悲しそうに述べた。「もちろん、芝居がかった場面もありました。でも、ああいった言葉がそろそろ出てきてもおかしくはないでしょう。サーカスの面々に効果を及ぼすためにも。みんなはサーストンが殺されて猫のようにびくびくしています。怯えているんです」

「おそらく、彼女はちょうどいい機会だと思ったんだよ」そう言って葬式の前に聞いたドリスの申し出について彼に話した。

「ぜひ受けてください、ミスター・ラスク」彼は熱心に訴えた。「あなたにはその資格があります」

「いいや、ヘイル、それは君がやるべき仕事だ」

「彼女は僕にその仕事を任せるつもりはない」厳しい顔で彼は言った。「僕はスマランでサーカスを出ていくつもりです」

「出ていく!」自分の耳が信じられず、声をあげた。

「どうして? 正気じゃない!」

「その反対です。それがたった一つ僕のするべきことです」

「どうして?」

「なぜなら僕にはドリスの心が読めるからです。彼女は疑いを抱いているんです。僕に対して。ヴァンス・サーストンの死に関して僕が真実を告げているか疑っているんです」

「そんなことはない!」わたしは異を唱えた。「そんなことはあり得ない」

「もしあなたが尋ねたら、ドリスはそう答えると思います。僕にはわかるんです。彼女自身よりも彼女の心がわかるんです。なぜなら、ずっと昔から知っていますから――ドリスが十二歳の頃から。コタバト海岸で彼女のことをずっと考えていた。じゃないと、おかしくなりそうで。よくわからないけれど――決して説明できないけれど――彼女がどう考えているか僕にはわかるんです。心に疑念を抱いているとき、どんな風に頭を傾けるか、どんな風に話すのか。そういったすべてを思い出したんです。そして今朝――真珠の件で僕たちが話をする前に――サーストンの殺害について話をしたんです。ロジャーズに説明したことを繰り返し伝えました――つまり、サーストンが殺されたとき、どうして部屋にいたのか、その瞬間、何を考えていたのか。どんな些細な反応でも思い出す限り。それから彼女は単刀直入に訊いてきました。僕がサーストンを殺したのかと。そして僕は――その質問に腹を立てた。なぜなら、既に話したことの中で潔白は証明されていたから。でも、彼女はその点をはっきりさせたがった。確実に一点の曇りもなく、潔白かどうかと問い詰めた。それで、自分が犯人ではないということを説明した。でも、彼女の心を疑念で曇らせてしまった、そして今、彼女は僕が潔白かどうか判断できずにいます。そう信じたいけれど、何かが違うんじゃないかと思わせている。それとも、結果が違った場合を恐れているのかも。とても複雑なことなんです、ミスター・ラスク。あなたの中にもまだ疑念が残っていると思います。でも、信じてください。唯一僕にできる高潔なことはスマランに着いたらサーカスを出ていくことです」

「君は大ばか野郎だ、ヘイル!」わたしは感情を爆発させた。「ちっぽけな自分の考えのために東洋一の職を退けるなんて」

彼はしばらく何も言わず、それから悲しげに述べた。「おそらく、あなたにも理解してもらえないと思います」

すでにみんなが浜辺のボートに集まり、船に戻ろうとしていた。ドリスとスーザン・ポーターはキングスリーのコートが置かれているボートに戻った。キングスリーのホルスターとおぞましいリボルバーが漕ぎ座の上に載っていた。墓から戻ってくるのは骨の折れる運動で、淀んだような空気に頭上からは容赦ない太陽が照りつけ、キングスリーはひどく汗をかきながらハンカチを出そうとズボンのポケットに手を入れた。そして、そこに入ってないことを思い出した。

「コートにハンカチが入っているはずだ」彼は言った。「今日はやけに太陽がこたえるな」

かすかに申し訳なさそうな笑みをドリスに向けて、漕ぎ座にあるコートに手を伸ばし、襟の部分を摑んで手探りでポケットのハンカチを探した。不意に何かに気づいたようだった。日に焼けた顔の深く窪んだ瞳が、驚きで大きく見開かれた。すぐにポケットから手を出した。何かを手に摑んでいる。それは、はっきりとわたしの記憶を呼び覚ました――記憶、つまり――その朝、デッキハウスでの話に出てきたことだ。カービー・マーティンが机の前に座り、赤い糸のついたヤギ皮の袋を手で撫でていたとキングスリーが話していた。

「どういうことだ！」その奇妙な言葉はドリスの注意を引きつけた。彼女の視線がわたしと同じところに留まった。「どういうことだ！　これはなんだ？」彼は我々の前にヤギ皮の袋を差し出した。握りしめた手の中には小さな弾丸のように見える物、つまり真珠か何かが入っているようだった。

即座に私の後ろで甲高い声が上がった。振り向くと、マーフィーという小人がいた。

「おい、みんな！」その小さな生き物が叫んだ。「見ろよ！　こいつがサーストンを殺したんだ！真珠を持ってるぞ！」

わたしは恥知らずな小人の襟首を摑み、怒りを込めて揺すった。「あれが真珠だって、どうして知ってるんだ?」

小人はキーキーと声を出し、下に降りようとバタバタ足を振り、ようやく地面に降りると叫んだ。

「みんな知ってるぜ、赤い紐のついたヤギ皮の袋には真珠が入ってるって」

第二十九章

サーカスのメンバーが小人の騒々しい声を聞き、何が起こったのか自分の目で見ようと、磁石に引き寄せられるかのように小競り合いをしながらまわりに押し寄せてきた。キングスリーの最初の一言でドリス・マーティンは振り返り、赤い紐のついたセーム革の袋を目を見開いて見つめていた。キングスリーはそれを手のひらにのせ、中身を指でそっと揉むように触って確かめていた。叫び声があがったとき、ハントン・ロジャーズは離れた場所にいたが、素早く人の輪の中に加わった。キングスリーの手の中の物を見て、柔らかな青い瞳が暗く翳った。不意に手を伸ばし、無防備な手のひらからそれを摑み取った。

「どこで、これを？」ロジャーズが問い詰めた。

「コートのポケットに入っていたんです」

「どうやって、そこに？」

「まったくわかりません」

ドリス・マーティンの青い瞳は二人にしっかりと向けられていた。一人からもう一人へと視線が移り、口を堅く引き結び、真実がはっきりするまで判断を保留にしているようだった。

「前からポケットに入っていたものではないと、あなたは断言できるのですか？」スーザン・ポーターは鋭い声で問いかけた。黒い瞳はキングスリーを非難しているようだった。

「スー、お願い――」気を揉んだドリスが遮った。

ロジャーズは魅了されるように手の上の袋をひっくり返した。その価値を推し量っているだけではなく、これまで取り組んできた問題を解決する道標と考えているようだった。

「何を見つけたんだ？」ウッズ船長の固い声がわたしの耳に届いた。うろついているサーカスの面々のあいだを通り抜け、騒ぎの原因を突き止めるようと前へ進みでた。

我々の視線はロジャーズの手の中にあるセーム革の袋に注がれていた。この瞬間、地球を揺るがすような大惨事が起きたとしても、カービー・マーティンのこの隠された宝から目が離せなかったはずだ。船上で何人もの人間が数日間に及び密やかな捜索を続け、それが今、ようやく人目にさらされたのである。不意にロジャーズが太い指で赤い紐をつかみ、袋を握っていた手を放した。彼のむこうみずな一瞬の動きに我々は息を呑んだ。彼は袋を逆さにし、中身を足もとの砂の上にぶちまけた。

いきなりぶちまけられた中身を目にして、わたしは信じられない思いだった。まわりの連中から喘ぎ声が漏れた。なぜなら、みんなが目にしたのは期待していた真珠やルビーやエメラルドではなく、今立っている場所から集められた小石や貝殻だったからだ。ロジャーズは袋を揺すって細かな粉塵を出し、また袋をポケットに入れた。そのあいだ失望や驚きの呟きや、信じられないといった声が一行からあがった。

ロジャーズはいつもの優しげな顔に暗い表情を浮かべ、こちらを見つめた。どこかイライラしたような声で、みんなに聞こえるように話した。「殺人犯は我々にちょっとしたいたずらを仕掛けたようだ。さあ、みんな、〈サーカス・クイーン号〉に戻った方がいいだろう」

驚くほどの厚かましさだった。殺人犯は自分の賢さを確信し、それをひけらかしているようだ。しばらくして救命ボートがサーカスの団員を詰め込み、船に到着した。〈サーカス・クイーン号〉が再び出発するまで、各々が今回の事件についてじっくりと心の中で検討しているようだった。

「これで問題が余計複雑になりましたね、教授」デッキの椅子に腰を落ち着け、わたしはロジャーズに言った。そばの日陰になっている場所ではドリス・マーティンとスーザン・ポーターがくたびれる一日を終え、うたた寝をしていた。「殺人犯は今や我々の手の及ばないところにいる。見つかる恐れのない確実に安全な場所に」

「その反対です、ミスター、ラスク」ロジャーズは異を唱えた。「重要な事実が提示された」

「どういうことですか？」

「カービー・マーティンの真珠は見つかりそうもない、ということがわかった」

彼が冗談を言っているのかと思った。しかし、その表情は真剣で瞳には今まで見たこともない強い意志が感じられた。

「それにしても――」わたしはなおも反論しようとした。

「我々が探すのをやめただけではなく、犯人もそれをやめた。なぜならもう手にしたからです。船の中の捜索はこれで終わるでしょう。サーカスの面々はそれが犯人の手に渡ったことを理解した。これ以上詮索することはないでしょう。誰も犯人の足跡を辿ることはできない。あえてそうする者はいないと思います。従って誰かが殺される可能性は極めて低くなった」

「ドリスはどうなんですか？」

答えるまでにしばらく間があった。「おそらく危機は去ったと思います。しかし、確信が持てるまで警戒を弱めるべきではないでしょう」

「それでは、我々は道標まで到達したということですか、教授？」

「間違いなく」

「それで、犯人の目星は？」

「選択肢は狭まりましたね」

「それで――それ以上のことをおっしゃる用意はありますか？」

「今の時点ではまだです、ミスター・ラスク」

太陽は血みどろの湯船に沈み、熱帯地方の闇が速やかに忍び寄ってきた。夕食は気の滅入る時間となった。船長のテーブルはいつもより一つ席が減った。誰の席かは皆わかっていたが。ヴァンス・サーストンはもういない。彼の人柄を惜しむというより、いつも手入れの行き届いた身なりでそこに座り、常に片眼鏡から横柄な態度でこちらを見つめていた彼を襲った悲劇に打ちのめされていた。

ドリスはテーブルにつき、キングスリーとわたしが準備したジャワ巡業の広告コピーを確認したいと言ってきた。それをのちほど彼女のオフィスに持っていったが、ちらりと見ただけだった。落ち着かない様子だった。二人で部屋の外の温かな闇の中に出ていき、手摺りに寄りかかった。スーザン・ポーターの猫のような瞳が、絶えず警戒しながら、いつでも危険を警告できるようにこちらを見張っていた。

「あんな恐ろしい冗談でヘイル・キングスリーをからかうなんて！」しばらく経って彼女が言った。

「それから、あのマーフィーという小人の甲高いののしり声！」

「まったく腹だたしい限りでしたね。葬式の後にあんなことが起こるなんて」

「まったくだわ」

それ以上、その話題は続かなかった。わたしは当惑していた。彼女の頭の中には今、何があるのか。なぜ、わたしを外へ誘い、暗闇の中に立って地平線のない黒い海を見つめているのか。

「考えてしまうんです」長い沈黙のあと、彼女は口を開いた。「今、直面しているこの恐ろしい問題をロジャーズ教授が解明したあと——教授はきっと解明するはずです。どんなことがあっても——そのあとのことです。果たしてわたくしにサーカスの長としての才覚が充分にあるのかどうか。生活の糧としてわたくしを頼りにしている人たちに対して責任を負えるのかどうか。見捨てたら、彼らは仕事もなく食べることもできない。そう考えると怖いのです」

「どうか心配なさらないでください」

「そう思っていても、どうしても考えてしまうんです」

「すべてを解決する秘訣は——自分に自信がないのなら——成すべき仕事をちゃんとこなせる人物を選ぶことです、ドリス」

「あなたは今、ヴァンス・サーストンとカービーおじのことを考えているのですね。カービーおじには統括マネジャーなど必要なかった。でも、わたくしには必要です。ヴァンス・サーストンはそれにふさわしい人物ではなかった。彼については詳しく知っています。あなたが思っている以上に。その仕事に適した人物ではなかった。マニラとサンボアンガで何が起こったかも知っています。そして、ヘイル・キングスリーがどう関わっていたかも」

「ヘイルはあなたに話さなかったはずです」わたしは指摘した。

「そのとおりです。それから、マニラで乗り込んできた中国人乗組員についてヴァンス・サーストンが嘘をついていたのを知っています。イン・ユエン・シンはギャンブラーたちがサーカスの団員から巻き上げたお金の歩合をサーストンに払う約束をしていた。ヴァンス・サーストンはそのことについてわたくしに嘘を言っていました。亡くなった人についてこのように話すのは気が進みませんが、最終的には解雇か降格、または何らかの処分が必要でした。そして事態は今、このようなことになって、彼の代わりを務めてくれる人が必要なんです。統括マネジャーというわたくしの申し出について考えてくださいましたか？」

「はい」

「それでは、受けてくださるのね？」彼女の声には強い熱意が込められていた。しかし、何かが足りないような感覚をわたしは抱いた。これで問題が解決するかのようにその声は訴えていたが、以前はあった情熱が欠けていた。

「その反対です。その役職についてはお断りするつもりです」

「それが最終的決断ですか？」

「そうです、決めたことです、ドリス。統括マネジャーという役職に就くぐらいなら、今の職を辞することを選びます」

彼女はしばらく口を閉ざしていた。「あなたの考えていらっしゃることはわかります」かすかに反抗的な挑発的な口調で彼女は言った。「あなたがどんなに高くヘイル・キングスリーの力を評価しているか」

「彼は東洋一のサーカスマンです。誰よりも明晰な頭脳を持ち、積極的でもっとも頼りになる男です。つまり、あなたが埋めたいと思っているポストには理想的な人間です」彼女は沈黙を続けた。わたしはさらに考えを述べた。「もしかすると、彼なしでもうまくやっていけるかもしれませんが。現実に、あなたはそうしなければならない」

「なぜですか?」

「今日、聞いたんです。彼がスマランでサーカスを離れるつもりだと」

「離れる?」その声には動揺が感じとれた。「なぜ?」

「あなたたち二人は、なんらかの理由でちゃんと向き合おうとしない。そして彼は今、耐え難い立場に立っている」

「よくわかりません。ミスター・ラスク」

「ヘイルにもよくわからないのです。彼は混乱しています——サーカス以外の出来事が原因で。この一、二年で色々なことが彼に起こった。そして、まだ自分自身を見つけられずにいる。彼は極めて理論的な人間ですが、同時に信じられないくらい敏感で想像力に富んでいる。ありとあらゆる個人的な問題について一人であれこれ考えを巡らせているのです。微妙な立場に置かれた今、状況を修正しようとする最後の望みがまさに消えようとしている。そして、彼は答えを出すことができずにいる」

ドリスは暗闇でわたしの腕に手を伸ばした。「ちょっと混乱しているようです。あなたが何をおっしゃろうとしているのか、わからなくて」

「我々は、あなたと新しい統括マネジャーについて話しているのです」わたしは鋭く指摘した。「昨夜、サンボアンガの設営地で彼が不意にあなたのもとから去っていったとき、あなたはその理由を知りたがった。わたしはそのとき言いました。おそらくいつかお話しするだろうと。そして今、それをお話しします」

「ええ」消え入りそうな声だった。

「二年前、カービーの願いに反して、ヘイルはココナツを育てるためにコタバト海岸へ向かった。彼が失敗したのはそこが白人の住む場所ではなかったからです。その土地に留まることもできた。先住民の女の子と結婚して、すべての野心も特権も白人としての自尊心も失って。しかし、彼は戻ってくることを選んだ。そして、自分が間違っていたとカービー・マーティンに話すつもりだった。ところが、ヘイルがマニラに着いたとき、カービーは既に亡くなっていた。そしてイン・ユエン・シンは抵当を流れ処分とし、彼を放り出した。なぜ、ヘイルはこのような決断をしたか？　なぜ、ミンダナオに残り、地元の女の子と結婚し、白人としての自尊心や抑制心を捨て去ることをしなかったのか？」

ドリスが口を挟めるよう、わたしは一呼吸置いたが、黙ったままだった。

「なぜなら」わたしは説明した。「言わば、彼は常に遠くの山の頂きを見据えていたんです。より高くより遠くにそびえる頂を。その頃には彼はそこから遠ざかっていた。さらなる理想を抱き、山の頂を目指し、それは誠意や忠誠心や献身、英雄崇拝を象徴するものだった。サンボアンガでモロ族に襲撃されるという事件がありましたね。それが、ずっとヘイルの心に重くのしかかっていた。なぜなら、そのことが原因で大切にしていたものから彼は遠ざかってしまったからです――率直に申しますが、ドリス、ヘイル・キングスリーはスピと呼ばれる小さな女の子をずっと愛していたのです。そして、今でも愛しています。しかし現在、ことは複雑になってしまった。彼女が想像していたよりもずっと美しく、ずっと魅力的に成長して戻ってきたからです。彼は、まだその小さな女の子を愛しています。現在のあなたのことはわかりません。それゆえより混乱し、より繊細になっているのです。

ヘイルが今朝、あなたに詳細を話したことは知っています。彼の考えも、ヴァンス・サーストンの殺害とどう関わっていたかも。彼は自分の潔白をしっかりと主張した。しかし、あなたは尋ねた。殺人を犯したかどうかと彼に率直に尋ねた。そして、疑惑を抱いていることも。わたしは願っています」一瞬、言葉を切ってから続けた。「その質問が単に不安から出たものであると。ただ単に確信するため、念を押すための。なぜなら、あなたにとっては彼の潔白がとても重要なことだった。わたしにはそのように思えるのです、ドリス——わたしは世間の父親が娘に接する以上に率直にあなたにお話ししています——彼はずっと前からあなたを愛していた。しかし、自分の身に何が起きているのかわからなかった。彼を統括マネジャーに指名する決定をくだす前に、どうかこれらのことをよく考えてみてください」

「ありがとう」彼女はようやくそれだけ言った。かすかに喘いでいるような声だった。

「お話ししましたとおり、彼はスマランでサーカスを去る予定です。さて、よろしければ、あなたとミス・ポーターをしっかりお守りするため船橋までお送りします。それから、ロジャーズ教授がどんな様子か見に行きましょう」

第三十章

ロジャーズの居場所は簡単には見つからなかった。普段いるような場所を探したが、そこにはいなかった。彼と共用している個室は暗く、寝床に入るにはまだ時間が早かった。わたしはデッキへ引き返した。暖かな夜で、サーカスの団員はまだデッキチェアでくつろいでいた。なぜ彼の姿が見当たらないのか不思議に思った。いつもはこんなことがなかったのに。

そのとき、ある光景が浮かんだ。先日の夜、右舷側の個室でロジャーズがギャンブルのテーブルのそばに立って、ナイフ投げがいるか調べていた。なぜかはわからないが、彼がそこにいる気がした。一方で、いないことを確認したい気持ちもあった。

扇風機の眠りを誘うようなブンブンいう音だけが耳に響いた。ドアを押し開けると中は人でいっぱいで、ギャンブラーたちが今まさに賭けに出る瞬間だった。ウッズ船長がカードを投げ捨てた。太った丸顔の中国人がチップをかき集めカードを回収した。

「座るかね、ラスク?」船長がこちらを見ながら言った。

「今夜はそんな気分じゃなくてね」

ウッズ船長は値踏みするようにわたしを見て、それから皮肉を込めて言った。「なるほど、掲示板の警告を読んだってことか。若いお嬢さんはギャンブルがお好きじゃないようだね」癪に障る言い方だったが、わたしは何も答えなかった。「さてさて、ポーカーの名手ならどうすべきか？　君はどうする、ポール？」山積みになったチップの後ろに座っている道化師の方を見た。

「我が意を得たりってとこですね、船長」ストラットンが答えた。

「あなたの相棒も遂にはじめたようですね」左側にいるロジャーズを示しながらストラットンが言った。ハントン・ロジャーズは顔に奇妙な表情を浮かべ、わたしを見た。半分間が抜けたような、そのニヤリとした目つきに驚いた。顔が赤らんでいるようだ。いつものきちんと櫛を通した髪がかすかに乱れ、シャツの襟もとが首のところで開いていた。中途半端に結んだネクタイが斜めにぶら下がっている。

「やあ、やあ、これは、おやじさん」太いダミ声が言った。「入ってくれ」

ポール・ストラットンは大様な態度でロジャーズを見つめ、それからわたしにウィンクをした。

「彼はどこで腕を磨いたのか、教えてくれないんですよ、ミスター・ラスク」

「それは秘密でね」ばかみたいににっこり笑ってロジャーズは言い返した。自分のカードを拾い集め、それらを念入りに調べ、掛け分を次第に増えてゆく山の方へ放った。

テーブルの向こうで、ジャック・フォーリーがかすかに不快な表情を浮かべ、ロジャーズを見た。彼は手札を全部投げ出し、下唇を噛んで座っていた。マーフィーという小人は葉巻を口の端に大事そうにくわえ、ツーカードと叫んだ。そのときドアが開き、目を上げると、ヘイル・キングスリーがいた。

「これは、これは、おにいさん」ロジャーズが呼びかけた。

キングスリーはぶっきらぼうに返事をし、この光景に驚いているかのように目を細めてロジャーズを見た。

「今、目にしている光景が気に入らないのかね、キングスリー？」船長はイライラしたように言った。

「入ったらどうかね。掲示板なんてクソくらえだ」

「個人的に僕はボスの意向に従うつもりです」静かにキングスリーは答えた。

「言っちゃなんだが」甲高い声で小人が言った。「インとサーストンはチップを現金に変える前に、とっとと片付いちまったからな。相も変わらず日曜学校のピクニックがだらだら続いているようなもんだ、この〈サーカス・クイーン号〉の中は」

「そうだな、じいさん」ロジャーズは同意した。「おっしゃるとおり」

「だれがあいつらを殺したか、いつ俺たちに教えてくれるんだ？」小人が訊いた。

「明日」ロジャーズが答えた。自分の言葉に驚いているかのようだった。「明日になったら、全部白状するよ。ぜーんぶだ。名前も。ぜーんぶ、教えてやるよ」

「どうして、今すぐじゃないんだ？」船長があざけるように言った。

「そりゃ、秘密だ。今夜は誰にも言わない」

「あんたが知ってるとは思えないがね」なじるように船長が言った。「あんたは、ただの能無し野郎だ。手に負えないゲームを前にして座ってるだけの」

「よく聞くんだ、船長さん」ロジャーズは打ち明け話をするようにウッズ船長の方に体を傾けた。不意に自分のカードのことを思い出し、瞬きをしてそれらを見つめ、放り出した。「いいかい、船長さん。私は誰がカービー・マーティンを殺したか、なぜ殺したか、知ってる。なぜか――あんた、わかるかね？　同じ奴がエドウィーナを殺そうとした。インを殺し、サーストンを殺した。ドリスも殺そうとした——ナイフを投げつけてね、覚えてるかい？　プロのナイフ投げだよ、きっと。でも、そいつはすご一く賢い。今日、この私をからかった。袋に貝殻をつめて自分の正体を明らかにしたんだ。今度はこっちがからかってやるよ——明日な」

情報を暴露し、確信を強めたかのようにロジャーズがウッズ船長の肩に手を置いた。船長はそれを振り払い、彼を押しのけた。

「つまり、そういうことだよ、船長さん。その血に飢えた野郎の仮面を剝がすところ、あんたも見たいだろ」

キングスリーが私の肩に静かに腕を降ろした。彼の視線はロジャーズに向かい、またわたしに戻った。それから短く頷いた。

「わかった」わたしは穏やかに答えた。「教授を外へ出そう。ロジャーズ！」語気を強めた「教授、ちょっと、こっちに！」

「うん？　誰？　私かね？」彼はこちらの方へ目の焦点を合わせようとした。

「ミス・マーティンが橋の上であなたと少しお話ししたいと」

彼は一瞬、まったく理解していない様子だったが、そのあと椅子から滑り下りた。「すぐ戻るよ、船長さん」と呟いた。もつれた足を椅子から解き、我々がいるドアの方へふらふらと歩いてきた。

ロジャーズを真ん中に、わたしとキングスリーは通路を歩いてデッキへ向かった。彼を手摺りのそばに連れていった。温かな夜風が強く吹き寄せ、誰も口を開かなかった。ロジャーズの足取りは次第にしっかりとし、我々二人に挟まれ手摺りまで来ると、振り返って背中を海に向け、薄暗いデッキに目を凝らした。まだ数人がそこをぶらついていた。

「すぐに調子が戻りますよ、教授」キングスリーが励ますように言った。

ロジャーズはすぐには答えなかった。わたしは不意に彼が笑いを抑えようと震えているのに気がついた。そして、教授が話しだした。「どうでした？　うまくいったようですか？」

「それは、つまり――」キングスリーは言葉に詰まった。「酔っぱらっていないと？」

「まったくの素面だよ、保証する」

「でも、いったいどういうことですか、教授？」わたしは尋ねた。「とても危険な賭けでもしているように見えましたが」

「危険？　そうかもしれない。でも、そうじゃないんだ。私が追っている奴にちょっとした冗談をしかけたんです」

「殺人犯に？」

「そうです」

「誰なんですか？」

「明日、すぐにわかります。そのときに船長に話すと約束しました。でも、ここからちょっと離れましょう」彼は急に厳しい声で言った。「ミスター・ラスク、夕食のあと、個室へ戻りましたか？」

「いいえ」

「では、大丈夫です、ボートデッキに行きましょう。しばらくそこに潜伏できます」

「いったい、なんのために？」

「ドリスが僕に会いたがっていると言いませんでした？」

「ええ、でも、それは単にあなたをあの部屋から出す口実です」

「わかってますよ。ただ、冗談を言っただけです」彼は我々を昇降口階段へと導き、三人で暗いボートデッキに向かった。暗がりの隅に椅子を見つけ、座って長々と、とりとめのない話をした。

「教えてくれ、ヘイル」しばらく沈黙が続いたあとでロジャーズが言った。「マニラのオフィスで、君とインのあいだに何があったんだ」

「僕達にですか？　マニラで？」キングスリーは幾分驚いているようだった。

「そうだ。言い争いがあった。そして、脅しの言葉が飛び交った。君は興奮してすぐに外に出て、ウッズ船長がオフィスに座っているのに気づかなかった」

「ああ――そうです。それは――だいたいはドリスのことです」

「ドリス？」わたしは声をあげた。

「ええ、そうなんです。インについてはよく知っていました――色々策略を練っていること、そして、何年も前からサーカスを手に入れようとしていたことも。彼にこれ以上手を出すなと警告していたんです。必要以上に声が大きかったかもしれない。痛い目に合わせるぞと脅していたと思います――でも、それは単に彼がもしドリスに不正なことを仕掛けたら、という意味です。彼はわかっていました。そして僕も。インは生きている限りずっとどんな手段を講じてもサーカスを手に入れようとしたでしょう。中国人クルーを入れたのも――そのときは知らなかったんですが――おそらく彼の計画の第一歩に過ぎなかったんです。中国人クルーを通してサーカスになんらかのダメージを与えるつもりだったんです。我々から金を巻き上げ、支出を増やし、ドリスが最終的にサーカス存続のため金を借りなきゃならない状態になるように――そういったことです、おそらく。でも、今すべて方がつきました」

「今、ギャンブルが横行している状況で何か解決策はあるかね、ヘイル？」わたしは尋ねた。

「わかりません。ギャンブルは静かに浸透していったのだと思います。いずれ参加者は自分の金を失うでしょうね――その魅力に抗えないものは。カービー・マーティンが船上でのギャンブルを一切認めなかったのはそういったことからです――関わらずにいられない者を守るためです。今回の巡業が終わり、新たに用船契約が結ばれたら、中国人ではない乗組員を手配することができると思います。もちろん、サーストンがいたら、マニラでドリスがすべての問題や必要事項に対処できるように取り計らったでしょうが、今やすっかり状況が変わってしまいましたから」

「残念だね」ロジャーズが言った。

「ええ、とても残念です。団員の中でギャンブルから足を洗えないでいる連中もいます。ストラットン、それからマーフィー、ジャック・フォーリーもその危険にさらされている。金を貯めようとしていてもギャンブルの機会があると結局は失ってしまう」

「君はサーカスのメンバーの個人的な傾向や特徴まで知っているのかね、ヘイル？」ロジャーズが尋ねた。

「そうですね」――キングスリーはかすかに笑った――「全員ではないです。けれども、大勢について知っています。サーカスの人間についてはわかっています。他の人種はまったく知りませんが。僕はサーカスのテントで生まれ、サーカスで育ったようなものですから」

「ヴァンス・サーストンの役職を君が引き継ぐのが一番理にかなっていると思うが」

「僕はスマランでサーカスを離れるつもりです、ミスター・ロジャーズ――」

「そうなのか？」

デッキハウスのライトが点滅し、首を伸ばして見ると、ウッズ船長の大柄のシルエットが戸口に映っているのが見えた。ドアが閉まり、彼の姿は見えなくなった。ロジャーズは窓から照らすかすかな明かりで腕時計に目を凝らした。

「遅くなったようだ。部屋に入りますか?」

「ええ、そろそろ戻りましょう。ゲームは終わったようです。遅くまでぶらついている奴は別として」

ヘイル・キングスリーはあくびをし、眠くなったと言った。おやすみの挨拶をして昇降口階段を降りていった。

「いい青年ですね」ロジャーズが言った。「なぜサーカスを離れるのでしょう?」

「彼自身にもわかっていないのです。若者の心を大きく占めているのは本人にも理解できない繊細な問題のせいです。彼は恋をしているのです」

「誰に? ドリスに?」

「かつてのドリスにです――スピと呼んでいた幼い少女に」

「なるほどね。まあ色々と切り抜けるのが難しい時期だろうね」しばらく沈黙が漂った。それから、彼が静かに言った。「あそこの暗がりにいるのは誰だろう?」

「さあ、誰でしょう」

「見に行きましょう」ロジャーズは立ち上がってすたすたとデッキを横切り、途中でわたしは追いついた。

ジャック・フォーリーだった。下の階から出てきて、ぶらついていたのだ。

「ゲームは終わったのかね?」ロジャーズが尋ねた。

「ええ、そうです」フォーリーはびくびくしているようだった。

「どのくらい前に?」

「三十分か、それよりも前です。今夜はみんな遅くまで残っていなかったので」

「誰が最初に出て行った?」

「船長です」

「次は?」

「エド・マクファーランド、それからポール・ストラットン。僕は勝っていたのでもう一、二ゲーム粘っていたんです。そのあとで部屋を出ました。あなたは――もう大丈夫ですか、教授? 話し方が、なんというか」

「ああ」

「僕は――あの――」

「なんだね?」ロジャーズの声がかすかに鋭くなった。

「殺人犯のことですが――」フォーリーはポケットの中の何かを探っていた。「犯人の名前を明日告げると言いましたね」

「そうしたいと思っている」

「その――僕はただの綱渡りですが、自分なりに考えていました。もし、お望みなら殺人犯の名前をこの紙に書いて、あなたに――」

「もちろん、そうしてくれたまえ」

薄暗い一角に差し込む、かすかなライトを頼りに、ジャック・フォーリーは小さな紙切れに何か殴り書きをしてロジャーズに渡した。

「もう行きます。僕は――」

「うん？」

「な、なにも」彼は口ごもった。「ちょっと休もうかと思います。万が一のために――ほら、もし、何かが僕の身に起きたとしても、誰がやったか、あなたにはわかるでしょう」彼は不意に歩き去り、昇降口階段を降りていった。

我々も後に続いた。何も言わず、個室に向かった。しかし、ドアに近づくと、ロジャーズはわたしの腕に手を置き、静かな声でささやいた。「待ってください！」彼はドアを開けた。鍵はかかっていない。手を伸ばし、スイッチを点ける。それから、すぐに通路へ飛び退いた。

何も起こらなかった。しばらく沈黙の中でじっとしていた。不意にロジャーズがリボルバーを取り出し、右手に構えた。「念のためです」彼は呟いた。それからドアを開け、中に入った。不審に思い、わたしも中に足を踏み入れた。上にある寝台をじっと見つめながら、ロジャーズの横で動きを止めた。引き裂かれたシーツがそこから垂れ下がっている。『ダッチ・ウィドウ』と呼ばれる角が丸く固い枕がベッドの片側に置かれ――暑い夜にはそれでシーツを熱気よけのために抑えているのだが――引き裂かれて床に落ちていた。

ロジャーズは寝台に手を伸ばして寝具を引っ張って床に落とし、シーツを広げ、よく調べた。ナイフの鋭い先で切られたような穴が多数開いていた。『ダッチ・ウィドウ』のカバーにも数か所穴が開けられている。悪意をもってナイフが振りかざされ、固い枕を素早く鋭く突き刺したかのように。横にいたロジャーズが笑いを漏らした。

「ちょっとからかおうと思ったんだよ」彼は言った。

「つまり」背筋に寒気が走った。

「そいつをからかおうと思って、寝台にダミーを用意したのさ。犯人は明日までに私を消そうと思っていたようだ」

「本気ですか、教授?」わたしは驚いていた。「それで、酔っぱらったふりを?」

「犯人はセーム革の袋に貝殻を入れて、私をからかったからね」教授は声高に笑った。

第三十一章

殺人犯の報復を警戒していたため、ロジャーズもわたしも、その夜は個室で眠ることができず、別の部屋で寝た。わたしはヘイル・キングスリーのところへ行った。あとで聞いた話によると、ロジャーズは誰にも見つからないように、そっとマットレスをゴリラの檻へ持っていき、鍵をかけてジョーが使っていたスチール製の寝台で眠ったそうだ。

「あそこの寝心地はそんなに悪くなかったですよ」朝食時に彼は笑った。「どうやら雨が降りそうだ」空は雲が覆い、青い海はくすんだねずみ色に変わり、遠くの海峡に浮かぶ岬もぼんやりとしか見えなかったが、涼しくて快適だった。

まるで自然発火のごとく、その日はサーカスの曲芸師たちのやる気に火が点いた一日だった。彼らは海上での暑い日々に退屈したのか、自分たちの出しものに磨きをかけようと取り組んでいた。技に磨きをかけ、新たな芸をつくりだそうとしていた。以前もしばしばおこなわれていたように、デッキ後方の広場は午前半ばからサーカスの舞台となった。前方の端の方ではジャック・フォーリーが船倉の箱から引き摺ってきたワイヤーを取りつけていた。海が穏やかだったため、いつもおこなっているバランス棒の練習も、おが屑でできたサーカスの舞台と同じようにスムーズに進んでいた。アクロバットの団員たちはマットを敷き、とんぼ返りで回ったり、ピラミッドの形を作ったりしてはふざけて笑い合っている。形を変えてはおどけながら技を繰り広げ、見ている者たちを喜ばせた。

ドリス・マーティンとスーザン・ポーターは途中で演技を見にあらわれた。ウッズ船長は二人のあいだにデッキチェアを押し込み、ドリスの横に座った。ヘイル・キングスリーもロジャーズやわたしと同じようにふらふらとやってきて、みんなの中に加わった。催しは途切れ途切れ続いた。しばらく休んでは、またやる気が再燃し、演技に精を出した。わたしは前の夜の出来事についてふれた。ロジャーズがちょっとばかり虚勢を張って、犯人にヴァンス・サーストンの葬式のときの仕返しをしたのだと。

「ところで、教授」ウッズ船長が険しい目でロジャーズを見つめながら言った。「今朝、犯人の名を告げるつもりだったのでは?」

「ええ」

ロジャーズはしばらく考えにふけり、沈黙が続いた。

「それでは」スーザン・ポーターが促した。「どうぞ、おっしゃってくださいな」

「まず、誰が潔白かをお話ししましょう」ロジャーズはかすかな笑みを浮かべ、話しはじめた。「そのようにはじめた方がよろしいかと思います。全貌をお話しします。きっと驚かれるでしょう。何よりも残念なのは、カービー・マーティンが亡くなったときに、自分が〈サーカス・クイーン号〉に乗っていなかったということです。それがことの始まりだったからではなく、彼について自分がもっと知っていたら、と思ったからです。なぜなら、彼の持つ多才な側面やこの組織における彼の生き方が、すべての悲劇につながったからです。

ゴリラの一件を考えても、一般的に獰猛な生き物と見なされていますが、サーカスの人々と同じデッキの檻の中で生活していた――オーナーの特別なお気に入りで、夜にはたくさんの訪問者が見にやってきた。ここに犯罪の背景があったのです――計画通りの犯行が可能となった。完全犯罪と言えるかどうかわかりませんが。何が起こったか？　カービー・マーティンがゴリラの檻の中で撲殺された姿で発見された。あらゆる痕跡がゴリラの犯行であると示していた。カービー・マーティンは亡くなり海に葬られ、殺害に使われたと思われる杖も一緒に海の底へ沈んだ――ヴァンス・サーストンの提案により」ロジャーズは自分の言葉を吟味しているようだった。

「葬式の終わった夜、ミスター・ラスクとエドウィーナ・ナイルズはジョーの檻の前で会い、事件について話し合った。エドウィーナは釈然としないようだった。つまり、ジョーはカービーの死に関わっていないのではないかと。ミスター・ラスクは廊下の外で誰かが自分たちの話を聞いている気配を感じた。こっそり追跡し、そのとき、誰かがデッキハウスにあるカービーの机を探っているのを目にする。その不審人物は逃げ出し、外に出て、デッキチェアにぶつかる。のちにマニラで、ヴァンス・サーストンが向う脛を擦りむいているとわかった。彼はテントの支柱にぶつけたのだと説明したが、どう見てもデッキチェアにぶつけた結果と思われた。そこで、この時点では」ロジャーズは続けた。

「殺人の容疑をかけるほどの根拠はまだありません。ミスター・ラスクはまわりに目を配っていましたが、ちょっと疑わしい窃盗事件があったに過ぎません。偶発的な事故死としか言いようがなく、ちょっと懸念材料はなかったと結論づけています。マニラの当局に申し立てするようなこともなかった。しかし――その後、サーカスがマニラに着くと、すぐに状況は変わった――ドリス・マーティンが到着したからです。そして数日後、受け継いだサーカスを彼女が意欲的に経営していく意思をあらわすと、サーカスから手を引けという旨の脅迫状が届いた。そこまでは」ロジャーズは冷静に話を続けた。「犯罪を匂わせるようなはっきりとした根拠は見あたらなかった。もし、カービー・マーティンの死が推測とは違う要因によるものであれば、その脅迫状は重要な意味を持つものかもしれない。それは、カービー・マーティンの命を奪った者と同じ人物が書いたものかもしれない——もし、それが殺人事件だとすれば。見方を変えれば、メモはミス・ポーターが部屋のドアの下に置いたのかもしれない——彼女は必然的にいとこととともにマニラに来ることになった。しかし、帰ろうと思えばいつだって家に帰れるはずだ。このような奇妙な行動をとったのは自分の目的を達成するための——」

「わたくしは一切そのようなことは、おこなっておりません」スーザン・ポーターがロジャーズを睨みつけ、言い返した。

「ええ、確かに。あなたは何もしていません、ミス・ポーター」ロジャーズの瞳が愉快そうに煌めいた。「それでは、誰が書いたのか？　そのとき、ヴァンス・サーストンはホテルにいた。ウッズ船長もホテルの近くに。我々はメモがドアの下に置かれた数分後にホテルのロビーで船長をお見かけしました。ヘイル・キングスリーは近くにいなかった。しかし、運動神経の良い人が非常階段を簡単に登ることができるのを実演して見せてくれました。そこからホテルに入ってドアの下にメモを入れることはできる。のちに、ある事実が明らかになりました。ミス・ポーターがスリに出くわしたとき、ウッズ船長が運動選手のように機敏な行動を取ったということです」

警告を発するような唸り声が船長の喉もとから聞こえた。錐（きり）で穴を開けたような狡猾そうな黒い瞳がロジャーズを睨みつけていた。

「イン・ユエン・シンも、ホテルの外のタクシーに座っていました。脅迫状を置いた可能性は充分あります。ただの憶測ではなく」船長を無視して、ロジャーズは話を続けた。

「次に、計画が進展していく上で非常に重要なのは、エドウィーナ・ナイルズの怪我です。どうかそのタイミングに注目してください。それはマニラの最終公演で起こった。ちゃんと計算されていた。どのようにおこなうか、その方法だけではなく、時間も考慮されていた。目論見どおり、もしエドウィーナが殺されたら、ジョーの犯行について疑っている人間を完全に消し去ることができる。そして、現実に彼女は怪我をして置き去りにされた。それで少なくともしばらくのあいだ彼女の疑いを取り去ることができた。

これによって、犯人が入念な策略の上で犯行を仕組んだことがはっきりした。一本のロープが二つに裂かれていた。ミスター・ラスクがそれを見ています。私も見ました。なぜなら私が現場から回収したからです。船長もきっとそれを見ていたはずです。あの夜、橋の窓から身を乗りだしていましたね」

「だから、どうだと言うんだ?」船長が怒鳴るように言った。「それじゃ何の証明にもならない」

「もちろん、そうです」ロジャーズは答えた。「証拠はその夜、私の荷物から消えたのです」

そのとき、後部デッキのまわりに座っている曲芸師たちの拍手が聞こえた。ジャック・フォーリーが高い綱の上で難易度の高い宙返りを披露していた。ロジャーズは一瞬、我々の方ではなく、曲芸に夢中になっている群衆の方へ視線を向けた。

「もしそのことが事件に大きく関わってくるのなら」――ロジャーズがまた話に戻った――「インの殺害は更に重要な意味を持つことになります。いくつかの点によって全体像がよりはっきりと見えてきました。エドウィーナの命を奪おうとしたのは職業的な嫉妬心によるものかもしれない。または個人的な恨みによるもので、彼女がカービー・マーティンの死に疑惑を抱いたこととは何の関係もないかもしれない。インの死に関しては計画性がまったく見られない。一方、エドウィーナの場合は疑いようもなく綿密な計画性が見受けられる。インの殺害によって犯人は正体をあらわすことになりました。はじめての落ち度でした。彼にはそれまで注意深く犯行計画を立てる時間があった。インの死は突発的なものだった。計画性もなく、不意に殺す必要に迫られ、事前に考える余裕もなく襲撃した」

「なぜ、そのようなことをおっしゃるのです、教授?」ドリスが尋ねた。

「ここではじめて一つの仮説を立ててみましょう——カービー・マーティンが実際に殺されたとして。関わりのある要因について少し考えてみましょう。カービー・マーティンが深夜一人でジョーのもとを訪れるという習慣。ゴリラは話すことができない。そして、ジョーが突然凶暴になり、人を傷つけたに違いないと今のところサーカスの人間は信じている。次に、カービー・マーティンがどこか他の場所で殴打されたと考えてみましょう——例えばデッキハウスで。それから檻へと運ばれた。檻の鍵はカービー・マーティンのポケットの鍵束の中にあった。そうなると、彼を檻へ運ぶのはとても簡単なことです。杖を投げ捨て、あとは想像のままに。言い換えれば、殺人犯は考え得る限りほぼ完ぺきに計画を遂行した。

カービーの殺害から二週間が経ち、殺人犯はすべての疑惑から逃れたと感じていた。そして、突然、インを殺害する必要性が出てきた。それはよく考える間もなくおこなわれ、終わっていた。この場合、入念な計画も充分な時間もなかった。それでは、彼は何をしたのか? 突如パニックに襲われ、考える余裕がなかった。ただ、カービー・マーティンの殺害を巧みに隠ぺいしたという自負が頭にあった。自分は賢いという信念によって同じようにできるという誤った判断をくだすことになる。再び責任をジョーに転嫁すればよいのだ。遺体を檻へ運び、そのとき初めて自分の過ちに気づく。あとは運に任せるしかなかったのです」

「それが何を証明すると言うのですか、教授？」スーザン・ポーターが問いかけた。

「それによって、カービー・マーティンが殺されたことが明らかになったのです。カービーを殺した犯人がインも殺したのだと告白したようなものです」

「つまり、一つの殺人が別の殺人を追認することになったと？」

「まさしくそうです、ミスター・ラスク。しかし、彼はナイフを残していった。遺体を檻の中に入れたあとで処分する予定だった。が、もっと良い方法を思いつく。犯人はおそらくポケットに入っていたサーストンの片眼鏡を取りだし、それらしく壊したあとで遺体の下に入れたのです。そして、ナイフは船から捨てるつもりだったのか？　もし、それが自分のものならそうしていたかもしれない。ところが、それは他の人間のものだった。容疑はその所有者にかかるはずだ。彼は外に出てナイフを置き、ミス・ポーターが昇降口階段の下で発見する。何もかもがずさんでした。犯人は頭が切れるとは決して言えない。彼には注意深く計画を立てる時間がなかったのです。

　そこで、エドウィーナの命を脅かしたのも計画の一部であったと関連づけることができます。インの死のあと、犯人の存在が明るみに出た。自分で手がけたすべての小細工によって自ら犯行を認める結果となった。あとは犯人の正体を暴くだけです。この時点で容疑者を何人かはぶくことができます。キングスリーのナイフがインの殺害や、結果的にヴァンス・サーストンの殺害にも関わっているが、ヘイル・キングスリーは犯人ではあり得ない。なぜなら、カービー・マーティンが亡くなったとき、彼は船に乗っていなかったからです」

　ドリス・マーティンは綺麗に揃った白い歯でしっかりと下唇を噛み締め、素早く瞬きをした。彼女は灰色の海の向こうを見つめたあと、キングスリーに視線を戻し、微笑んだ。

「この計画の最終的な目的は何か？」ロジャーズが再び話しはじめた。「すでに二人の命が奪われ、ドリスは襲撃され、二回の脅迫を受けた。他の殺人犯もそうであるように、最初はたった一度の犯行を企てた。カービー・マーティンの殺害です。そして、よくある話ですが、最初の犯行が次なる犯行へと駆り立てた。どんなに抜かりなく計画を立てていようと犯人はこれらを予想することはできなかった。エドウィーナの存在を消すことを企み、再び自分の能力を見せつけようとした。それを企む時間はあった。しかし、インの殺害においては完全に巧妙さを欠いていた。

最初の犯行では、まだ目的がはっきり見えていなかった。船上では宝探しがおこなわれていた。私の中で疑いようがなかったのは、インが死ぬ直前の夕方、巧妙なこそ泥がデッキハウスを荒らしたのには一つのはっきりとした目的があったということです。そして、それはたった一人による犯行だった。イン自身は賭けでカービー・マーティンに負けた際に書かれた二通の覚書を探していた。まだそれが存在すると信じていた。彼はその夜、船のどこかで捜索を続けていたのかもしれない。似たような行動をしている犯人に出くわし、奇妙な偶然によって犠牲となったのか？　その点はまだはっきりしていません。しかし、すでに指摘したように状況からそのようなことだろうと考えられます。

ヴァンス・サーストンの死は、不要な犯行によるものでした。気づくのが遅かったのは残念でした。彼を救えたかもしれないのに、ほんの数分遅かった」

「言っておきますが、教授」わたしは敢えて申し出た。「途中で言葉を挟んで申し訳ありません。サーストンは亡くなる直前まで、すべての事件における容疑者だったのです」

「いいえ」ロジャーズはかすかに笑った。「そのはずはありません。もちろん、カービー・マーティンの死において、たった一つ怪しいと思われる点がありましたが。遺体と一緒に葬られた杖の件です。その夜、彼がデッキハウスにある机を探っていたのは疑いようのない事実です。しかし、ヘイルが指摘したように、サーストンはカービーが死んでから自分の弱さゆえに破綻への道を辿った。酒に溺れるような人間が自分の恩人を殺してなんになるのでしょう？　そんなことをするほど狂ってはいなかった。彼は自分自身を救おうと藁にもすがる思いだった。こう言ってはなんですが、ドリス、彼があなたを口説いたのは藁にもすがる思いだったからです。なんらかの奇跡を信じ、彼は救いを求めたのです。厚かましくもあなたを愛しているなどと言いだした。奇跡が起きるかもしれないと――結婚という奇跡が」

ドリスは頭を横に振った。「彼がそのようなことを期待したのは、もっともなことですわ」

「そのことはほぼ間違いないと思います。それから」ロジャーズは続けた。「私は――私はたった今、サーストンの死は不要な犯行だったと言いました。もしも、もう少し早くその推理に辿り着いていれば、彼を救うこともできたかもしれないと」彼の瞳には奇妙な色が宿っていた。「推理というのは妥当な言葉ではありませんが。理論的にもっと早くに確信していたのですから。サーストンが次の犠牲者だと気づいていたのです。しかし、そういった判断力とは夢のように頼りないものです。架空の高価な宝石をめぐって――その瞬間に至るまでは架空の話でした――船の上で過剰なまでの捜索が続けられ、サーストンも捜索に参加していたのなら、私はそう信じていますが、かなり危険な状況に置かれていたはずです。他の人達についても同様だったはずです。それゆえ、特に危惧してはいなかったのですが」――彼は奇妙な笑いをもらした――「その結果、説明のつかない何かが、推理とも虫の知らせとも言えない何かが私をあの部屋へと向かわせた。でも、手遅れだった、そして、その場所でへイル・キングスリーを見つけた——すでに容疑から外れていますが——ポール・ストラットンとジャック・フォーリー、そしてウッズ船長」彼の目が船長に向けられた。たくましい体が姿勢正しく椅子に座り、その視線は好戦的にロジャーズに注がれていた。

「私に罪をなすりつけようとしているんじゃないでしょうね、教授」船長はかみついた。

「ここにジャック・フォーリーを呼んでみましょう」ロジャーズが提案した。綱渡りの曲芸師は自分の芸を終えたところだった。わたしは彼を呼んだ。彼がこちらに近づいてくるとき、背の高いポール・ストラットンの姿がデッキの前方にあらわれた。こちらに走ってくるようだ。肩の上の黒い竿の先に張り子の骸骨がぶら下がっている。彼が移動すると、骸骨が彼に飛びかかって襟をつかもうとしているかに見えた。「ポールもここへ呼びましょう。彼も他の人と一緒に部屋にいましたから」ロジャーズが彼に向かって手招きした。道化師がそれに気がついた。「こっちに来てください、ストラットン」ポールはこちらに向き直り、やってきた。

第三十二章

「どんな具合でしたか?」ストラットンは我々の前で足を止めると、早口で恥ずかしそうに尋ねた。

「素晴らしい出来ですね、ミスター・ストラットン」楽しそうな微笑みを浮かべ、ドリスが彼を迎えた。「きっと誰もが大笑いするでしょうね。骸骨があなたに飛びかかろうとする様子はちょっとゾッとしますけど」

「でも、なかなかの出来じゃないですか?」彼は誇らしげに応じた。

「ええ、もちろん」

「あなたが指摘してくださったところを直してみたんです、教授」彼はロジャーズにそう告げた。

「それじゃあ、どんな具合か君にも見てもらおう、ストラットン」ロジャーズが提案した。「君が観客になって、私が走ってみせます」

「いいですよ」道化師は頷いた。「まず、ここを引いてください」ストラットンは、ロジャーズの肩に乗せた装置を調整しながら説明した。「それから、ここを強く握ります。少しずつペースを速めていってください」

　ロジャーズはデッキの三十ヤードほど離れた場所へ行き、回れ右をして、通路に見物人がいなくなると、こちらに向かって大股で進み始めた。近づいてくると、肩からぶら下がっていた骸骨が不気味に起き上がり、ぐらぐらと揺れながら前へ進み、逃げようとする男に飛びかかろうとゆっくりと体を伸ばしてきた。腕の骨がロジャーズの襟もとを摑もうとしている。光の効果やバンド演奏、さらにサーカスの雰囲気が加わると、驚くほどリアルに見えるはずだ。もっとも愉快なサーカスの出し物の一つとなるのは間違いなかった。

ロジャーズが再び我々の輪の中に戻った。道化師は彼の動きをじっくりと見つめ、納得したように頷いた。

「それで問題ないと思います。他に改善が必要なところはないようですね」みんなの前でそう言った。

「ちゃんと動いていましたね?」ロジャーズが訊いた。

「見事ですよ」わたしは答えた。

「座ってください」ロジャーズが椅子を示しながら、ジャック・フォーリーとポール・ストラットンに言った。「我々は、カービー・マーティンが亡くなってから起こった恐ろしい犯罪について話をしていたんです」ロジャーズは再び自分の椅子に座り、張り子の骸骨はデッキの上に横たわった。黒い竿がロジャーズの膝の上にあった。フォーリーとストラットンが椅子を引いた。

「ちょうど指摘したところです」彼は二人に説明した。「犯人がどのように犯行を企てたか。カービー・マーティンの殺害、エドウィーナ・ナイルズの命を脅かし、そしてインとヴァンス・サーストンの殺害。これらはすべて一人の男の犯行です」

「本当にそういうことなんですか、教授?」ストラットンが尋ねた。「カービー・マーティンは、ジョーが負わせた怪我で亡くなったのだと思っていましたが」

「いや、殺人だ」

ジャック・フォーリーは落ち着かない様子で足を動かし、雨が降りそうな空を見上げた。小さな島々が船の梁の上に浮かび、二マイルほど向こうへと遠ざかっていった。団員たちの演技が背後で続いていた。ウッズ船長は疑わしげにロジャーズを見つめ続け、今にも非難が自分に向けられるのに備えて、応戦しようと身構えているようだった。

「ここで、動機は何かという点にようやく話が及びます。とても興味深いことです」ロジャーズが続けた。

「その仕掛けをよけましょうか、教授？」ポール・ストラットンが話を遮り、膝の上に載っている長い金属の筒に手を伸ばそうとした。

「いや、いいんだよ、ストラットン。重たくなったらデッキに降ろすから」彼はかすかに微笑み、また話に戻った。「興味深いのは、一連の恐ろしい犯罪において動機がほとんど浮かんでこなかったことです。しかし、動機がない犯罪などあり得ない。ある時点までは、もっともらしい動機が明るみにでようとしていた。適齢期の若く魅力的な女性がカービー・マーティンのサーカスという偉大な遺産を引き継ぐとなれば、財産目当ての求婚者があらわれ、なんらかの行動を起こしてもおかしくはありません」ドリスの方へ目を向けると、顔がみるみる紅潮していった。「申し訳ないね、ドリス。でも、ここではっきりしておく必要があるんだ」

「わたくしのことは気になさらないで、教授」彼女は小さな声で言った。「どうぞ、続けてください」

ロジャーズは微笑んで感謝の意を示した。「調査のかなり最初の段階で疑問が沸いたんです。犯人は財産目当てでカービー・マーティンを殺したのか？　マニラでドリスがサーカスを引き継いだあとすぐに、こういった可能性が強まりました。私が言及しているのは、ヴァンス・サーストン――それから、ウッズ船長のことですが――」

「冗談じゃない！」ウッズ船長が鋭く言い返した。

ロジャーズはその言葉を無視した。「サーストンが殺害されたことで、彼は除外されました。そして、残るは船長のみ。しかし、もしカービー・マーティンが財産目当てで殺害されたとみなす場合、疑問が残ることになります。ドリス・マーティンの存在を知っていて、彼女がおじの遺産を相続すると知っていたのはいったい誰か？」

「僕は知ってましたよ」ストラットンが名のりをあげた。「彼が亡くなる少し前に、ホノルルでカービーの遺言を書いたのは僕ですから。でも、まさか僕のことを財産狙いだとは思わないでしょう、教授。僕には妻がいます――故郷のアイオワに。僕には妻がいれば、それで充分ですから」

「ドリスが遺産を引き継ぐと誰か他に知っている者はいましたか？」ロジャーズの瞳がストラットンに向けられた。

「そのことについてはわかりません。当然、遺言の内容については誰にも言いませんでした。遺言があることさえも言っていません。カービーと僕の極秘事項でしたから」

「もしかして、船長、ドリス・マーティンの存在について、彼女がカービー・マーティンの後継者だと知っていましたか？」

「いいえ、知りませんでした」

「僕は知ってましたよ、教授」ジャック・フォーリーが不安気に告げた。「以前、ミスター・マーティンがミス・マーティンについて唯一の親類だと話していました」

かすかな笑みがロジャーズの口元に浮かんだ。「興味深いですね。今、三人の関係者がいて、そのうち二人はカービー・マーティンが死んだらどうなるかわかっていた、一人は既婚者、一人は独身者、しかし、二人ともあなたに言い寄ることはまったくなかった、ドリス――それは確かですか？」

「はい、確かです」

「もう一人は、カービー・マーティンが死んだあとどうなるのか予備知識がなかった。しかし、それでいて、献身的とも言える振る舞いをしていた」

ウッズ船長は椅子の中で身じろぎしたが、何の意見も言わなかった。「もし、そういった動機を持ち続けていたのなら」ロジャーズは続けた。「ウッズ船長だけが、すべての犯罪における容疑者として浮上する。ただしたった一つ例外があります。エドウィーナ・ナイルズの殺害計画です。私の調べでは、船長」――ロジャーズは直接、ウッズ船長に話しかけた――「船長は、はっきりおっしゃっていました。港に停泊している際、めったにサーカスの設営地には近づかないと。ほんのたまに公演を見に行くくらいで。あなたはマニラでいつもより頻繁にサーカスに足を運んだ――おそらくご婦人のために。そうじゃないですか？　それゆえ例え疑わしくとも、エドウィーナの空中演技の手順やロープの準備について充分にわかっていたとは考えにくい。公演について熟知しているはずもなく、誰にも見つからない時間を選んでロープを切ることなど不可能です。

そこで疑問が生じます、二人の異なる人物が殺人に関与したかもしれないという。仮にヴァンス・サーストンがカービー・マーティンを殺し、エドウィーナを殺そうとし、インを殺し、ドリスにナイフを投げつけ、そして彼自身はウッズ船長に殺されたと考えてみましょうか？」

ウッズ船長の瞳はギラギラと悪意に満ち、ロジャーズに向けられたが、話を遮ろうとはしなかった。ときおり喉から言葉を出そうともがきながらも、唇からは何の音も出なかった。

「しかし、ちょっとお考えいただくと気がつくでしょう、サーストンはインが殺されたのと同じナイフで殺害された。そして、それはドリスに投げつけられたナイフでもあった。もしサーストンがそれらの犯行に及んで、その後自分の死に至ったのなら、自分でナイフを持っていたはずです。犯人はどのようにナイフを手に入れたのか。例えば犯人がウッズ船長だとして？　私が思うに、サーストンを容疑から外し、単なる被害者の一人と考えた方がことが明快になるのではないでしょうか。

これまで犯行の機会についてては触れてきませんでした。犯人はカービー・マーティンが殺されたとき船に乗っていた人物であるはずです。すでに指摘した通り、ヘイル・キングスリーは除外されます。サーカスの人間で他に誰が除外されるか。疑惑をかけられている人間の中で犯行の機会があったかどうかを考えると、ウッズ船長は含まれます。エドウィーナの件では除外されますが。ポール・ストラットン、君もだ。それからジャック・フォーリー。マーフィーという小人も——殺害の機会があったという点で——ライオンの調教師、マクファーランド、大工のハリー・バートレット。ジョーの調教師、ジョン・トーベット。それから、この船に乗っていたすべての者が含まれる。ただし、ドリスにナイフを投げつけた件を考慮すると、ミスター・ラスクとそこで巻き込まれた人間は別です。ミスター・ラスクは除外されます」

ロジャーズの目がジャック・フォーリーに留まった。若者は落ち着かない様子で体を揺すり、淡いブルーの瞳はいつもより暗く翳って見えた。「ジャック、君は夜遅くにかなり長いあいだデッキをうろついていたようだね。サーストンが亡くなった夜に大工が見ていたんだよ。君がジョーの部屋から出てきたのを。でも、君は見られていると気づくと、すぐに歩き去った——」

「ええとですね——ミスター・ロジャーズ——別にたいした理由はないんです」彼は口ごもった。膝の上の手は震えていた。「なんて言うか、僕は一匹狼みたいな質（たち）でして。一人でいるのが好きなんです。ちょっと考えることがあって外に出て歩きまわっていたんですよ。誰も殺したりなんかしていません。こういう風に話をするのはどうも苦手で。信じてください。決してそんな、誰かの命を奪ったりなんか。ただジョーの檻に行って――ええ、単なる好奇心だと思いますが」

「君はナイフ投げのエキスパートだということだが」

「ええ、そうです。あの、得意です。でも」彼は不安気に言葉を呑み込み、両手を擦り合わせた。

「でも――まさか僕が犯人だなんて思ってませんよね？」

ロジャーズは長いあいだ彼を見つめていた。「君は昨夜、犯人の名前を書いてくれたね――自分の身に何かが起こったときのために」

「はい、書きました」口ごもりながら答えた。

ロジャーズは折り畳んだ紙切れをポケットから取り出し、何が書かれているか我々が見ようと目を凝らすと手の中で裏返した。「これを取り戻したいんじゃないかね？」そう言って、フォーリーに目を向けた。「I.O.U.（借用書）という文字の裏側に書いたようだね――追伸――二十ドルの借り――」

「彼にそれを渡したんです、教授――そのとき、二十ドルを持っていなかったので。次の給料日に払うつもりです」ストラットンが言った。

「なるほど」

我々の視線が道化師に注がれた。すぐそばの椅子にくつろいで座っている。椅子の背にもたれてロジャーズの話を聞いていた。

「ジャックが書いたのは、まさか僕の名前じゃないですよね？」ストラットンが訊いた。

「違うよ」ロジャーズは、すぐにその問題を片づけた。「もう一度、動機の話に戻ってみましょう」彼は言った。「今のところ、たった一人該当者がいます――財産目当ての可能性を考慮すると。サーストンに関する限り、疑いは完全に晴れました。ウッズ船長の行動には怪しいと思われる部分がありますが。彼はドリスのことを知らなかったと主張しています。カービー・マーティンの死によってもたらされる財産についても。もちろん、嘘をついているかもしれない。船長は魅力的な男性です。教養があり、外見も良く。そうですよね？　しかし、エドウィーナの件では疑惑が残ります」

「お言葉ですが、教授」ポール・ストラットンが話を遮った。「船長は嘘をついていると思います。船長はドリス・マーティンのことを知っていました。カービーを葬った夜の話し合いの席でそう言ってましたから。スラバヤで公演がおこなわれたとき、カービーからドリスのことを聞いたと――」

その告発は砲弾のように我々のど真ん中に落ちてきた。船長の握りしめた拳の関節が白くなり、椅子の中で不安気に身じろぎしていた。しばらく絞め殺そうとするような眼差しで道化師を睨んでいたが、やがて気を落ち着け、遠く海に浮かぶ通り過ぎる島々を暗い瞳で眺めだした。

張り詰めた時間のなか、ロジャーズはジャック・フォーリーに返そうとしていた紙切れを広げた。

「君は間違っている、ジャック」教授が言った。「船長じゃない」ジャックは紙切れを受け取った。気落ちしたようにじっとロジャーズを見つめた。

「今まで真珠やルビーやエメラルドなど、カービーが持っていたとされる隠されたお宝について述べるのを避けてきましたが」ジャック・フォーリーの混乱をよそにロジャーズは話を続けた。「誰も実際にそれを見たわけではない。既に売られた可能性も充分考えられる。ヘイル・キングスリーは中身の詰まった赤い紐のセーム革の袋を見たことがある。カービーの言葉を信じ、その中には宝石類が入っていると思い込んでいた。しかし、果たして本当だろうか？」断固とした厳粛な声だった。「そこには浜辺で拾った貝殻や小石が入っていたということも考えられる。貝殻をゴリラの寝床の隅にある金庫に隠したのかもしれない。でも、おそらく違う。これらの貴重な宝石を手に入れるために犯人は必死になって行動したことを考えれば。隠し場所が見つからないうちは、ドリスが先にその在処を見つけるかもしれないと恐れて彼女に警告し、命までおびやかした。しかし、犯人が最初にそれを見つけた。そして安全な場所に保管した。今、考えられるとすれば、たった一か所だけ――」

突然、ロジャーズが膝の上にあった長く黒い竿を手に取り、端に付いた金属のネジぶたを握りしめ、思い切りひねって力強い手でふたを回してはずした。素早く立ち上がり、もう一方の端をわずかに傾け、中身をドリスの膝にぶちまけた。目もくらむような美しい宝石が流れ出てきた。真珠の小球、エメラルドの緑色の煌めき、血のように赤いルビーの飾り玉、すべてが混ざりあっていた。

静けさが辺りを包んだ。芸人たちは船の片隅で何かとんでもないことが起きていると悟り、じわじわと集まってきた。そして、我々を取り囲んだ。ロジャーズはかすかに後ろへ下がった。竿の端をゆっくり動かし、張り子の骸骨を取り外し、ガタガタと音を立てながらデッキに置いた。竿は今や振り回すだけの凶器となった。

「僕を告発してるんですか？」ポール・ストラットンの早口のおどおどした声が言った。

「そうだ」

「でも――確かにお宝は見つけましたよ、それは認めます。でも――他のことは――僕は殺人犯じゃありません！」

「君を殺人の罪で告発する！　君が誤った方向に導いた骸骨がこの結果をもたらしたんだ、ストラットン。それが君の首を絞めることになったんだ。これがまさにそう動くように。それは最初から君に狙いを定めていた。そして、今捕まえた。君の筆跡と借用書、ドリスへの二通の脅迫状の文字は一致している。他にも――」

ロジャーズが続けて言った言葉は混乱の中にかき消された。驚くほどの素早さでストラットンは椅子から飛び上がり、人だかりの中を押し進み、手摺りに向かってかけていった。点々と浮かぶ島々のどこかにある天国へ逃れようとしていた。ロジャーズは追いかけた。竿を頭上に掲げたまま。そのとき、ストラットンは海に飛びこもうとしていたが、ロジャーズが竿を彼の頭に打ちつけた。彼は倒れ、デッキの後方へ転がって行った。そこで何人もの手に捕えられ、もうろうとした状態で下の階へ運ばれた。

最終的な危機が訪れ、緊張の一瞬を終え、わたしは力なく椅子に倒れ込んだ。ヘイル・キングスリーとウッズ船長は殺人犯とともに下の階に向かった。ドリスはじっと動かずに座っていた。あっという間に訪れたクライマックス。頭上に灰色の空が広がり、膝の上には宝石が輝いていた。一瞬、顔に恐怖を浮かべ、それから安堵の息をつき、ゆっくりと宝石をかき集めてハンドバッグにしまった。最後の一つが片づいても、バッグの中身をしっかり手で確認していた。愛情を込め、満足げな顔をして。しかし、違った。彼女はハンドバッグから小さな真っ白いメモ帳を取り出そうとしていたのだ。鉛筆を取り出し、ハンドバッグの口を閉じ、そのまま書きはじめた。わずかな時間でしっかりと書き留めた。終わると読み返し、こちらを見て、その紙をわたしに手渡した。

「それを掲示板に貼っていただけますか、ミスター・ラスク?」声は穏やかで落ち着いた物腰だった。

「はい、もちろん」わたしは立ち上がった。中国人の給仕長がデッキにやってきて、昼食の合図のゴングを鳴らした。通路に向かうと、ハントン・ロジャーズが加わった。

「もう一つ知りたいことがあるんです、教授」わたしは声をかけた。「最初にストラットンを疑わしいと思ったのはいつですか？」

「ヴァンス・サーストンが死んだ夜です」

「なぜですか？」

「覚えていますか？　彼は完成した骸骨の仕掛けを見せにサーストンのところへ行ったと話していました」

「ええ」

「サーストンが死んだのを見つけたあとで、自分の個室に戻ったかどうか訊いたとき、彼は戻ってないと言った」

「覚えてますよ」

「だとすれば、骸骨と他の道具はどこに？　サーストンの個室にはなかった。それで、ストラットンが嘘をついているとわかった。そういった理由で彼が疑わしいと思ったんです」

「なるほど。気がつかなかった」

ロジャーズはしばらく無言でわたしの横を歩いていた。それから、好奇心を抑えきれない様子で口を開いた。「告知ですか？」彼は訊いた。「きっと、それは――」

「わたしもそう思います」歩きながら手にしている短い告知文を彼に読み聞かせた。

『本日より施行

ヘイル・キングスリーをカービー・マーティン・サーカスの統括マネジャーに任命する。

ドリス・マーティン』

訳者あとがき

クリフォード・ナイトは、アメリカ本格黄金時代に活躍したミステリ作家である。タイトルが"The Affair……"ではじまる英文学教授ハントン・ロジャーズが探偵役で登場するシリーズは一九三七年の第一作"The Affair of the Scarlet Crab"から、一九四七年の第十八作"The Affair of the Sixth Button"まで続き、人気を博した。本作はシリーズの第八作目で一九四〇年に発表された。

The Affair of Circus Queen
(1940,DODD,MEAD & COMPANY)

舞台はサーカス。それも海を渡り、東洋の国々を巡る移動サーカスである。一種独特の世界に異国情緒が添えられ、オーナーの変死、サーカスの後継者となる美しい娘の登場、隠された秘宝の謎、と舞台は整い、役者は揃い、その中で第二、第三の犯行が繰り広げられる。主人公のコートニー・ラスクとロジャーズ教授の二人が捜査に乗りだすが、犯行の動機も手掛かりも見えてこない。なかなかの難事件である。アジアの国々を巡りながら、船の上を駆け巡りながら、少しずつ真相が明らかになってくる。そこにはサーカスならではの事情、人間関係、人間と動物との関係などが複雑に絡みあっていた。

ここで、サーカスの歴史について少し触れておきたい。その起源は古代ローマと考えられている。

その後、中世のイギリスを経て、アメリカではじまったのは十八世紀である。町から村へと巡り一般庶民に歓迎され、急速な発展を遂げる。有名なのは、『リングリング・ブラザーズ・アンド・バーナム・アンド・ベイリー・サーカス』で、本年（二〇一七年）はじめに一五〇年に及ぶ興業の終了が決定したとのニュースを偶然見つけ、なんとも感慨深い思いであった。

古き良き時代のアメリカのサーカスは一般庶民の一大娯楽であった。国内に限らず、やがて世界へと飛び出してゆく。東洋の大人も子供も、白人も黒人も一丸となってサーカスに魅了される。そんな様子が物語の中でも生き生きと描かれている。

クリフォード・ナイトの作品に話を戻そう。オーナーのカービー・マーティンにとってサーカス事業は一つのギャンブルのようなものであった。しかし、その経営方針は実直かつ慎重で深い愛情を注いでいたのがよくわかる。彼の人間性がサーカスを築いてきたわけで、動物も含め彼を慕う者たちがサーカスを支えてきたのだ。それを受け継ぐ姪のドリス・マーティンも東洋一のサーカスを引き継ぐにふさわしい輝かしい資質を生まれ持っている。物語により深みをあたえているのが、語り手で主人公でもあるミスター・ラスクの存在だ。常に冷静かつ公平な目線でサーカス団員たちを見つめている。広報係という職を天職と受け止め、決してでしゃばらず、あるときは父親のように、またあるときは良き友として若者たちに手を差し伸べる。新たにやってきた若き女性オーナーに対しては忠実な部下となり、年下のロジャーズ教授にも素直な信頼を寄せる、とても人間味ある柔軟な中年男性である。

人間の弱さや欲といったものも本作のテーマの一つとなっているが、サーカスには様々な人種が集まっている。一つ屋根の下で大家族のように暮らしているが、それぞれの過去や、個々の胸の内は誰にもわからない。一つ歯車が狂うと、サーカス全体が立ちいかなくなってしまう。夢を与える仕事でありながらも内情は厳しいビジネスなのである。事件が解決したあとも、カービー・マーティン・サーカスの物語は続いてゆく。大きな柱を失いながらも、才能ある曲芸師を失いながらも、船は次の目的地を目指してゆく。前途多難だ。

しかし、そこには眩いばかりの若さと希望があるはずだ。若き女性オーナーは何よりもサーカスを愛している。そして、彼女に忠誠を誓う青年は苦境を乗り越える術（すべ）を知っている。機械や文明機器に頼らず、サーカスは人と動物だけで築き上げた娯楽である。人間の英知を駆使し、体を張って究極の技に挑む。現代のショービジネス、スポーツ、娯楽の原点がすべてサーカスの中に存在していたのだと、このミステリを通してあらためて気づかされた。

読者の皆様にも、古き良き時代のサーカスを思い描きながら、謎解きを楽しんでいただきたい。

サーカスもの＋トラベルもの＝『〈サーカス・クイーン号〉事件』

横井　司（ミステリ評論家）

1

クリフォード・ナイトと聞いて、「ああ、あの作家か」とすぐに思い出せる人は、相当のミステリ・マニアといってもいいかも知れない。

ナイト作品の本邦初訳は、一九五〇（昭和二五）年十二月二十五日に三都書房から刊行された『美女と金猫』*The Yellow Cat*（一九五〇）という犯罪小説で、原著刊行と同年に刊行されたのだから、当時としては出色の早さである。ヴィンテージ・ミステリ・クラブ編著『クラシック・ミステリのススメ』上巻（私家版、二〇〇八・四）の無署名の作者紹介によれば「ジェイムズ・M・ケイン作品の〈運命の女〉を彷彿させる存在感のあるヒロインによる大金横領の顚末を乾いたタッチで描いた」作品で「出色として、アントニー・バウチャーに賞賛された」そうである。ただし誤植の多い邦訳で、訳文はお世辞にも達意とはいえない。そのためかどうか、管見に入った限りでは同書を評価する書評などは見られず、改訳されないまま今日に至っている。

続いて訳されたのが、二〇〇七（平成一九）年十一月二十九日に原書房からヴィンテージ・ミステリ・シリーズの一冊として刊行された『ミステリ講座の殺人』*The Affair of the Heavenly Voice*（一九三七）という本格ミステリで、『美女と金猫』から数えて、ほぼ六十年後の邦訳であった。今日ではこちらの作品でナイトの名前を記憶している読者も多いかも知れない。同書は、英文学教授ハントゥーン・ロジャーズが探偵役を務めるシリーズの第二作目で、長い間作品を発表していない女性ミステリ作家の屋敷で起きた殺人事件の顛末を描いている。巻末に「手がかり索引」が付されており、ハワード・ヘイクラフトのいわゆる黄金時代（第一次および第二次世界大戦の戦間期）に登場した、本格ミステリ・ジャンルにおける名バイプレーヤーとして紹介された。「黄金時代ならではの逸品」とオビの惹句で謳われているものの、邦訳への評価は必ずしも高いものとはいえなかった。

手がかり索引という趣向は、C・デイリー・キングのオベリスト・シリーズ（一九三二〜三五）を始め、F・W・クロフツ『ホッグズ・バックの怪事件』（一九三三）やロナルド・ノックス『サイロの死体』（一九三三）、ディクスン・カー『盲目の理髪師』（一九三四）、『孔雀の羽根』（一九三七）などでも試みられており、一九三〇年代当時の本格ミステリにおけるトレンドのひとつだった。『ミステリ講座の殺人』巻末の解説（執筆は森英俊）によれば、クリフォード・ナイトの場合、デビュー作の *The Affair of Scarlet Crab*（一九三七）以降、三作目あたりまで、この趣向を試みており、手がかり索引を付すだけでなく、それを袋とじにするという趣向を加えたそうである。この袋とじという趣向は、同時期にデニス・ホイートリーが『マイアミ沖殺人事件』（一九三六）以下のファイル・シリーズで試みていることを踏まえるなら、そのひそみに倣ったのかも知れない。もっとも、後にその趣向が採用されなくなったことから、ナイトの発案ではなく、版元の販促戦略として行なわれたとも考えられる。『ミステリ講座の殺人』における手がかり索引には、実証的な推理に必須な項目とはいえない、単なる伏線や主観的な心証に属するものも含まれており、厳密な論理性に欠ける点が見受けられることも、本格ミステリ創作者としての意識に基づくというより、プロモーション的要素が強いような印象を抱かせるのだ。

先にタイトルをあげたナイトのデビュー作は、版元のドッド・ミード社が主催したレッド・バッジ・ミステリ大賞の受賞第一作でもあった。森英俊は、前掲『ミステリ講座の殺人』の解説において、同作が高い評価を得たのは、「ガラパゴス諸島探検隊の一行を連続殺人が襲うという特異な状況設定」だったからではないかと推察しており、「特異な状況や舞台設定はナイトのもっとも得意とするところ」として、その証左といえる作品を紹介している。そこであげられている一作が、ここに論創海外ミステリの一冊として紹介される『〈サーカス・クイーン号〉事件』The Affair of the Circus Queen（一九四〇）であった。本書は実に、『ミステリ講座の殺人』が邦訳紹介されてから、十年ぶりの邦訳となる。

2

自分たちの持ち船で世界中を巡業しているサーカス団の、海上における団長の葬儀の場面から始まる本作品は、東南アジアにおけるサーカス団の巡業の途上で起きる殺人事件を描いている。

サーカスにおける殺人といえば、わが国の江戸川乱歩や横溝正史など、戦前の探偵作家がしばしば舞台として採用している。そこで描かれるサーカスのイメージが、華やかで明るいというより、陰惨で暗いイメージに覆われているものが多いように感じられるのは、いわゆる変格探偵小説が主流だった戦前ならではなのかも知れない。乱歩の「踊る一寸法師」（一九二六）や大下宇陀児の「蛞蝓綺譚」（一九二九）など、サーカスに舞台をとった作品の陰惨さは、筆舌に尽しがたい。横溝正史の『夜光虫』（一九三七）にしても、決して明るいイメージの作品とはいえまい。それに対して、欧米のミステリ、とはいっても、アメリカのミステリぐらいしか思い浮かばないのだが、華やかで明るく、カーニヴァル的混乱は描かれても、日本の探偵小説に見受けられるような陰惨なイメージは付与されていない。それは、サーカスが「アメリカの大衆文化の華」（亀井俊介）であるということも与っているのだろう。[1]

亀井俊介は『サーカスが来た！』（一九七六）において、自らの経験を踏まえながら、サーカスが楽しいものであると同時に、「恐ろしく、また淋しい雰囲気も持っていた」と述べ、サーカスの踊り子が人攫(さら)いに売られた女の子であるという都市伝説やサーカスのジンタがどこか物悲しかった印象について語っている。そして、マーク・トウェインの『トム・ソーヤーの冒険』（一八七六）やウィリアム・サローヤンの『我が名はアラム』（一九四〇）などを引きながら、アメリカ人の持つサーカスのイメージはそれらと正反対であると指摘している。

こうしたアメリカ人の持つサーカスへのイメージが、ミステリとして書かれたとき、『〈サーカス・クイーン号〉事件』のような作品となって現出したともいえるわけで、持ち船で世界巡業するサーカス団が実際にあったのかどうかは分からないが、亀井が前掲書で紹介するサーカスの歴史、特に徒歩から馬車、馬車から自動車、そして列車へと移動手段が大がかりになるにつれて、サーカスの規模も大きくなるという歴史を瞥見すると、あるいはあり得たかも知れないと思えてくる。またシリーズ探偵のハント・ロジャーズがサーカスの道化師を演じることに憧れており、その夢を叶えて喜んだり、作中の道化師に演技のアイデアを提供したりするシーンなども、アメリカ人のサーカスに対するイメージ抜きには考えられない。

あるいは、本作品に見られるサーカスの描写は、アンソニイ・アボットの *About the Murder of the Circus Queen*（一九三二）および同作を原作とする映画『十三日の殺人』*The Circus Qeen Murder*（一九三三）に基づいているのかも知れない。同作に対するオマージュであることは、タイトルの類似からも明らかだ。もっとも、オマージュというより、同作の人気にあやかった販売戦略と考えられないこともないのだが、『十三日の殺人』については、その登場人物の名前が、サーカスを描いた映画として名高い『史上最大のショウ』*The Greatest Show on Earth*（一九五二）にも一部、流用されていることから、[2]ナイト作品のタイトル借用を一概に商業主義の産物として片づけるわけにもいかないような気がしている。*About the Murder of the Circus Queen* が訳されていれば、こうした点も明らかになったであろうが、残念ながらハヤカワ・ポケット・ミステリで刊行が予告されたきり、現在まで未訳のままである。[3]

海外ミステリにおいてサーカスを舞台としたもので、邦訳のあるものでは、クレイトン・ロースンの『首のない女』*The Headless Lady* が知られていると思われるが、同作品は偶然にも『〈サーカス・クイーン号〉事件』と同年の刊行である。だからロースンの同作がナイト作品に影響を与えたとはいえないのだが、同じ年にサーカスを背景とした作品が刊行されたことは、そしていずれも本格ミステリであることは、興味深い。ロースンの場合、本職が奇術師だったこともあり、サーカスの内部事情についての描写が微に入り細にわたって危なげがなく、同時代のサーカス興行の雰囲気を描いて、サーカスがいかにカーニヴァル的な空間であったかを示す好資料ともなっている。ロースンの作品に対してよくいわれる、ごたついているという評言も、同作に限っては、サーカスのカーニヴァル的雰囲気を現出させることに与っているといえそうなくらいだ。

ロースン作品のシリーズ探偵であるグレート・マーリニが「サーカスの蒸気オルガン・象・金ぴか踊り・おが屑の中で呱々の声を挙げた」のであり、「彼の母親はマーリニの生まれる五ヵ月前まで、そして分娩後二週間たたないうちに、もうトンボ返りをしていた」し、「馬乗りマーリニ一家」の「曲馬芸はサーカス仲間では今なお語り種となっているほど」で、「マーリニ自身、その神秘な生涯の第一歩をまず余興に出る手品師として踏み出した」と紹介されている[4]（引用は上野景福訳）。クリフォード・ナイトのハント・ロジャーズは、さすがに英文学教授という設定だけに、出自をサーカスに求めることはできなかったが、道化師として公演に参加させることで、サーカス好きなアメリカ人読者にアピールしているといえるかもしれない[5]。

もっとも、『〈サーカス・クイーン号〉事件』の場合、『十三日の殺人』や『首のない女』とは違い、公演中の連続殺人ばかりを描いているわけではなく、移動中の船内における殺人を描いているという点が特徴である。ルーファス・キングの『緯度殺人事件』（一九三三）、パトリック・クエンティンの『死を招く航海』（同）、ディクスン・カーの前掲『盲目の理髪師』など、航行中の船舶内で事件が起きる船上殺人ミステリの系譜に位置づけることもできる。また、船舶内だけでなく寄留地で事件が起きるあたり、E・D・ビガーズの『チャーリー・チャンの活躍』（一九三〇）を思わせなくもない。『首のない女』の中で、グレート・マーリニが「殺人の現場が毎夜取りはずされ、きちんと畳まれ、トラックに積みこまれ、八十マイルも運ばれ、翌朝また組み立てられるという殺人事件」と現場の特異性をかこつと、語り手のロス・ハートが「数人の容疑者が、どこかのはずれにある独立家屋の中に入れられている、といった小ぢんまりした事柄と違って、百人以上もの人々が放たれていて、しかも、田舎を急速に移動しつつある」ため「手がかりは、たとえあったとしても途中で諸所にばらまかれてしまう」と応じる場面がある。(6) エラリー・クイーンなどは、こうしたオープンな現場にこだわった作家で、全ニューヨーク市民の中から論理によって容疑者を絞りこんでいくことに情熱を傾ける傾向があり、そこに面白味もあるのだが、クリフォード・ナイトの『〈サーカス・クイーン号〉事件』の場合、船上殺人ミステリの要素を取り入れることで、サーカスというオープンな現場でありながら、マーリニたちの悩みを解消しているといえよう。その意味では、ビガーズの『チャーリー・チャンの活躍』同様、ロジックよりもストーリーの展開によって楽しませる体の作品に仕上げられているといえるわけだ。

これによってみるに、戦前のいわゆる本格ミステリのバイプレーヤーとしてのクリフォード・ナイトは、コマーシャリズムとジャーナリズムに敏感な大衆作家だったと位置づけるのが妥当であるように思われる。急いで付け加えておくと、それが悪いといいたいわけではない。手がかり索引などを付して本格ミステリ作家であることをアプローチしていた頃の作品に比べると（といっても一作しか訳されていないわけだが）、はるかにすっきりとした、出来の良い娯楽作品に仕上がっているということなのだ。『〈サーカス・クイーン号〉事件』でいえば、伯父の死によってサーカスの興行主となった女性と、彼女の幼馴染みである青年とのラブロマンスの顛末が、大衆作家としてのクリフォード・ナイトの資質をよく示しているように思われる。少なくとも、本格ミステリの名バイプレーヤーという評価軸を外した方が、ナイト作品を楽しめるように思う。既成作家のイメージでいうと、ルーファス・キングやアンソニイ・アボットの系列に属する作家だといえようか。

その意味で、本書によって改めてクリフォード・ナイトの真価が見出され、再評価が進むことを期待したい。

3

最後に、*Twentieth-Century Crime and Mystery Writers. 3rd ed.*（一九九一）やフランス語版ウィキペディア、前掲『クラシック・ミステリのススメ』などに基いて、クリフォード・ナイトの経歴を簡単にまとめておく。一部、これまでの記述を繰り返すことになるが、ご了承いただきたい。

本名はクリフォード・レイノルズ・ナイト Clifford Raynolds Knight といい、一八九六年十二月七日、カンサス州フルトンに生まれた。ミシガン大学に進み、ジャーナリズムについて学んだ後、カンザス・シティの新聞社や鉄道会社に勤務し、カリフォルニアでフリーランスのライターとなる。一九一一年にパルプ雑誌に短編を発表してデビュー。一九一八年にレイノルズ・ナイト名義で *Tommy of the Voices* を上梓したが、これはミステリではないようだ。[7] 一九三七年にドッド・ミード社主催の第一回レッド・バッジ・ミステリ大賞に *The Affair of the Scalet Crab* を投じ、入選。以後、英文学教授ハントゥーン（ハント）・ロジャーズが探偵役を務める謎解きミステリを発表。第二次大戦後、『エラリー・クイーンズ・ミステリ・マガジン』主催の通称ＥＱＭＭコンテストに The Affair at the Circle T を投じて第三席に入選。これはタイトルからも想像がつく通り、ハント・ロジャーズものの一編である。長編*Dark Abyss*（一九四九）以降、サスペンス重視の作風へと軸足を移した。一九六〇年にIn an Evil Timeを『セイント・ミステリ・マガジン』に発表して以降は創作が途絶え、一九六三年七月三日、ロサンゼルスで歿した。

註

（1）もっとも、アメリカにおいても『フリークス（怪物團）』*Freeks*（一九三二）のような映画が作られているから、必ずしも明るい作品ばかりとはいえないかも知れない。ただし、亀井俊介が『サーカスが来た！』において、シャム双生児や小人（こびと）など、サーカスにおける見世物的要素にもふれ、「この種の『見世物』は日本人のイメージだとまさに『売られた人』の感じで哀れさがともなうものだが、彼らの場合（もちろん心中の悩みは別として）表面的には幸せだった」と書いていることを思い合わせると、表面的な凄惨さを比較して云々することには、慎重でなければならないだろう。後述するクレイトン・ロースンの『首のない女』では、亀井が紹介している見世物的要素も余すところなく描かれており、同書が優れたサーカス文献であることが、そのことからもよく分かる。

なお、見世物や客寄せ余興を中心としたカーニヴァル興行の世界を背景としたミステリとしては、フレドリック・ブラウンの『三人のこびと』（一九四八）がある。シリーズ・キャラクターで後に私立探偵となるエド・ハンターの伯父、アンブローズ・ハンターは、カーニヴァルの余興小屋の収入で生活しており、『シカゴ・ブルース』（一九四七）で描かれた事件の後、伯父を庇護者とするようになったエドは、カーニヴァル・テントで生活するようになる。『三人のこびと』はシリーズの二作目で、世間からは色眼鏡で見られがちなカーニヴァルの芸人をエドが擁護する場面もある。また「こびと」と「一寸法師」の違いについても書かれており、興味は尽きない。フレドリック・ブラウンは短編集『まっ白な嘘』にも、サーカスを背景とする作品を何編か収録しており、その関心の強さがうかがえる。

（2）両作ともにサーカス団内での三角関係を描き、空中ブランコ乗りの愛人の一人はザ・セバスチャンという通り名を持っている——というだけでは根拠に乏しいかもしれないが。

なお、映画『十三日の殺人』のストーリーについては、英語版 Wikipedia で知ることができる（https://en.wikipedia.org/wiki/The_Circus_Queen_Mueder）。結末まで明かされているので、閲覧の際はご注意あれ。

（3）「幻のポケミス」については以下を参照のこと。

http://www.green.dti.ne.jp/ed-fuji/column-pocket.html

同ページには「本書は、世界的に有名な女空中ブランコ乗りが数千の観衆の目前で墜落死を遂げるという派手な展開。アボットは通俗的な面白さで人気を集めた」とコメントされている。

（4）ちなみにロースンの『首のない女』でも、マーリニの謎解き場面では手がかり索引的な脚註が付されている。そしてこの手がかり索引の実証論理的な説得力というか筋の良さは、エラリー・クイーンやディクスン・カーと交友を持つロースンが、同時代のバイプレーヤーとして一頭地抜けていることをよく示している。

なお、エラリー・クイーンは「首つりアクロバットの冒険」（一九三四）というサーカスものの短編を書いており、エラリー・クイーンJr.名義（サミュエル・ダフ・マッコイの代作）の『白い象の秘密』（一九五〇）もまた、サーカスを背景とする作品であった。

（5）これが日本になると、例えば江戸川乱歩の『サーカスの怪人』（一九五七）における怪人二十面相のように、犯罪者がサーカス出身という風に設定される。乱歩のいわゆる通俗長編『魔術師』（一九三〇）も、この系譜に加えることができよう。

（6）フレドリック・ブラウンの『三人のこびと』でも、事件担当の警部が「ほかの殺人だったら、ほかのものはともかくとして、道具だてだけはちゃんと残っている。ところが、ろくでもないカーニバルときては、エヴァンスヴィルで殺人事件が起こり、その二、三日後には、その舞台も、それに関係のある人間も、いっさいがっさいサウス・ベントに移り、次にはフォート・ウェイン、次には――次には、きみたちは、どこへ行く？」（井上勇訳）と、エドとアム伯父にぼやくシーンがある。

（7）フランス語版ウィキペディアのクリフォード・ナイトの項目（https://fr.wikipedia.org/wiki/Clifford_Knight）によれば un roman psychologique だそうである。また、前掲『クラシック・ミステリのススメ』上巻（二〇〇八）の作者紹介では「鉄道を扱った初長編」と紹介されている。

〔著者〕
クリフォード・ナイト
1886年、アメリカ、カンザス州生まれ。ウォッシュバーン大学とミシガン大学に学び、エール大学での助教授職を経て、新聞社の編集補佐として勤務。出版社主催の長編ミステリ・コンテストで第一回受賞者となり、37年に“The Affair of the Scarlet Crab”で作家デビューを果たす。63年死去。

〔訳者〕
藤盛千夏（ふじもり・ちか）
小樽商科大学商学部卒。銀行勤務などを経て、インターカレッジ札幌にて翻訳を学ぶ。訳書に『殺意が芽生えるとき』、『リモート・コントロール』、『中国銅鑼の謎』、『夜間病棟』（いずれも論創社）。札幌市在住。

〈サーカス・クイーン号〉事件
——論創海外ミステリ 195

2017年9月20日　初版第1刷印刷
2017年9月30日　初版第1刷発行

著　者　クリフォード・ナイト
訳　者　藤盛千夏
装　画　佐久間真人
装　丁　宗利淳一
発行所　論 創 社
〒101-0051 東京都千代田区神田神保町2-23 北井ビル
電話 03-3264-5254　振替口座 00160-1-155266

印刷・製本　中央精版印刷
組版　フレックスアート

ISBN978-4-8460-1642-5
落丁・乱丁本はお取り替えいたします